无法回避

岳云强　李伟

著

郑州大学出版社

图书在版编目(CIP)数据

无法回避 / 岳云强，李伟著. -- 郑州 ：郑州大学出版社，2023.12
（2024.6 重印）

ISBN 978-7-5773-0006-1

Ⅰ. ①无⋯   Ⅱ. ①岳⋯ ②李⋯   Ⅲ. ①长篇小说 - 中国 - 当代
Ⅳ. ①I247.5

中国国家版本馆 CIP 数据核字(2023)第 215404 号

无法回避

WUFA HUIBI

策划编辑	李勇军		封面设计	孙文恒
责任编辑	暴晓楠		版式设计	孙文恒
责任校对	王晓鸽		责任监制	李瑞卿

出版发行	郑州大学出版社	地　　址	郑州市大学路 40 号（450052）
出 版 人	孙保营	网　　址	http://www.zzup.cn
经　　销	全国新华书店	发行电话	0371-66966070
印　　刷	廊坊市印艺阁数字科技有限公司		
开　　本	710 mm × 1 010 mm　1 / 16		
印　　张	17.25	字　　数	270 千字
版　　次	2023 年 12 月第 1 版	印　　次	2024 年 6 月第 2 次印刷

书　　号	ISBN 978-7-5773-0006-1	定　　价	68.00 元

1

2018 年暮春，一个周末的上午。

启智律师事务所的大律师东方晓，接到快递小哥的电话，说有一个从平原省颖州市来的快递，他如果方便的话，半个小时后会送到律师事务所的楼下。

颖州市，那是东方晓曾经工作了 25 年的城市，离开那里到南国的深圳，除了探望家人，东方晓很少回去。刚开始来深圳时，偶尔还有同事打来电话问候。时光流逝中，灯火渐暗，人影渐远，再也没有任何同事或所谓朋友的消息。似乎他不曾在那座城市工作过一样。

东方晓是启智律师事务所的负责人。大大小小的案件，让他忙碌又充实，虽然年届天命，却总有蓬勃的精力。事业有成的男人，是有魅力的男人。更何况东方晓高大魁梧，英俊潇洒，"国"字脸上架着的圆框眼镜与明亮的大眼睛相配，增添了别样的机敏，两道剑眉与眼镜的细框平行，更显舒朗。浓厚的法学功底，丰富的从业经验，纵横捭阖的论辩风格，自信迷人的气质，使东方晓成了律界的名人。东方晓对自己的律所有个不成文的要求，那就是不接平原省颖州市的案件。在电话快捷、微信方便的时代，家里若有事儿，会直接告知的。东方晓收到颖州市的快递，差不多都是慕名请求案件代理的。拆封后，东方晓会让助手找理由拒绝。今天是周末，东方晓的妻子与女儿到香港逛街去了，自己恰好没事儿，就让按时送快递。

律所离家很近，东方晓步行十分钟到了办公室，泡上一杯兰贵人，坐在转椅上，眺望咫尺之遥的香港，心情很愉悦。深圳河在香港与深圳之间流淌，浮云悠闲，山峦如黛，楼宇如画。东方晓呷了一口茶，猜测快递的内容。刑事，民事，还是行政？不管哪种案件，都不会受理的。只是，要给一个合适的回复。这是律师的职业要求，也是对当事人的尊重。一杯茶将尽时，快递到了。东方晓交代大楼的保安，让快递小哥上来。

东方晓用精致的裁刀划开了 EMS 快递，抽出折叠的信纸。只看了开头，东方晓的心便沉重起来。

2

师弟：

　　我在看守所给你写这封求助信，希望你能接受我的委托。

　　过去的许多年，虽然我们志不同道不合，但在我心中，你一直是最值得信赖的。我知道，你从心底是看不起我的，我今天的情况，再次印证了你当初对我的评价。一个人风光时，门庭若市，落魄时，门可罗雀。感觉世态炎凉时，才会想到真正可以帮助自己的人。今天向你求助，也是我思索万千后唯一的选择。只有你，才能无所畏惧地帮助我。

　　经过了近半年的审查，我现在因涉嫌贪污、受贿、滥用职权被逮捕。多年的行政工作，使我对所学的法律早已生疏，我无法为这些罪名理出一个头绪。师弟，恳请你回来为我辩护，我不求有什么好的结果，我只求你帮忙梳理一下我的罪责。因受环境所限，无法写更多的内容。我盼望能早些见到你。

　　此致
安好！

王君卓

2018 年 4 月 15 日

　　东方晓看完这封信，脑海里忽然冒出了《桃花扇》中的一段戏词："俺曾见，金陵玉殿莺啼晓，秦淮水榭花开早，谁知道容易冰消！眼看他起朱楼，眼看他宴宾客，眼看他楼塌了。"

王君卓是东方晓中学、大学的校友。20世纪80年代，平原大学的法律系刚组建，王君卓是平原大学法律系第一届的大学生。次年，东方晓也考入了平原大学法律系，成了王君卓的师弟。大学期间，王君卓就显出了从政的天赋，是系里的团支书，学生会的秘书长，也是系里第一批入党的中共党员。因来自同一所中学，东方晓到法律系报到时，是王君卓接待的。同系的3年间，东方晓对这位师兄有莫名的崇拜，一度以王君卓为榜样，努力学习，也积极写入党申请书，奈何生性的孤傲与胆怯，使东方晓一直寂寂无闻。王君卓因是学生干部，毕业时，作为优秀毕业生，按照一级分配的原则，被分配到了平原省委党校。第二年，东方晓被分配到了颍州市检察院。以后的日子，王君卓曾到颍州市龙山区挂职副区长，因工作都忙，两人只是偶尔在一起吃个饭。再后来，王君卓常如钦差大臣般，不时到颍州市周边的地市检查工作，有许多师兄弟为王君卓安排吃饭、洗浴，偶尔也会叫上东方晓前往，王君卓坐在酒桌的上位，飘然如老大，指点江湖，暧昧美女，嬉笑调侃，一派风流。许多师兄弟对他也如众星捧月一般。不时会有人请他给自己的上级打个招呼，想解决一下自己的职级问题。酒桌上，东方晓是沉默的，工作数年，东方晓在单位一直是无名小卒，连个副科级检察员都没有混上，因此，也入不了王君卓的法眼。对坐在下座的东方晓，王君卓甚至都不曾与之有一句话的交流。后来，王君卓被调到了颍州市龙山新区任管委会主任，因其属下的一起案件，王君卓想起了东方晓，得知该起案件正是东方晓主办时，王君卓以命令式的口吻让东方晓停止调查，两人发生了争执。此后，交集就更少了。

　　相对于王君卓的仕途得意，东方晓更深刻地体会到了居移气、养移体的含义。王君卓的霸气，王君卓对下的颐指气使，对上的谄媚奉迎，让东方晓深恶痛绝。有时，东方晓会莫名感觉，王君卓早晚会出事儿的。因关系的疏离，虽然是师兄弟关系，东方晓从不曾对王君卓有过提醒。有时，甚至会为自己的想法感到自责，是不是嫉妒王君卓？抑或是一种酸葡萄心理。每当有这种想法时，东方晓都会对王君卓产生莫名的同情与悲悯，每个人的人生都不容易，王君卓对仕途的热衷，何尝不是许多人的梦想。人生的道路有许多条，大家都不去当官，这社会该如何管理？今天，王君卓身陷囹圄，向东方晓求助，一向回避颍州市的东方晓，此刻，竟矛盾不已。一方面，王君卓的出事儿，好像与自己曾经的感觉有关；另一方面，东方晓真的不希望王君卓出事，寒门子弟的每一步，都要付出更多的艰辛，就如负重爬山一般，眼看就要到山顶了，忽然间坠落了，任哪一个善良的人都会为之痛惜的。

兰贵人肥厚的叶片软软地趴在杯子的底部，茶汤也没了颜色。东方晓望着香港方向起伏的山峦，竟后悔没和妻子、女儿一道前去度周末，让原本轻松的假日因这个快递变得如此纠结。

3

中午，东方晓要了外卖，草草吃过，坐在电脑前，打开网络，搜索有关王君卓的新闻。

清风颖州公众号中关于颖州市龙山新区管委会主任王君卓的问题表述如下：

> 日前，颖州市纪委监委对颖州市龙山新区管委会主任王君卓（正处级）严重违纪违法问题进行了立案审查调查。

> 经查，王君卓违反中央八项规定精神和廉洁纪律，收受他人礼品、礼金；违反生活纪律，与他人长期保持不正当关系；违反国家法律法规，利用职务上的便利为他人在工作安排、职务调整提拔等方面牟利，干预插手司法活动，在工程建设项目上滥用职权、索取回扣、串通招标，私设"小金库"，涉嫌受贿、滥用职权、串通投标、贪污犯罪。

> 王君卓身为党员干部，理想信念丧失，严重违反党的纪律和国家法律法规，性质恶劣、情节严重，给党的事业和形象造成严重损害，应予严肃处理。依据《中国共产党纪律处分条例》《中华人民共和国监察法》等有关规定，经颖州市纪委监委会议研究并报颖州市委批准，决定给予王君卓开除党籍、开除公职处分；收缴其违纪违法所得；将涉嫌犯罪问题移送检察机关依法审查起诉。

看完通报，东方晓站起来走到窗前，抱着膀子，皱起眉头，向远方观看。深圳河在午后的阳光下，如洒了金子一般，闪烁着向前流动。东方晓的心情灰暗得如同山峦的黛色。

"干预插手司法活动"八个字，让东方晓的心有些刺痛。多年前的一起案件再次浮现在东方晓的眼前。

2013年，水资源极为丰富的颖州市，遭遇了百年不遇的干旱。中央专项资金拨付后，颖州市财政立即拨给了龙山新区财政，确保浅山区农民生活用水。事过半年，颖州市检察院收到了群众的匿名举报，说市财政拨付的专项抗旱资金被龙山新区财政通过"三资"中心截留，在旱情极为严重的情况下，区里也只是安排了几辆拉水车定时定量供应了一部分生活用水，很多农民因无法保证生活用水需要，投亲靠友，渡过了难关。此举报引起了颖州市检察院检察长高卫国的高度重视，交给反贪局侦查一处办理。当时市检察院反贪局的大部分干警抽调到了省纪委办理一起中纪委交办的案件，东方晓因准备一起案件的移送审查起诉材料，和一处的内勤刘晓芳留了下来。因此，这起案件就直接交给了东方晓负责查办。东方晓和刘晓芳经过20天的内查外调，终于查清了600万元抗旱资金的流向。此600万元经市财政拨付到区财政后，区财政拨付至"三资"中心，"三资"中心分批将这600万元转到了农信社王荣花个人名下。王荣花将这600万元取出后，又以5个人的名字存了起来。后来，600万元中，陆续以现金的形式取出了310万元。给农民拉水的钱，却是从乡里科技改造资金中出的。基本流程查清后，东方晓给检察长汇报了，决定以王荣花为突破口，进行审讯。

王荣花到案后，很快就交代了这600万元是"三资"中心主任黄明礼让她这样办的，那310万元取出后，都交给了黄明礼。黄明礼到案后，一直保持沉默，时间一分一秒地过去，12个小时即将结束，没有大的进展。东方晓向检察长汇报后，准备以涉嫌贪污罪对黄明礼刑事拘留。面对这样的压力，黄明礼终于开口了，说是财政局局长让他先把这笔钱找个方式处理一下，因区里用钱的地方多，作为备用资金使用。310万元分数次取出后，都交给了财政局局长。财政局局长没有告诉他这些钱干什么用了。自

4

东方晓拖着铅一样沉重的步履，郁郁地回到了家。

东方依然站在书房里一个大大的世界地图前，一手端着一个精致的卡通图案的咖啡杯子，一手用咖啡勺子慢慢搅拌。听到东方晓开门的声音，东方依然没有像往常那样去欢快地迎接他，只是大声地叫道："爸爸，你过来，我再次研究了世界地图，我想到与美国接壤的加拿大东南的城市去读书，我喜欢大西洋的辽阔，我不想去美国。"东方晓换好拖鞋，挂好衣服，让妻子王佳蕙帮自己泡杯茶，听从女儿的召唤，来到了书房。

"然然，你说话不严谨啊，大西洋辽阔，太平洋不辽阔吗？不想去美国读书，有许多理由，用这样的理由不充分啊。"东方依然嘟起小嘴儿，给东方晓做了一个调皮的鬼脸："爸爸，这不是法庭的论辩，我只是说我喜欢大西洋嘛。"东方晓望着自己花朵一般的女儿，近一天的不快瞬间消散。东方依然虽然只有 17 岁，却有着不同于其他女孩子的男孩儿特质，短发衬托着白净的瓜子脸，如弯月的明亮眼睛，自带笑意，鼻梁小巧挺直，嘴角向上，和眼睛相配合，满是喜气。花季女孩儿，身高已达 170 厘米，体重却只有 55 千克。家中到处是她的零食，吃饭饕餮一般，可就是不会发胖。胆大，心细，在学校爱打抱不平。初中时，班上从农村转来的一个女孩儿，因穿着与说话都太土，受到了同班其他同学的嘲笑与戏弄，东方依然在又一次听到一个女生背后说那个农村女孩的坏话时，对着那个说坏话的女生就是狠劲一巴掌，打得那女生的嘴当场就肿了起来。为此，学校请家长。在校长的办公室，东方晓对女儿进行了严厉的批评，教育她解决问题要基于平等与尊重，暴力是最不智慧的手段。并举例说明因冲动导致的许多后果，保护自己与别人该采用怎样的方式方法。东方晓的说教，让原本气冲冲的校长与班主任，也听得心服口服，仿佛忘记了请家长的初衷，而是听东方晓上课的。之后，在学校的协调下，东方晓和王佳蕙带东方依然给受伤学生赔礼道歉，诚恳地给予了对方物质赔偿，将事情圆满化解。此事处理后，校长再次请东方晓到学校，请东方晓为全校师生上一堂法治教育课。东方晓欣然同意。法治教育课上，东方晓针对青春期的男孩儿女孩儿的特点，深入浅出，寓教于理，作了有关法律、道德、学习的讲解，收到了良好的效果。

东方依然一巴掌打出了东方晓在其学校的声誉，极大地满足了东方依然的虚荣。为此，东方晓再次对东方依然进行了修正。同学之间，虽然来自不同的家庭，但都应平等相处，不能有谁比谁优越的思想，这样才能从小培养出爱与悲悯、善与包容。东方依然虽然不是太懂，但从内心深处，把爸爸视为自己的骄傲。活泼的东方依然，上高中后，担任班长，学生会宣传干事，积极组织学生参与社会实践活动，高中学习与生活，好像没有压力一样。作为学生代表，参与了国外部分知名学校的交流，为其以后的求学选择打开了另一扇窗。东方晓希望她能到美国去读大学，今天，东方依然用喜欢大西洋的婉转的方式，告诉了他，他的决定可能不会被东方依然接受。

来到客厅，东方晓与东方依然仍然在讨论太平洋与大西洋的问题，王佳蕙发话了："然然，我不同意你到国外去上大学，我就你这一个宝贝，你还是离我近些比较好。"又一场家庭辩论即将开始，这时，东方依然接到了一个电话，连声说："我刚和我妈从香港回来，给你带了特别的礼物，我马上到，马上到。"接着，在东方晓和王佳蕙的脸上各亲了一下，说："今天不跟你们辩论了，同学过生日，我得马上到。回头再批驳你们的顽固思想。"说完，东方依然拿好东西出门去了。

东方依然走后，东方晓的思绪再次陷入纠结。晚饭后，王佳蕙将水果削好端上茶几。对东方晓说："看你心神不宁的样子，有什么事情吗？"东方晓说："今天，我收到了王君卓的信，他现在因涉嫌犯罪在看守所，想委托我为他辩护。"王佳蕙说："他怎么有脸请你为他辩护？他有今天，是罪有应得，就他那嘴脸，不进监狱，天理不容。"东方晓说："这么多年，我的律所从不接颖州市的案件，其实也是有自己打不开的心结，我总教育别人理性、宽容、审慎、谦抑，其实，自己却没有做到。王君卓今天能放下架子，让我来为他辩护，或许不仅仅是辩护的问题。他毕竟是我的同门师兄，他本质上原不是这样的。在官场，他应该也有太多不得已的苦衷。"王佳蕙说："想到他的一件小事儿，我就气不打一处来。前几年，我一位同事的孩子在平原省参加高考，想找一个教育厅的人，问问相关政策。我同学韩得水毕业时分到了教育厅，可我没有他的电话，韩得水和他是同一个村里的，我打电话想让他给我说一下韩得水的电话号码，你猜他怎么说？当时接通电话，知道是我后，说：'还以为是招商引资的客商打来的电话呢，原来是你，你找韩得水的电话，你以为你是谁？你知道韩得水现在什么级别吗？他是处级干部，他会接你的电话吗？'我说：'我只是找他问一下相关政策，又不是找他办什么大不了的事儿，至于这么复杂吗？'王君卓说：'你找人家不就是为了办事吗？不办事儿，你给人家打什么电话？'这样的人，太可笑了，太把一个处级干部当回事儿了，也太把自己当回事儿了。"东方晓说："在经济不发达的地方，没有太多的选择，升官或许是实现人生价值的最有利途径，能做到处级干部，对许多人来说或许是终其一生的梦想。"王佳蕙说："也是，你要是还在颖州市检察院，估计现在连个科级干部也混不上，更不要说处级了。对王君卓，你想怎样办？"东方晓说："我想回去看看，明天处理一下所里的相关事务，带我的助手李俊杰一同去一下。"王佳蕙说："好吧，我给你收拾行李。"

5

周一上午，按照安排，启智律师事务所开例会，安排本周的工作。例会结束，东方晓将助手李俊杰叫到自己的办公室。

"你订两张到颖州的高铁票，今天我们俩回颖州去。"李俊杰有些疑惑地问："主任，怎么突然要回颖州？"东方晓说："有个龙山新区管委会主任王君卓的案件，写信来，想请我为他辩护，我们先去看看情况。你也正好回一趟家，看看老婆孩子。"李俊杰说："好，我马上去订票。"

李俊杰因为处于实习阶段，不能独立办案，暂时做东方晓的助手，但东方晓对李俊杰却有惺惺相惜之感。

李俊杰年届不惑，老练沉稳，柔中有刚。他到启智律师事务所，好像是与东方晓冥冥中的缘分一样，两人一见如故。

李俊杰原本是颖州市古城区的一名法官，因看淡了仕途，愤然苦读，经过两年的努力，终于于2016年通过了国家司法资格考试。之后，决然辞职，来到了深圳，经老乡介绍，到了启智律师事务所。看到他，东方晓好像看到了当年的自己。在日常的交流中，东方晓略知了李俊杰辞职的一些情况。

李俊杰大学毕业两年后，于1997年通过托关系进入了颖州市古城区人民法院。从书记员到法官，先后在刑庭、民庭任审判员，后到行政审判庭任副庭长、庭长。在上级要求法院班子要配一名年龄在35岁以下的年轻干部的政策下，因只有李俊杰符合政策要求的全部条件，毫无悬念地成了古城区最年轻的党组成员。之后，因工作调整任政治部主任。人事管理、法官培训、工资调整、政策研究等一系列的工作，让李俊杰如《诗经》中

"三五在东"的嘒彼小星一样:"肃肃宵征,夙夜在公。"李俊杰的付出,得到的不是进一步的高升,而是另一种回报。又是政策的原因,上级查班子成员超职数配备的问题,要将超出的职数消化掉,让李俊杰从班子成员的位置上回归原点,但这个原点却不是曾经的原点,而是在年近40岁时的重新选择。按照干部管理规定,法院的班子需要一正三副加政治部主任、纪检组组长与执行局局长共7人。可现实却是,法院的副院长就有5个,党组中除李俊杰和执行局局长外,还有行政审判庭庭长和刑事审判庭庭长。李俊杰自信地认为,自己是符合政策规定的党组成员,无论如何,不会消化掉自己。李俊杰一如既往地做着纷繁的工作。可最终的结果却是,切掉的只有李俊杰。院长跟李俊杰谈话,语重心长,说要李俊杰理解组织部门的决定,班子成员中,行政审判庭与刑事审判庭庭长的资格都比李俊杰老,且比李俊杰先进班子,切掉他们,害怕他们不能接受,影响班子的稳定。其中行政审判庭庭长是组织部部长的同学,听说已到组织部部长那儿去闹了,为了不出事儿,不得不保留他。5个副院长中,有3个即将到退休年龄,也干不了多久了,无论如何要保留他们。并承诺李俊杰,若是调整结束,就是只有一个名额,也要提名李俊杰为副院长。李俊杰无语,不知道该如何给领导表态。怕其他人不能接受,就不怕李俊杰不能接受吗?院长应该是经过反复权衡后,柿子拣软的捏,他的承诺也只是给李俊杰画一个饼而已,但李俊杰却无法辩解,一切只能听天由命。听天由命的结果是法院改革中,实行员额法官制,综合部门的工作人员,要想入额,必须退出综合部门。李俊杰作为政治部主任,当时根本没有考虑入额的事儿。现在,李俊杰什么也不是了,去审判庭,没有审判资格,继续做政治部的工作,又拉不下面子。面临两难选择的李俊杰,郁闷而无奈。李俊杰是卑微的,没有人在乎他的感受。李俊杰是自尊的,他想找一个出口。人过四十不学艺,因做综合工作,早已对法律实务生疏的李俊杰,逼迫自己再次拿起了厚如砖头的司法考试用书,用头悬梁锥刺股的精神,冲刺号称"天下第二考"的司法资格考试。在通过率不到15%的情况下,李俊杰成功了。李俊杰拿到"中华人民共和国法律职业资格证书"的第一件事儿,就是办理辞职手续。在多一个不多、少一个不少的体制内,李俊杰的辞职，犹如四月里的河水，"清风徐来，水波不兴"。

东方晓曾为李俊杰惋惜："其实，你可以等的，年轻就是财富，你一定能熬过他们的。现实中，在体制内，毕竟有许多优越感。你不像我，我有性格的缺陷，不会向领导谄媚，对一些肮脏的人和事儿疾恶如仇，是与非太分明，没有中间地带，出成绩了不会邀功，有失误了会主动承担，在一些世故人的眼中，我就是另类。在那样的单位，是永无出头之日的。"李俊杰说："如果我也是世故圆滑的人，领导也不敢消化我，正因为我太过于自尊与爱面子，领导太了解我的软肋，才敢动我。按照组织部门的说法，我是因职数超编被消化的，还享受班子成员待遇。享受待遇其实就是自欺欺人，一个什么职务也没有的人，还奢谈什么享受待遇。自从我被免去党组成员的职务后，我院一个总巴结领导的已过知天命之年的连个副科级都没有混上的庭长，被院长决定拟任专职检委会委员，还没有被正式任命，就发愁他在院里的排名该如何排，人前人后，总气愤万千地抱怨：'虽说我没有被正式任命，但总有一天会任命的，李俊杰现在什么也不是，他的名字怎么能排在我的前面呢？'好像我是他升迁的障碍一样，到处无中生有地说我坏话。你想，我如果继续在那样的环境里工作，最终的结果，只有日复一日的抑郁，哪里还有熬的心思？我是选择放下，天地这么大，若是心中有丘壑，何处不可做山河？"听到这里，东方晓哈哈大笑："俊杰老弟，你说的不就是此处不留爷，自有留爷处嘛！走，找个地方，咱俩今天一醉无忧。"

当东方晓与李俊杰一醉无忧时，何尝不是在排解自己曾经的忧与愁。从1990年到2014年，在一个单位工作25年，从青丝到白头，东方晓收获的是小人的诋毁，领导的嫌弃，同事的疏离。在曾经的天地里，东方晓找不到自己的位置。今天的李俊杰，其实就是过往的东方晓。在一个风不清、气不正的环境中，不随波逐流的好人就是另类。

6

列车从西南转至北方的地域中穿行，当行驶到湖南永州时，望着隐隐的灰色木楼，如豆腐块一样高高低低的绿色稻田。李俊杰说："路过这里，就想起了中学时学习的《捕蛇者说》，柳宗元不愧是散文大家，用冷色的语言，将苛政猛于虎描摹得入木三分。"东方晓说："柳宗元出名的不是《捕蛇者说》，而是《永州八记》，一个士大夫，当他居庙堂之高时，很难切身感受底层百姓的痛苦，当他处江湖之远时，对底层百姓的痛苦，除了诉诸无声的文字，其实根本无能为力。因此，才有了对永州山水的寄情。这一点，后世的苏东坡应是学到了精髓。对山水的寄情，何尝不是另一种无奈。达则兼济天下，穷则独善其身，更多时候，也只是一种理想。不以物喜，不以己悲，才是更高的一种境界。我们应该感谢这多元化的时代，让我们对职业有了更宽广的选择，当我们不能在检察院和法院实现我们的法治理想时，走出来，做律师，不仅相对自由，更重要的是以另一种方式来满足愿望。"李俊杰说："在内地，律师也不太好当啊，多年来，律师权利的行使，受到了许多制约，与公权力相比，总处于弱势的地位，不能得到应有的尊重。有些法官与检察官好像高律师一等似的，律师想跟他们交换一下对案件的看法，他们都爱搭不理的。"东方晓说："一切都会变的，随着我们一代又一代律师的鼓与呼，国家对律师的重视程度也不断加强，律师执业的保障，也越来越完善，法治国家的建设，律师的作用，不可或缺。"李俊杰说："主任，我发现你很正能量啊，好像你还在检察院一样。"东方晓说："你其实想说的是我在唱高调。不管曾经经历过什么，我依然选择相信法律，我坚信一切会越来越好。虽然这道路依然漫长，但我们心中有希望，每一个人都努力，心目中的理想，应该能实现。"东方晓说这些话时，列车又驶过了几条隧道，穿过了大片田野。

列车经过了漫长的隧道穿行，终于驶进了宽广的大平原，东方晓的心，也如此刻的大平原一样开阔。王君卓能请他作辩护人，且不是求他一定要辩出什么特别有利的结果，这一方面说明王君卓对法律的认知让他对案件的事实有基本的判断；另一方面也说明，天网恢恢，做官的人，如果不能修身，也很难做到齐家治国平天下，最终的结果一定也不会圆满。

王君卓和东方晓同是来自农村，且是一个乡的。随着王君卓的仕途得意，就如一人得道鸡犬升天一样，他的七大姑八大姨，他妻子一方的五叔六舅，也先后得到了应有的关照。王君卓的亲属中，只要是中专以上毕业的，都通过王君卓安排在不同的行政事业单位工作。王君卓的三弟王君辉，虽然只有小学文化，但早已是君辉房地产公司的董事长。在颖州市的地产行业，未批先建，建后再用补交罚款的方式使在建项目合法合规，早已成为行业内的公开秘密。随着君辉地产规模的不断扩大，王君辉的能量早已超越王君卓，一度成为颖州市市长的座上宾。有时候，市长都要把王君辉请到办公室，听听王君辉关于颖州市的城市建设和发展的意见。王君辉不仅是颖州市房地产的风向标，更是颖州市经济发展的主力军。一行通，行行通，在政府的主导下，王君辉的君辉实业集团先后整合了颖州市的许多企业，成了集地产、建筑、酒店、商贸、教育、投资等多行业为一体的集团公司。兄弟两人如家族的两翼，经商与做官并举，财富与权力共生。或许是物极必反，随着颖州市市长的倒台，王君辉也因行贿、故意伤害致人死亡，于 2014 年被判处有期徒刑 18 年。

在王君卓兄弟如日中天时，东方晓老家的许多亲友，或是在王君辉的建筑工地上搬砖，或是在他的酒店里打工，或是在他的洗浴中心搓背，或是在他的商贸公司配送货物。为此，东方晓的家人，多次在东方晓面前谈起王君卓有本事。尤其是东方晓的母亲，在一次次的唠叨后，让东方晓忍无可忍，说："我就是没有王君卓有本事，谁叫你不是王君卓的母亲呢？"于是，东方晓的母亲就呼天抢地哭叫起来："我造了什么孽呀，辛辛苦苦供你上大学，还不是指望你出人头地？谁知你啥本事没有，不能给亲戚朋友办一点儿事儿，让人看不起，你不嫌丢人我还嫌丢人，你还敢顶撞我，我不想活了呀。我要回老家去，权当我没有生你养你。"在母亲寻死觅活的哭闹声中，东方晓离开了家，到单位加班，半个月都没有进家门，还是在妻子的劝说下，东方晓才和母亲缓和了关系，但一种被伤害的裂痕，却深深地刻在了东方晓的心上。

　　经过了十多个小时，东方晓和李俊杰回到了颖州故土。

7

晚上，李俊杰在颖州市的朋友为东方晓他们接风。在颖州市滨河宾馆的一个房间里，一下子来了15个人。觥筹交错中，李俊杰将这15个人给东方晓作了介绍。这15个人中有来自政府部门的县级干部，市公安局的副局长，法院的副院长，私企的老总。李俊杰游刃有余地与这些人说笑、交流。让东方晓充分见识了李俊杰在颖州市的人脉。虽然有这么好的人际关系，可李俊杰却跑到了人地生疏的深圳，此情此景，东方晓的感觉却是李俊杰在颖州朋友圈中回光返照。常言讲，人走茶凉，李俊杰虽然走了，可是这群朋友的关系却没有凉，或许是李俊杰离开的时间还太短，或许是李俊杰的朋友们真的很重情义。李俊杰在古城区纪委工作的妻哥周邦宪坐在东方晓的下边，有些不太合群。东方晓在别人敬酒时，和周邦宪闲聊。问周邦宪关于检察院"两反"转隶后的情况。周邦宪说："不太清楚，我已退二线了。"东方晓有些惊奇，说："你看起来应该不到50岁，怎么就退二线了？"周邦宪说："我为了当兵，将年龄改大了2岁，这次区里进行调整，50岁一刀切，我就被切下来了。"东方晓说："你为什么不将情况跟区里说清楚，纠正一下呢？"周邦宪说："不想找他们说，我在单位差不多一直被边缘化，这次切了正好。"东方晓说："是在部队时养成的耿直性格导致的吧？太正直的人，一般不太能融入群体中。"周邦宪说："你说对了。我被边缘化的原因，是因为得罪了我原来的上司。有一年，我上司的养父去世了，单位里的许多人如丧考妣，由办公室主任负责调度，许多人都陪在上司养父遗像前守灵，痛哭的样子，比自己亲爹死了都伤心。有一个正在外地为自己母亲看病的干部，听说后，竟弃自己的母亲一个人在外地的

19

医院，连夜买票回到颖州，虽然经过了十几个小时的奔波，但全然不顾疲惫，是家也不回，直接赶到上司的家中，跪守灵前，至3天后开完追悼会才匆匆赶回其母亲就医的医院。上司养父的葬礼，在当时可谓空前，殡仪馆的馆长说，他在那儿上班十几年，那是他见过的场面最大的葬礼，连医院都派出了几辆救护车做服务工作。我当时正值在职研究生考试，也礼节性地前去拜访了一下，就再也没有去了。因此，上司记住我了。以后，不断派我下乡扶贫，搞宣传，或临时借调市纪委，很少在单位待。这样持续有4年时间，比我进单位早的晚的，都先后提拔了，我总是原地不动，到去年就在副科级的位置上被切下来了。"东方晓说："你说的情况，让我想起网上流传的关于一个县委书记继父去世的段子，说他继父去世后，该县数百名干部闻讯前去奔丧，有几个乡镇党委书记，自备孝衣、孝帽，进灵堂后一口一个'亲爹'放声大哭，后来这些孝子们全部都被提拔了。"周邦宪原本很沉闷，听东方晓说到这儿，一下子笑出声来，引得全桌人都投来好奇的目光。听说是哭丧的段子，酒桌上的气氛更加热烈了，有几个女同志笑得前仰后合。东方晓虽然也跟着笑，但内心有莫名的悲哀。

酒后，东方晓回到了宾馆休息，喝得找不着北的李俊杰，被他妻哥送回了家。

8

上午，办好了相关手续，东方晓和李俊杰到颖州市看守所会见王君卓。

坐在律师会见室里，东方晓的心中五味杂陈。看守所的会见室在一楼的西头，公检法的提审室在一楼的东头。曾经，东方晓坐在东头能同步录音录像的专用提审室，一次又一次地与犯罪嫌疑人较量，有成功有失败。尤其是对职务犯罪嫌疑人的提审，常有极重的心理压力。许多职务犯罪嫌疑人在检察院的地下室审讯时，交代得真诚而确切，可一进看守所，不到24小时，就会翻供。这样，就多了一道对嫌疑人为什么翻供的再生证据的获取。获取到的再生证据，常让东方晓愤怒而无奈。因为，这里面牵涉到的不仅有看守所的干警，甚至有检察院内部的人。当时的东方晓不明白，内部的人，为什么也会充当内奸，为什么就没有基本的职业道德……正在想时，王君卓被带到了会见室。

看到戴着手铐，穿着印有"颖看"字样黄马甲的王君卓进到会见室，东方晓立即站了起来，百感交集地叫了一声："师兄！"王君卓虽然身陷囹圄，依然保持着惯有的官态。按照规定，王君卓坐在束缚手脚的会见椅里，与东方晓隔着玻璃，通过话筒对话。对面的王君卓，头顶早已秃了，发际线也已撤退到了鬓角后面，双眼皮下的眼睛虽然明亮，但眼袋深重。黄马甲敞着，大肚腩突出。这已不再是学生时代意气风发的学生会主席，不再是曾让东方晓仰视和鄙夷的王君卓，而是东方晓实实在在的当事人。

看到东方晓，王君卓关切地说："师弟，你的头发也白了，老了啊。"听到王君卓的这句话，东方晓想起自己看过的一本书中描写古代两军交战时两个将帅的对话："且喜将军齿发无恙。忆惜别君去赵,不觉距今已40余年,某已衰老,君已苍颜。人生如白驹过隙,信然也!"可东方晓无法对答王君卓秃顶的现实,问询得知,王君卓是在留置结束后,于2018年4月5日转刑事拘留进的看守所,于2018年4月12日被依法逮捕。看着王君卓,东方晓说:"师兄,我们在学校时,老师曾教过我们一句名言:'懂得法律时,法律会成为你的朋友。'你也是法律系毕业的,就如同医生一样,虽然无法避免生病,但可以根据自己的所学,最大限度地预防疾病的发生。师兄怎么就让自己走到这样的境地?"王君卓叹了一口气说:"师弟,许多年过去,你还是这样的一股书生气。你这种书生气,也是最让我敬佩和嫉妒的。我知道,如果找一个世故的律师,也许会给我提供最大的利益,但是,我不想再面对世故了,我累了,我只想对一个人说说我的心里话。法律的问题交给法律,我的故事只交给你。"东方晓说:"师兄,虽然你也是学法律的,但这么多年在官场浸染,估计也忘得差不多了,我是律师,有责任为你提供法律上的帮助,我还是想听听你所涉嫌的犯罪问题。"王君卓说:"检察院的检察官来提审我,对我讲了许多认罪认罚的法律规定。走到这一步,什么我都认,关于我犯罪的东西,都在案卷里,你可以通过案卷了解。我需要你给我提供的辩护是,我犯罪的根源到底是什么,通过我这样的案例,或许能给预防职务犯罪提供一方良药,也不枉我曾学习过4年的法律。"东方晓说:"师兄,虽然我不知道你犯罪的具体内容,但我想问一下,你对自己涉嫌的犯罪,是否有过反思与忏悔?"王君卓说:"反思,那是从我收第一笔钱时就有的,忏悔,我还没想过。"

王君卓的话让东方晓有了暂时的沉默,东方晓在检察院时,办过许多职务犯罪案件,似乎没有遇到过对自己的犯罪有真诚忏悔的,若是有所谓的悔罪,也只是为了求得从轻处理的一种策略。此刻,王君卓说没有想过忏悔,东方晓相信这是真的。

"师兄,五千年文明史的进程中,腐败从未断绝,但历朝历代,都有出淤泥而不染的清廉官吏,师兄为什么就没有守住自己的底线?"王君卓说:"这也是需要你给我辩护的内容,面对现实的生老病死、诱惑,有时真的很难拒绝。难以拒绝的也不仅仅是这些基本的物质需要,还有一些让身心愉悦的东西，也是导致贪欲的原因。"

东方晓看着王君卓，似乎明白一些王君卓所谓的身心愉悦的内容，只是不好意思问。王君卓接着说："我说的身心愉悦，有些在案卷中有，你可以看到的。权力有时也让人欲罢不能。师弟，有许多东西，你也许无法理解，但家庭出身，周围环境的影响，会让一个人变得连自己都不认得自己的。"东方晓说："我明白的，但是，做人，还是应该有所敬畏的，无所敬畏，就会有所报应。我还是希望师兄能真正地反思一下。"王君卓说："师弟，你就以我的案例，好好帮我梳理一下，哪些是无法回避的，这些无法回避的东西，能否成为他人的警示，能否对体制的完善有所裨益。"东方晓说："这也是我愿意接你这个案件的原因，我回去后，会将案卷的内容好好看看，希望能给你一个答案。"会见结束的时间到了，东方晓说："师兄，在这里，生活上你需要什么，告诉我，如果嫂子不方便，我给你送。"听到这里，王君卓一下子有些颓然，表情痛苦起来，说："师弟，我家的情况，现在不方便给你说，从冬天到现在，换季节了，麻烦你给我买一身换季的衣服吧。"东方晓说："好，我今天就给你买，你也要保重自己。"

看守所的警察给王君卓打开了会见椅上的锁，东方晓看到王君卓的眼眶有些湿润，他站了起来，目送王君卓走出了会见室。

东方晓和李俊杰来到看守所财务室，给王君卓交了 2000 元的生活费，顺便问了一下余额，财务室的人说，从他进来，家里没有给他送过一分钱的东西。李俊杰说："这一家人咋会这样呢？"东方晓说："或许有哪些不得已的苦衷。"两人走出看守所，步行了近三公里，才坐上出租车，回到市内。

9

　　到市内后，东方晓和李俊杰给王君卓买了衬衣、体恤、裤子、短裤、袜子和其他一些日用品，委托李俊杰的妻哥周邦宪帮忙送到看守所。两人到检察院复印完相关案件材料，踏上了回深圳的高铁。

　　在高铁上，李俊杰问东方晓："我一直奇怪，王君卓难道没有家人吗？为什么没有人给他送东西？就是平常人家，家里人犯了罪，也会送钱送物的。王君卓是个贪官，他家应该很有钱。现在办案很人性化，即使对相关财产进行扣押冻结，也会给家属保留有基本的生活费用的。王君卓工作这么多年，正当的收入估计也会有很多啊。"东方晓说："不合常理的事情，往往有其合理的原因。一人得道鸡犬升天对应的就是树倒猢狲散。一个人，当他得意时，身边都是亲戚，当他失意时，很多人避之唯恐不及，这种现象，在明代的《增广贤文》中有句话概括得很精辟：'贫居闹市无人问，富在深山有远亲。'出事儿后，没有人给他送东西，也可以理解。现在，许多人都是裸官，他的兄弟已进监狱，说不定他的妻儿都在国外，父母年迈没有见过世面，无法帮助他，也有可能。"李俊杰说："你和他是师兄弟，他家庭的情况，你应该有所了解，他老婆做什么工作呢？"东方晓说："大学刚毕业时，与他还有些许来往，以后，随着他地位的升高，就没有再来往过了，对他老婆的了解，还只限于他一些传说。"李俊杰说："路途寂寞，你就说说你了解的情况吧。"东方晓打开水杯，喝了一口茶，给李俊杰讲自己所知道的王君卓老婆的事情。

　　"我们上大学时，有一年冬天，他的女朋友从老家来看他，给他送亲手织的毛衣。那是我第一次见他老婆。那个女人，长得像春秋时的无盐。

我们系当时住在两排平房里，男女生宿舍相邻。王君卓是系里的名人，听说王君卓女朋友来了，大家都很好奇。看到他女朋友后，许多女同学都捂着嘴偷笑。大学时代，王君卓也是玉树临风，帅哥一个，可找了一个被女同学形容为塌塌鼻子窝窝眼、稀发龅牙的山顶洞人，大家都有许多不解。后来，听他同村的韩得水说，王君卓家很贫穷，经常吃不饱穿不暖，但王君卓很聪明，学习成绩非常好，老师同学都很看好他，认为他很有前途。他女朋友的母亲是村里的书记，家里很殷实，且他女朋友家姐妹七个，清一色女孩儿，他女朋友又是老大，在高中时，他女朋友用物质加各种手段，追上了他，从此，王君卓的吃穿用，都靠他女朋友提供。他丈母娘非常喜欢他，一放假就让他住到家里，当儿子对待。在高中时，他女朋友就流过产。高中毕业后，他女朋友考上了一所中专学校，早他两年毕业，分配到了乡里教书，王君卓大学时的费用，也都是他女朋友供的。出于感激之心，王君卓对他女朋友不离不弃。王君卓大学毕业后，一级分配至省委党校，刚参加工作，就结婚了。结婚之后，很快就有了孩子。以后，他又把老婆调到了省委党校下面的一个机构。后来的情况就不知道了。"

李俊杰说："这样看来，王君卓也是个有情有义的人啊！"东方晓说："人，都有两面，没有绝对的好，也没有绝对的恶。我虽然厌恶王君卓，但更多时候，还能理解他。每一个人都应该有所追求，但无论如何，都应守住一些底线。"李俊杰若有所思，打开水杯，开始喝水，接着说："不说他了，主任，说说你的恋爱故事吧。"东方晓说："我能走到今天，也是得益于老婆啊。"李俊杰调侃道："你不会也和你师兄一样，没结婚就把女朋友肚子搞大了吧？"东方晓说："那倒没有，不过，也是婚前就同居了。我家的条件也很差，但我老婆没有嫌弃我，在我最苦闷的时候，她总是安慰我，鼓励我。在别人仕途得意，我一直平庸无为的情况下，你嫂子从没有抱怨过我一句。她是一个很平和的人，但又是特有主见的一个人，当我决定离开检察院时，她说：'树挪死，人挪活，你放心地去吧，家里有我呢，就是你不挣一分钱，我也能养活咱的家。'她让我从无后顾之忧。我家里大大小小的事儿，都是她操心的，我的亲戚朋友都喜欢她、尊敬她，她给我家的弟弟、妹妹、弟媳树立了一个榜样。有妻若此，我很满足。"

两人说笑间，高铁驶入了武汉站，李俊杰说："在这儿停的时间长，我下去透透风。"

继续前行中，高铁在隧道间穿梭，两人开始打盹。

10

　　到家已是子夜。东方晓走到楼下，看到自己住的单元楼层上，亮着灯。东方晓知道，那是佳惠知道他今天要回来，特意为自己亮起的灯。多年来，为案件经常出差，无论多晚，都有一盏灯在等着自己，那是春夜里的感动，夏夜里的清凉，秋夜里的亲情，冬夜里的温暖。虽然这是王佳惠的习惯，东方晓也早已习惯了这样的情境，但今天，比对王君卓的情况，东方晓的心中，有别样的起伏。

　　东方晓出生时，正值"文革"，城里经常发生武斗，很不安宁。于是，父母就将他送到了乡下的外婆家。在外婆家一住就是8年，8年间，东方晓的记忆里，只知有外婆、舅舅、姨、表姨，不知有父母。在外婆家的生活，幸福自在，无忧无虑。冬天的夜里，外婆在如豆的煤油灯下，坐在纺车前纺线，东方晓安静地依偎在外婆的身边，看外婆摇动纺车，将一团团棉花环绕纺车变成长长的线。睡觉时，外婆会将东方晓冰冷的手脚放在自己的肚子上取暖。夏夜，在露天的院子里，东方晓躺在外婆的怀里，看繁星满天，银河南北，流星飞落，外婆一边为东方晓摇着芭蕉扇驱赶蚊虫，一边给东方晓讲神话故事，东方晓常常是听着听着，就进入了梦乡。东方晓8岁后，回到了自己的家，开始了梦魇一般的生活。东方晓搞不清楚，母亲为什么对他那样仇恨，整天非打即骂，外加恶毒地诅咒。在这样的状态里，东方晓变得胆小怕事，有极大的不安全感。很多次，东方晓想到自杀，用力地憋气，想闷死自己，用绳子勒自己的脖子，用削铅笔的刀子切自己的手腕，但都由于一种求生的渴望，让东方晓最后选择活着。经过刻苦攻读，东方晓逃离了家。大学期间，认识了出身教师家庭的王佳惠，王佳蕙的温柔、贤惠、善解人意，带给东方晓久违的亲情。听东方晓讲自己童年的快乐，少年的苦痛，王佳蕙常常是一边欢喜，一边流泪。东方晓对自己原生的家，有深刻的恐惧，总害怕一年中的两个假期。王佳蕙的父母知道东方晓的情况后，每到寒暑假，都会在县城为东方晓和王佳蕙找一份临时的工作，让东方晓回避父母的伤害。工作后，升迁无望，生活困窘，势利的母亲常常对东方晓冷嘲热讽。单位的领导因东方晓不会巴结，从不看好东方晓，时不时地还会嘲讽两句。有一次，领导对他说："每个想进检察院的人，或多或少都会找人给我打个招呼，送条烟或两瓶酒，你是组织部直接分过来的第一个大学生，来之后，也不找我汇报一下，我很长时间都不认识你是谁。"单位同事大多来自市里的干部家庭，早已自成圈子，对外来的东方晓若即若离，让原本自卑的东方晓更加自卑，如孤雁一般。不管东方晓处境如何，王佳蕙都用不放弃不抛弃的执着，用女人特有的温婉细腻，关爱东方晓，给东方晓最安全最踏实的依靠，让东方晓的心有停靠的港湾。是王佳蕙的爱，让东方晓走出心灵的阴霾，勇敢离开近乎窒息的单位，开始了全新的人生。东方晓常想，上苍对人真的是公平的，当它为你关上一扇门时，一定会为你打开一扇窗。自己的生命中，不管多么痛苦纠结，但有王佳蕙，就会无所畏惧。

听到钥匙转动的声音，穿着粉色真丝睡袍躺在沙发上的王佳蕙，立即走到门口，迎接东方晓，为东方晓换上拖鞋。东方晓将王佳蕙拥在怀中亲吻，牵着手走到沙发前坐下，王佳蕙为东方晓冲泡兰贵人。

虽然坐了一天的火车，躺在床上的东方晓却没有睡意。他给王佳蕙讲述自己回颖州市会见王君卓的情况。听后，王佳蕙说："每个人都不是天生的坏人或好人，变坏，或许都有这样那样的原因。我虽然不喜欢王君卓的为人处事，但从本质上讲，王君卓原本不是很坏的人，他的人生蜕变，或许有不得已的苦衷。现在，他落到了这样的境地，我们一定要帮他。他的父母若有困难，我们也要伸出援手，在这样的时候，我们要给王君卓一些人情的温暖。"东方晓把王佳蕙紧紧抱在怀里，说："我就知道，你会这样，善良的人，总不忍别人苦痛。明天，我会耐心翻阅王君卓的案卷，认真为他辩护，让他看到活着的希望。"

11

东方晓坐在宽敞明亮的办公室里，看李俊杰打印出来的王君卓涉嫌受贿、贪污、滥用职权、串通投标犯罪的案卷，心被堵得透不过气来。

东方晓皱着眉头一页页读王君卓为求得从宽处理而写的悔过书。王君卓的字里行间，流露出的是对过往工作中取得成就的满足，对自己在权力斗争中一次次脱颖而出的得意，对仕途上升所采用手段的无奈，对自己无法抗拒金钱诱惑的自责，对身陷囹圄的不甘。

王君卓悔过书的第一段写道："在被留置的近半年时间里，刚开始时，从一日三餐中，还知道是白天或是夜晚，以后的日子里，一切都在混沌中度过，唯有领导跟我谈话时，才能唤醒我对时间的感觉。感谢监委领导和同志们对我苦口婆心的教育，使我这个曾是法学专业的人，重新审视了自己所学过的法律。冰冷的现实告诉我，我愧对学过的法律，我用自己所谓的小聪明来对抗调查，一切都是徒劳。唯有坦白，才是我求得组织谅解和获得从宽处理的出路。当我将自己违法犯罪的事实全部交代后，我真的如释重负。"

东方晓在检察院从事自侦工作时，多次被抽调到纪委办案。在办案基地，许多被"双规"的人，在全封闭软包装的环境里，除了被谈话，每天面对的是两个小时一换班的看护人员，两个看护人员，在目标的左右或前后，相距是标准的一臂距离，使目标想自杀的可能都没有。房间里，白炽灯替代了外面的阳光，夜与昼没有什么不同，吃饭是专用的安全饭盒与汤匙，洗澡要经过允许，办案点的医护人员每天机械地测血压与血糖，定时发放吃的药片。许多人或许是无法忍受环境的压抑进而选择了放弃抗拒。

在中国人的理念中，好死不如赖活一直根深蒂固，这与西方人不自由毋宁死的理念有很大的不同。随着中国法律与世界的接轨，职务犯罪的死刑已近乎废弃。东方晓理解王君卓的感受，以东方晓对王君卓的了解，东方晓相信，王君卓绝对不会真诚地忏悔，习惯投机的人，总会做对自己最有利的选择。

东方晓继续看王君卓的悔过书，王君卓在第二段开始回忆原生家庭对自己的影响。因贫穷，在偏僻封闭的乡村，饱尝侮辱与欺凌，这也是他高考填报志愿时选择法律专业的重要原因。走上工作岗位后，面对自己一无背景二无钱财的现状，是怎样通过刻苦的努力，付出了比常人多得多的代价，才一步步从科员晋升为科级干部，又是怎样通过巴结领导，讨好权贵，才晋升到了正处级的位置。读着，东方晓的心有莫名的酸楚。

作为一名律师，东方晓应该是早已修成了泰山崩于前而色不变的从容。但因案卷中涉及的人和事，是他曾经熟悉且痛恨，长久以来却越演越烈的现象。王君卓的悔过书，让东方晓的心再次起伏难平，甚至有拍桌子踢板凳的躁郁。律师，不仅仅是为当事人争取最大利益，更有个人之于国家的责任，那就是希望自己生存的国家，是法治的国家；生存的社会，是公平的社会；生存的环境，是有尊严的环境。王君卓的悔过书，再次颠覆了东方晓从大学时代追求的美好。厚重的现实，哪里是仅靠一己之力能够改变的？渺如云烟的理想，在许多时候，都让东方晓感觉自己像那个可笑的用长矛挑风车的堂吉诃德。

12

　　近 50 页的悔过书，王君卓用漂亮的正楷书写。若不是内容的沉重，完全可以当作书法来欣赏。细细看完了悔过书，东方晓打开办公室的窗户，深深地吸了一口外面的空气。春阳下的深圳河，静静地向远方流动。一如王君卓疑似平静心态下写的悔过书，透过字里行间，能感到官场的波诡云谲。东方晓坐到茶台前，用水晶杯冲泡从颖州市带回的毛尖茶。毛尖在 70 摄氏度的水温里，翻飞起伏后，细圆的茶叶在杯底直立，碧绿的茶汤里白毫漂浮。东方晓转动手中的茶杯，轻嗅茶的清香，静看茶的柔嫩，暂时驱散了心头的郁结。正准备喝时，李俊杰敲门进来了。

　　看到东方晓在喝茶，李俊杰说："主任，我从隔壁就闻到了茶香，原来你真的在喝茶啊！"

　　东方晓说："要不要来一杯？这还是你买的，我来深圳多年，已很少喝毛尖了，这茶，能喝出乡愁啊！"

　　李俊杰说："主任，这么诗意？不是茶能喝出乡愁，是你原本就有乡愁的情结，看你已晾好了这么多开水，泡吧。"

　　两个大男人用相同的手势，捧着茶杯，一边转动，一边观赏，一边品评，一边开始了对王君卓案件的讨论。

　　"主任，王君卓的卷宗你看了吗？"

　　"俊杰，以后不要叫主任了，在我们所，每个人都是平等的，没有等级观念，不需要官场的称谓。你以后叫我东方或晓哥都可以。因为和王君卓是师兄弟的关系，我更关注他的心路历程，刚才只看了他的悔过书，其他还没看。说说你看的情况。"

"好，那以后就叫你东方好了，这个姓听起来很高大上呢。我用了大半夜的时间，粗看了一遍，你这个师兄还是个很有情怀的人呢，涉案金额7000万，其中的半亿都用于捐修观音堂AAAA级景区、捐修希望小学、捐助贫困孩子了。刑期可能会在无期以下了。"

"即使没有这些捐助或捐修，只要积极退赃，也不会有死刑的。有太多的判例，许多涉案金额几个亿的尚没有死刑，更何况他的7000万。还有哪些东西？"

"他的老婆与女儿早已移民美国了，他其实是个裸官。他有个情妇叫文一帆，在他出事儿后就失踪了。他说他给了文一帆280万的现金，在盛世佳苑买了一套价值280万的复式公寓。这个事儿因文一帆没有找到，估计不好证实。"

听到这里，东方晓说："怪不得出事儿后没人给他送东西，原来是这样。大额现金的流通，也为腐败提供了一定的条件，要是能限制大额现金的流通，钱走过的地方，都留有脚印，也会为案件的查证提供许多便利。唉，不知道什么时候才能在这方面进行改革。案件还有哪些可辩性？"

李俊杰说："除了受贿、贪污，其他方面都应是政府行为，只追究他的责任，有失公平，从卷宗中看，里面还应牵涉比他更大的官员，若是他提供相关线索，可以立功的。"

东方晓说："估计他还有幻想，不想牵涉更大的官员。其实，他现在可以说是众叛亲离了，他的弟弟已进监狱，家族企业已面临倒闭。妻子、女儿在国外，估计短期内也不敢回来。情妇也被他供出来了。他还有什么放不下的呢？"

李俊杰说："我也是这么想的。如果他有立功表现，不仅可以为他减轻罪责，更重要的是还能再揪出些贪官，也算是为反腐作了贡献。"

东方晓将自己的茶杯续上茶，又为李俊杰续上，对李俊杰说："你再好好看看卷宗，我也要全面地看一下。虽然他不求有什么好的结果，但作为他的辩护人，我们还是要为他认真辩护。我从他的悔过书中，已隐约读出了他的许多无奈，这或许就是你说的，有些罪责，不应由他来全部承担。每一个人，都有两面，在某些机缘成熟时，就会将两面发挥得淋漓尽致，王君卓就是这样的一个人。他的本质并不坏，原生家庭也不应是导致他腐败的根本原因，他的腐败，或许是代表了一种现象。我们是律师，是法律工作者，我们有责任通过我们办理的案件，找出一些根本的问题，通过我们的法庭辩护，为社会治理提供一些思考。"

李俊杰调侃道："东方，你的语气，像作报告啊！满满的正能量。"东方晓说："或许是经历了体制的洗礼，总有一种情结，或是一种心结。我相信，你也会有的。"

杯中原本碧绿的茶已变得无色，东方晓提议再换一杯，李俊杰说："四泡正好，不喝了，我要回办公室再认真看看卷宗，列一个会见提纲，再跟你讨论。"东方晓说："不用急，这样的案件，一般都会被延期退卷的，起诉到法院估计到年底了。"

送李俊杰走出办公室，东方晓再次站在窗前，向远方眺望，一朵白云悠悠地在蓝天里穿行，东方晓的心舒展了许多。

13

夜深了，东方晓全无睡意。他再次打开已关闭的电脑，看王君卓的案卷。

曾经从事过 13 年自侦工作的东方晓，早已熟知了贪官行受贿的一些套路，无非是利用干部的调整，主管某些事项的签字，在重大事项的决策上将权和利运用到极处。这种权力的运用，有赤裸裸的，全不顾吃相；有隐晦的，让人在猜测中进行试探；有遮掩的，那是当了婊子后还要立个牌坊的；有事后笑纳别人的感激的。不管哪种形式，都是权与利的交易。权与利是难分难解的兄弟，权可以生利，利又可以反哺权。无论权和利在哪个层面，都无法突破这两面的法则。东方晓常想，这些已享有比一般老百姓更多地位与方便的官员，为什么不去为大众用好权，谋好利，若走正道，就会极大地赢得大众的信任。就像淮河战役时，老百姓剩下一尺布送来作军衣，剩下一碗米，用来作军粮，剩下一个孩子，也要让他上战场，正是这样朴素的感情，才换来了一个全新的中国。现实中，权为自己谋利，突破一定限度时，也会出现反噬，这种反噬，不仅是贪官失去了辛苦捞取的好处，失去了人民群众的信任，更重要的是，这种坏的风气，在相当时间内，难以净化和修复，虽然也会有各种形式的专项教育，但如风刮过一样，虽然扫荡了一些尘埃，但没有多久，一切还会恢复原样。多年的自侦工作，使东方晓苦苦地进行思索，无法为权和利的有效制约找出一个良方。在体制内工作时，每办结一个案件，案发单位都会邀请检察院领导前往进行法治教育。这项工作，很自然地就会被领导落实到东方晓头上。因为东方晓系出名门，且课讲得生动而深刻。开始时，东方晓面对案发单位数百人的听众，总会侃侃而谈，激扬万千，东方晓希望，通过以案释法，能查办一个，教育一片。一次又一次，东方晓发现，这些只是一种形式，通过这种形式，不是警示犯罪，在某种意义上竟是为犯罪提供了一个模板，为犯罪更加隐秘提供了借鉴。东方晓的心刺痛。

翻阅历史资料，东方晓发现，凡是老百姓生活富足，有安全感的时代，贪腐就少。现在对腐败的惩处力度不可谓不大，为什么还会出现同一个单位的一把手前"腐"后继的现象？纵有许多制度，为什么形同虚设？东方晓思索了太多的原因，但每种原因都不是孤立的存在。这些原因相互缠绕，犹如肌体上扩散的癌细胞，无法定点清除。东方晓原本是抱着已有的惯性思维来阅读王君卓受贿笔录的，可是，王君卓受贿的方式与赃款的去向，再一次颠覆了对王君卓的认识。

办案人员问王君卓，为什么竟敢明目张胆地索要辖区工程利润的10%时，王君卓回答："没有钱，什么事儿也办不成，我想出政绩，但受到了太多的掣肘，我不得不另辟蹊径，向那些资产和个人财富已过亿的富豪伸手。"这一问一答，让人感觉王君卓不是手握大权的政府官员，而是一个劫富济民的江湖侠客。

卷宗中显示，王君卓为实现自己政绩工程的理想，向富豪伸手的第一笔贿赂是从修一条路开始的。

那是一条横贯东西连接高铁站与高速路，直接关联开发区工业园区项目进驻的路，该路规划名称为开元大道。费尽九牛二虎之力将沿途的建筑拆除后，老百姓的补偿款却迟迟到不了位，也因资金问题一直无法落实，道路开不了工。常年失修的路，坑坑洼洼，高低不平，被老百姓戏称为"天花脸路"，这条"天花脸路"，也成为媒体调侃的素材。拆迁户的上访，道路的失修，项目的无法落地，直接影响了王君卓的晋升。在由正县到副厅的追逐中，先是由和其弟王君辉关系密切的市委组织部部长因受贿被查而搁浅，后是由"天花脸路"引发的媒体效应受影响，导致王君卓一步跟不上步步跟不上，在正县的位置上徘徊。王君卓找不到解决问题的出路。正当王君卓一筹莫展时，王君辉的私人顾问邵如节大师来到了他的办公室。随着君辉集团的扩展，王君辉结交的人不仅有达官显贵，更有三教九流。邵如节号称北宋理学家邵雍的第 55 代嫡孙，邵如节在多个场合炫耀，其曾准确预测过南非总统的去世，并且用道家专用的符挡住了无常的索命，延缓了总统的寿命，为华人的撤离留足了时间，进而名声大噪。王君辉通过当地一知名道长结交了邵如节，并奉邵如节为座上宾，后来专聘邵如节为私人顾问，为王君辉不时地指点迷津。王君辉被判刑后，邵如节也失去了联系。久已失联的邵如节突然来访，给王君卓带来了别样的契机。

寒暄过后，邵如节说："令弟本不是凡人，在天界时，就因违反律条被降凡尘，这一世，必历一劫，才能成就正果。这也是定数。我今天来，有一事求助主任，也是为众生造福。能否在贵辖区建一所综合学校，解决将来开发区子弟的上学问题。"

开发区内原本已有小学中学，但因原属于农村和郊区，教学质量一直不高，生源也得不到保证，其中一所小学，6 个年级的在校学生不足 30 人。现在，再建一所学校，若是高质量的学校，何尝不是一件好事儿。王君卓心动了。善于察言观色的邵如节，通过王君卓嘴唇上抿的一个表情，就知道事情会有眉目。接下来，永基地产商来找王君卓接洽。在邵如节的策划下，土地以切块的形式批了下来。王君卓知道，作为房地产开发商的永基地产，建学校或许是个幌子，真实的用意应该是通过教育用地的方式拿到土地后，搞房地产开发。王君卓不点破，对方也不明说。但在一次次手续的顺利办理中，永基地产公司通过邵如节给王君卓送来了 1000 万元人民币。这 1000 万元，相对于修好一条"天花脸路"要花费的 3 亿元人民币，实在是杯水车薪。但对于暂时缓解拆迁户的上访，却如天降甘霖。王君卓让邵如节以匿名的形式为开元大道的修建进行了专项捐助。这 1000 万元，很快发放到拆迁户手中，对开元大道的修建，起到了有力的维稳作用。

14

东方晓无法理解王君卓为什么采用迂回曲折的手法，受贿和捐献。从法律的角度讲，王君卓的行为涉嫌受贿犯罪是存疑的，从主观上看，既有其先受贿后捐献可能，也有其目的就是让开发商得到实惠后，变相为老百姓解决补偿款，以解燃眉之急。从纪检监察的角度来讲，这样的行为一般不应认定为受贿犯罪。可在监委移送起诉时，却将这1000万元认定为受贿犯罪。案件最终的裁量权在法院，还有无罪的可能，东方晓将此份笔录存在的问题做了标记。

看完第一份对王君卓受贿的讯问笔录，东方晓有些疲惫，从电脑前站起来，想给自己接壶泡茶的开水。打开书房的门，走到客厅，发现王佳蕙也没有休息，正躺在沙发上看书。看到东方晓出来，王佳蕙将书合上，从沙发上起来，接过东方晓手中的青瓷茶壶，一边到饮水机前接水，一边说："看累了吧，有什么新奇的东西，说来听听。"东方晓坐在茶台前，端起王佳蕙冲好的咖啡，用小匙慢慢搅拌，怜惜地看着王佳蕙，说："这么晚了，你怎么还不睡？就为了等着听新奇吗？"王佳蕙嗔怪地笑着说："还不都是你造成的，你过去在检察院办案，常常一连数天不回家，哪天我不是空帷独守，等到月上高楼？"东方晓说："这不是《白蛇传》中白娘子怨恨许仙的唱词吗？我可不是许仙，这一生一世没有谁能诱惑我离开你的。"王佳蕙幸福地歪在了东方晓的怀里。东方晓将王君卓受贿1000万元用于给老百姓拆迁补偿的事说给王佳蕙后，问："你是搞教育的，你从心理学的角度给我分析一下，王君卓这样做的原因是什么？"王佳蕙说："从客观上讲，王君卓是为了平息百姓上访，且作出一番政绩。从主观上讲，或是出于害怕，不敢收这么多钱归自己，但又不好讲通，因为不是收受这一笔。或许是出于一种对权力与金钱的玩弄，也就是说，因权力收受的这笔钱，体现了个体的价值，但又对这笔钱有不屑的心理，进而给这笔钱找个出口，留待以后作为炫耀的资本。也或许是真的出于为民办事，就像过去劫富济贫的强盗，这其实也是一种心理不平衡的表现，只不过是用另外一种方式展示罢了。"东方晓说："复杂了，你说得让我有些迷糊了，我认为，他就是第一种，他弟弟出事儿后，他害怕失去仅有的权力，对仕途依然抱有幻想，想用别的方式，来作出成绩，引起关注，谋求上升。现在地方政府欠的债，都快到了破产的地步，但为了政绩，还要不停地搞建设。就拿颖州市来说，纵横的交通已成网络，但为了更快，还要加大力度修各种道路，不管是高铁、高速还是普通道路，哪一条不征用基本农田？拆迁补偿只是一时一事的，土地尤其是耕地，一旦遭到严重破坏，修复的代价就太大了。不知道政府决策时，是否真估算过损失与收益。"王佳蕙调侃说："可惜了东方大律师，你真应该从政，满腔的忧国忧民啊！"东方晓说："不说了，离题远了，明天就此问题，我要跟李俊杰探讨一下，这个辩点，能引发许多思考。"

喧嚣了一天的都市，沉寂在无边的夜色里，和王佳蕙的一番讨论，驱散了东方晓的疲惫。咖啡因的作用，让东方晓睡意全无，东方晓拉着王佳蕙的手，说："睡不着觉，想在夜色里走走。"王佳蕙说："好，满足你的浪漫，夜有些凉，你披件长袖。"

东方晓牵着王佳蕙的手，在花木葱茏、曲径通幽、万籁俱寂的小区散步，仿佛回到了大学时代。

15

安排完工作，东方晓为自己泡好一杯绿茶，在隐隐的茶雾中，打开电脑，继续看王君卓的案卷。

王君卓交代的为打造观音堂景区收受贿赂的事情，让东方晓再次刷新了对有些官迷干部的认识。

邵如节温水煮青蛙的行贿方式，不仅拉近了与王君卓的心理距离，更重要的是，邵如节用易学的神秘与实用，带给王君卓梦幻般的仕途远景。

和王君卓同时提拔的同僚先后都得到了不同程度的提升，一年又一年，王君卓虽然感觉时不我待，但也只有着急的份儿。伴随着焦虑、失意、愤懑的是不甘。因颖州市市长、组织部部长、人大常委会主任的案件，都先后牵连到了君辉集团的王君辉，一荣俱荣一损俱损的现实，使王君卓不敢与高层交往，除了观望只有等待，且这种等待是恐惧的等待。王君辉的事情，虽然没有牵连到他，但是他没有一刻的心安。王君卓太怕失去那历尽周折，满含屈辱得到的使他可以颐指气使、挥洒自如、睥睨万千的七品官位。王君辉出事儿后，他只有千方百计地创新，力图用政绩来保护自己。可官场的错综复杂，钩心斗角，各怀鬼胎，使他无法更好地施展拳脚。他渴望上苍的眷顾，他渴望找到一个出口。邵如节的出现，为他打开了一扇连接红尘与世外的窗。

一天，邵如节又来到王君卓的办公室，从背着的沉重的包中拿出了一个篮球大小的水晶球。看到这个水晶球，王君卓的心忽然有了别样的宁静。邵如节将水晶球以倾斜45度的方式装在了王君卓宽大办公桌的左边一角。"水晶是有灵气的东西，它能带给你不一样的运气，我将它放在这个位置，好让它能通过窗户吸取日月的光华，为你照亮以后的前程。你以后每天上班时，就用手摸一下它，吸些它的灵气。"在大学时，哲学总考前几名的王君卓竟然相信了。落座后，邵如节说："这个水晶球，只能作小环境的改善，要作大的改善，你必须做一件大善事，这件善事，才是打通天界与凡界的桥梁，若是做好，那将是几世的功德。这事儿，也只有你能做成。"王君卓问："什么善事？"邵如节说："你是守着神仙不去拜，错失许多良机啊！"王君卓说："别卖关子了，快些说，到底是啥事儿？"邵如节说："在你这一亩三分地里，有座观音堂，这座观音堂有悠久的历史，是打造颖州市旅游文化的一张名片，听说市里有修建观音堂景区的规划，你何不在你的任上，为神做些事儿，也为自己积些阴骘。"王君卓说："大师就是大师，这观音堂景区，早已纳入市里的规划，修建这个景区，不仅可以带动旅游，更为市民的休闲活动提供了一个场所，还可以通过这个景区的打造，提升开发区的人文品位。只是，修建这个景区，要用去许多财政预算啊！"邵如节说："你可以将观音堂景区的核心部分承包出去，大殿、配殿，都由承包人承建。签个合同，规定多少年内，周边的商铺收益都归承包人，这不是一举多得吗？这其实就是借鸡下蛋，也叫招商引资，全国都在提倡呢。""谁愿意承包呢？""承包的人多了，这是做功德的，星烁集团的李密云就有这个实力。"王君卓说："那你给牵个线吧。"邵如节说："李密云早就想认识你。这也是缘分。我回头带他来见见你。"

李密云通过邵如节和王君卓成了拜把子兄弟。为修建观音堂景区，王君卓可谓操碎了心。夜阑人静时，王君卓常会到观音堂的院子里徘徊，一遍遍在心中祈祷，能顺利地将景区建好。可是，为了修建一条通往观音堂景区的路，也就是菩提大道，让王君卓伤透了脑筋。修这条大道，需要2800万元的资金，可在班子会上，遭到了开发区书记马道明的竭力反对。马道明认为，财政的钱应首先用在创业园区的建设上来，开发区的主要功能是搞项目开发，而不是什么景区建设，且观音堂景区位置偏僻，即使建成了，也很难有大的收益。共产党的干部，信仰的是马列主义，观音是宗教范畴的东西，公民有宗教信仰的自由，可以去烧香叩拜，作为党的干部，还是不要过多地掺和其中。其他人也都从不同角度论证了观音堂景区建设的不现实性，把钱花在刀刃上，是大多数与会人员的共识，王君卓对此真的无可奈何。

回到办公室，秘书宫牧言看王君卓心情不好，就说："这帮子人，有文化的没几个，凡事没有他们不反对的，这也是开发区搞不好的原因所在。其实，我们可以想想其他办法，不就修一条路吗？看能不能从其他方面入手。咱不是正准备修一条开发区的铁路和高架桥吗？金桥银路铜建筑，看能不能加大一些预算，留出一部分钱，将菩提大道修好。"王君卓看着这个跟了自己多年的秘书，眼睛中有了亮光。

开发区的铁路和高架桥，先后有多家公司前来竞标，几经选择，由宫牧言参考和运作，选定了一家驻颖州市的央企，通过萝卜招标的方式，让该央企中标。中标后，星烁集团承建了路桥工程的30%。后由央企通过加大材料费用的方式冲出了2000万元，由星烁集团提取了800万元利润，全部打到了秘书宫牧言表妹的个人账户上，这笔钱以星烁集团的名义，捐修了菩提大道。

笔录中只是笼统记录了这笔钱的来龙去脉，至于宫牧言如何运作让央企中标，又如何通过加大材料费用，星烁集团如何提取800万元却没有详细记录。这又是一笔存疑的款项，东方晓再次做了标记。

东方晓无法理解王君卓修建观音堂景区的执念。仅仅是为了观音的护佑，或是其他？东方晓心中留下了一个谜。

16

　　仕途的追求，对一个出身卑微的人，虽然不能与达则兼济天下穷则独善其身相类比，但也反映了一个人的抱负与志向。王君卓在学生时代的服务精神，沟通能力，是公认的行，这种行，首先得到了系辅导员的认可，继而得到了系主任的认可，从而成了年级长，成了学生会主席，成为系里最早入党的一批学生，最终在毕业时得到了一级分配的指标。在颖州市，王君卓的能力在许多场合也是被人称道的，尤其当人们知道王君卓和东方晓是师兄弟时，那种对东方晓的惋惜，常让东方晓有低人几个等级的感觉。在一次次的语言打击下，东方晓变得有些麻木，人与人有天然的区别，东方晓的天性，注定无法在体制内成就功名，因此，有时也会装着随声附和。虽然厌恶王君卓，但作为同是来自穷乡僻壤的寒门子弟，东方晓还是希望王君卓能不断上升。

　　通过卷宗显示的内容，王君卓在仕途的追逐中，不但遇到了瓶颈，而且遭遇了内外交困。为了突破瓶颈，王君卓应该是没有悟透天行健君子以自强不息，运背时，君子当守时待势。王君卓剑走偏锋的结果，其实是双刃的。一方面有木秀于林风必摧之的同行之间的嫉妒，一方面有急功近利不择手段带来的严重后果。掩卷叹息后，东方晓对王君卓多了一分同情与怜悯。

　　为公受贿，法律与学理上有太多可探讨的地方，但是，虽然为公，在处理时，也只能是量刑情节的考虑，东方晓理解王君卓的良苦用心，也深深地理解，王君卓不求从宽处理，只想找一个出口的原因，那是想以自我的牺牲来证明些什么的纠结与无奈。

喝了一杯茶，东方晓在办公室踱步沉思后，继续翻看案卷。

那是一次门庭若市的受贿。这次受贿，犹如飞蛾扑火，那种眼前的光亮，其实是暗黑的表象。

长期的压力与劳累，王君卓患上了脊柱炎。当时正值春节，为了有利于休养，王君卓决定到三亚去过春节。因仍处于治疗阶段，王君卓除了带着自己的秘书宫牧言外，还带了颖州市第二人民医院的骨关节科的一位主治大夫、一个护士和星烁集团的李密云。李密云在海南开发的有房地产项目，在海南一个度假区内，购有两套别墅。王君卓的治疗团队就住在李密云其中一套别墅内。王君卓入住后，别墅门前每天香车宝马，络绎如云。在三亚发展的颖州市成功人士，争相宴请王君卓。听说王君卓在三亚治疗，开发区各局委的大大小小的头头，纷纷飞往三亚进行探视。探视的结果，大大小小的头头，趁机公款旅游，也用多则五万少则三万的小意思，加深了与王君卓的感情。据秘书宫牧言粗略统计，这次各局委的探视表示，共计130万元。此130万元，后来通过宫牧言，全部捐献给了辖区一农村中学，用于学校教学设备的添置和孩子们的营养餐费用、贫困孩子的生活费用。

王君卓的内心，应该有一种情结。对贫穷的悲悯，对教育改变命运的希冀，对自己过往少年时代穷困生活的记忆。当有机会能改变些什么时，这种情结，如得到滋润的枯草一般疯长。

这笔130万元的受贿款，若是通过纪委的渠道上交，最终再通过班子会的研究，应该不会被认为犯罪的。但因少了这一环节，就有了质的不同。东方晓对王君卓的聪明反被聪明误有些悲哀。

130万元，虽然是由不同的人送来的，但都有一个共同的特征，那就是公款。这些公款，都以不同的形式从各单位的财务账上冲销了，但在开发区造成的影响却弥漫开来。有些人，除趁机旅游外，还搭车报销了原本应由自己出的费用，有人甚至借机贪污了一部分钱。这件事，让东方晓仿佛看到了一群嘴脸，那样丑陋，那样可憎。

17

心头感觉憋闷的东方晓走出办公室，独自一人到不远处的街心花园去透透气。

王君卓仅因疾病的调理与休养，就惊动了医院的主治大夫与专门护士，且一次小病就收受 130 万元贿赂的事实，再次勾起东方晓对往事的回忆。

那是一起涉及多家医院的医疗器械受贿案。随着医疗技术的提高，心血管支架、关节置换等已成常规的治疗手段。因医疗器械分国产与进口，其中的暴利以倍数递增。老百姓对看病难早已怨声载道，看病贵，尤其是体内置入辅助的器械，是贵中之贵。案件线索分给了东方晓所在的办案组。经过细致周密的初查，基本掌握了医疗器械方面行受贿的套路。一个医院的骨科主任，仅关节置换一项，个人账户就达数千万元。经过数月对医药代表的跟踪守候，终于摸清了他们交易的规律。经向检察长高卫国汇报，他们决定同时传唤医药代表和骨科主任。在传唤医药代表时，发现其车内有一记录给各大医院大夫提成的专用本子，东方晓如获至宝。审讯在强有力的物证与书证支撑中展开。正当审讯到达关键节点，高卫国打电话，让传唤到案的骨科主任和医药代表立即回去。因市领导一个亲戚急需骨科主任动手术，医药代表所在的公司要进行一个大的医疗器械投标，在这个时候，不能有负面影响。检察机关，是为企业保驾护航的机关，不能就办案而办案，要顾大局，讲政治。高卫国的命令，东方晓不能不接受。东方晓恨恨地看着两个惊恐万端的犯罪嫌疑人走出了检察院的大门。东方晓认为，这样证据确凿的案件，即使暂时让他们回去，也不会有大的影响。相信他们一定会受到法律的制裁的。东方晓在等待，可等待的结果，却是高卫国的通知，这个案件因上面领导有交代，要暂时放一放。这两个嫌疑人就如飞走的黄鹤一样一去不复返了。

过了不久，东方晓接到通知，说检察院要和医院建立一个绿色通道，让医院为检察院的办案工作提供支持。为此，两家决定举行一个仪式，要全体干警参加。东方晓他们按要求到达了医院，发现在医院的办公大楼前，有一个用红布蒙着的雕塑，听说是检察院送的，要在仪式开始前进行揭幕。

仪式开始了。红布缓缓拉开，原来是一尊汉白玉雕成的神医华佗。在阳光的照耀下，两千多年前的神医，宽袍大袖，美须低垂，面目慈祥，手中捧着一个葫芦凝视远方。东方晓不太看得懂这雕像的含义，猜测那葫芦中装的一定是麻沸散。但仅用麻沸散就能代表一个神医的全部吗？那惠及底层大众的五禽戏呢？那不为功名利禄所诱惑的高尚操守呢？联想到不久前查的案子，东方晓只觉得这里面有太多悟不透的东西。东方晓在别人打开的仪式议程中浏览了一下，发现，曾被传唤的骨科主任，赫然出现在专家的行列。揭幕式结束前，与会领导、专家与参加仪式的干警一一握手，那个骨科主任走到东方晓面前时，略略迟疑了一下，敷衍地似碰非碰了一下东方晓不愿伸出的手，快速与下一位干警继续握手去了。东方晓的手虽然没有被真正碰到，回到办公室，东方晓还是用肥皂洗了又洗。

2012年，那个寒冷的冬天，给东方晓当助手的书记员陈晓霞因患乳腺癌住进了医院。这个书记员，大学毕业后，经招录考进了检察院，但编制问题因多方扯皮一直没有解决。虽然如此，陈晓霞在工作中依然任劳任怨，兢兢业业。东方晓加班有多少，这个书记员的辛苦就有多少。陈晓霞手术后第三天，东方晓前去探视，发现原本在病房中的陈晓霞被移到了医院走廊的病床上。东方晓不理解，看着躺在医院走廊病床上痛苦的陈晓霞，一向不愿求人的东方晓不顾一切前去医生值班室，找科室的主任与护士长。可得到的答复是，医院的病床紧张，只能供刚做手术的病人使用。任凭东方晓怎样恳求，那些原本应有父母心的医者，都无动于衷。东方晓回到陈晓霞的病床前，安慰陈晓霞，说回单位找一个认识医院领导的人，尽快让陈晓霞住进病房。正在安慰陈晓霞时，东方晓发现医院的一名副院长和科室主任陪着两个人路过陈晓霞的病床，向主任办公室走去。不一会儿，护士长急匆匆地抱着崭新的铺盖打开一个病房。东方晓尾随着进去了，那是一个朝阳的病房，里面有3张床，全都空着，护士长将铺盖铺在一张靠窗的床上。东方晓跟进去问护士长："这不是还有空房间吗？为什么不安排外面的人进来？"护士长不耐烦地说："这是专为领导家属准备的，你要是领导家属，你也可以住进来。"东方晓无语相对，默默退出了病房。这时，副院长陪着病号过来了，东方晓认出，这个病号是王君卓妻子的表妹，陪同前来的人是君辉集团的办公室主任。因王君辉的表妹和东方晓的堂妹是同学，有一次，东方晓为在君辉集团当打字员的堂妹送东西，到君辉集团，经堂妹介绍，才知道堂妹的顶头上司是王君辉的表妹。堂妹送东方晓时，跟一个人打招呼，这个人，就是君辉集团的办公室主任。堂妹的特意介绍，让这个办公室主任给东方晓留下了深刻印象。今天，竟是以这样的方式与他擦肩。

东方晓的性格是坚强的，不管经历什么样的事情，都很少流泪。在东方晓10岁时的暑假，东方晓来到父亲工作的单位颍州市坑木厂。父亲每天上班，东方晓独自一人到坑木厂近旁的池塘边看2分钱1本、3分钱2本的小人书。每天只有5分钱的零花钱，看小人书根本不够。一天中午，东方晓看完小人书，回到父亲的集体宿舍，准备上床午休时，发现枕头下面有许多壹分贰分的零钱，东方晓从没见过这么多零钱，激动得将这些零钱全都装进了自己的兜里。父亲枕头下有零钱，其他叔叔枕头下是否也有呢？好奇的东方晓掀开了其他人的枕头，发现下面都有零钱。东方晓兴奋不已，不由分说将这些零钱全装进自己的口袋里，一路小跑，再次到池塘边，去看小人书。晚上睡觉时，父亲发现东方晓的口袋里有哗哗的钢镚声，一看，竟有半口袋的钢镚。父亲抽出皮带，狠劲地朝东方晓的头上、屁股上打去，边打边问钱是从哪里来的，东方晓老老实实地交代，是从叔叔们的枕头下拿的。任凭父亲抽打，东方晓自始至终不哭不叫。打骂惊醒了同宿舍的人，他们夺下了父亲的皮带，说："不就几个钢镚吗？不要这样打孩子，就算我们给孩子买冰棍吃好了。"父亲想将钱物归原主，但因混在一起无法分清拿谁多少，且大家都强烈表示不要了，父亲才作罢。东方晓坚强抗打这一幕，让同宿舍的叔叔纷纷夸奖："这孩子有种，将来肯定不凡。"东方晓躺在父亲的脚头睡下时，泪水滴湿了枕头。

从小坚强一向不流泪的东方晓，面对自己的助手躺在冰冷走廊的现实，不再是个坚强的男人，任凭泪水如断线的珠子一样滑落。东方晓从少年时代就追求的公平与公正，在因术后发烧冷得瑟瑟发抖的陈晓霞面前，再一次坍塌。

18

沿着公园的曲径边走边思索的东方晓被一阵喧闹吸引。在几张拼成一排的桌子前，坐着几个穿白大褂的青年男女，周边围着一群老头儿老太太在咨询什么，边上一张桌子前，排着长队的人在等着做各种检查。东方晓走上前去，看又是什么样的骗局在欺骗这些总想"老有所为"的老人。

"我们这是用世界上最先进的纳米技术进行衰老检测。老人家，您的血压血糖虽然高，但在我们的纳米技术面前，就如同治疗一个小感冒一样，不再成为问题。您的健康，就是儿女最大的幸福。我们这些养生产品，不仅可以达到修复衰老细胞的效果，让您不再受老年病的痛苦，更重要的是，您还可以通过购买我们的产品成为我们的终身会员，不仅可以享受折扣，还可以享受我们公司的分红。这张票据，就是您分红的证明。"

东方晓看了看要老年人购买的产品。那是一个塑料容器，类似烧水壶，用它来烧好水，冲泡一些用草纸包着的东西。包里的东西，在旁边的图片上有展示：藏红花、昆仑山雪莲、玳瑁、天然牛黄、海水珍珠、千年人参、冬虫夏草、鹿茸、燕窝、麝香、琥珀、川贝母、血竭、紫河车、羚羊角等名贵药材图文并茂。塑料容器每件 12800 元，药材按最低价，每包9800 元。东方晓看着这些药材，心想，这些东西，仅原材料，就不是一般人能消费得起的。药材有各自的品性，有些药性可能会有冲突，怎么能将这些东西组合在一起，来包治百病、返老还童呢？仅买一些产品，又不是入股，怎么就能参与公司的分红？凭直觉，东方晓认为，这肯定是骗人的。于是，东方晓躲到旁边打电话给110，电话接通了，110 问清举报内容后，说，这卖假药的，应归市场监管部门先查处，确定为假冒产品后，由市场监管部门移交公安部门处理。东方晓又通过 114 查询了市场监管部门的电话，向他们举报，他们说，若是诈骗，归公安部门管辖，他们卖的东西，在没有鉴定前，无法确定是不是假冒药材，还是让公安部门先处理。东方晓恳请他们来一下，看能否先将这些东西扣留，做一下检测。市场监管部门的人说，他们现在没有相应的设备，检测要报上一级机关，这类案件的查处，要由受害人举报他们才受理，现在行政执法很规范，他们不能仅凭一个无关人员的举报，就去扣人家的东西。东方晓很无奈，只能看着这些老头儿老太太争先恐后地一件件一包包将堆在地上的东西喜滋滋地买走。东方晓无奈地摇了摇头，离开了公园。

回到办公室，东方晓为自己冲泡助理刚从浙江出差带回的龙井。看着龙井在玻璃杯中上下翻飞后，片片直立在杯底的形象，东方晓翻飞的思绪也渐渐平静下来。现实中，许多违法现象的存在，绝不是一朝一夕形成的。就如扁鹊论齐桓侯的病变过程一样："疾在腠理，汤熨之所及也；在肌肤，针石之所及也；在肠胃，火齐之所及也；在骨髓，司命之所属，无奈何也。"社会的治理，何尝不是如此。一个人的犯罪过程又何尝不是如此？一段时间以来，东方晓关注的三江源祁连山因违规审批、未批先建、私挖滥采、偷排偷放导致的触目惊心的环境污染的过程，何尝不是一个从"腠理"到"肌肤"再到"肠胃"最后到"骨髓"的过程？

中午，东方晓刚进家门，就被妻子使唤涂抹一种药膏。长期的伏案作业，使王佳蕙患上了颈肩痛的病。采用了多种方法，效果一直不理想。王佳蕙下班时，见小区有两个人在卖获得国家专利的治疗颈肩痛的药膏，说有立竿见影的疗效，就顺手买了一瓶。东方晓打开一闻，说："这不是风油精吗？"王佳蕙拿过来一闻，哈哈大笑起来。说："嗨，在家门口也会上当，一瓶风油精不过 5 元钱，这一瓶可是 188 元啊！"东方晓说："骗子真的是无孔不入。明天，我要到市场监管局和他们理论理论去。"东方晓将今天在公园看到的一幕说给王佳蕙，引起了王佳蕙的共鸣。对一种不好的现象，当大家都事不关己时，就会越演越烈，到最后，没有谁会真正幸免。网上有个段子，虽是调侃，但深层的含义却让人的心情很沉重。早上喝一杯三聚氰胺毒牛奶，吃两个硫黄熏毒馒头，夹根瘦肉精猪肉火腿，切个苏丹红咸鸭蛋，来两口膨化粉做的面包，中午买条避孕药鱼、尿素豆芽、膨大西红柿、石膏豆腐、毒生姜、麻辣烫加止泻药，再买点牛肉膏牛肉炖点膨大西红柿，回到豆腐渣工程房，开瓶甲醇勾兑酒，吃个增白剂加硫黄馒头。饭后抽根高汞烟，晚上钻进黑心棉被窝。白天黑夜，渴了喝杯塑化剂饮料，饿了吃点塑化剂奶粉钙片，生活太幸福了。这个段子所揭露的内容，都是现实中真正存在并被查处证实的。东方晓今天在公园遇到的情况和王佳蕙那瓶188元的神奇药膏，只是一个小点，仅为做一个公民的责任，王佳蕙支持东方晓前去市场管理部门理论。

王佳蕙的理解与支持，让东方晓的心中，又一次弥漫起亲情的幸福。

19

　　午饭后，一向有午休习惯的东方晓，因今天看到的事情，忽然就没有了睡意。百无聊赖地用遥控器不断调电视频道。看到东方晓这个样子，王佳蕙说："想起来了，然然这周为制作动漫，专门下载了一些日本的动漫，要不要看看？"听说是东方依然下载的东西，女儿控的东方晓一下子来了精神，催促道："赶紧打开，让我看看，然然这臭丫头的思想与个性，对我紧绷的神经总有治愈作用，她下载的东西，肯定好玩。"

　　王佳蕙拿出一个 U 盘，插入接口。开头部分是东方依然自己剪辑的一些动漫组合。看到里面一个个圆圆眼睛，萌萌表情的动漫人物，一片片醉人的蓝天绿地，奇形怪状的五颜六色的房子，东方晓的嘴角不自觉地堆满笑意。东方晓说："日本的动漫总有一款打动人心的治愈内容。"王佳蕙说："我还是不喜欢日本，人民很伟大，但日本的侵华战争，给中国人民造成的创伤，却永难愈合。"东方晓说："人类文明的最高境界，应是消弭战争，永久和平。我们铭记战争的灾难，就是为了自力自强，不断发展自己，有能力将战争阻挡在国门之外。"王佳蕙调侃道："你这个高度，不从政或做研究，真是可惜了，好好看动漫吧，不要讲大道理了。"片头看完，正片正式开始，第一部是昵称为"冈妈"的冈田麿里导演的《朝花夕誓——于离别之朝束起约定之花》。

　　片子还没看完，电话响了，是李俊杰打来的。李俊杰说："东方，不好意思，大中午打扰你，心情有些不好，我们前段时间代理再审的寻衅滋事案件的当事人乔东华在法院跳楼了。"东方晓皱着眉头说："一个人，紧绷的神经也有极限，一次次地上访，一次次地被处理，反复地审判，是

51

我，我也不一定能撑得住。这个案件，也给我们以警示，以后，对一些当事人，有必要做一些心理疏导工作，人家找咱代理案件辩护，是基于对我们的信任，现在，乔东华自杀了，说明咱的工作有不足之处，你给综合部说一下，去他家安慰一下吧。"

王佳蕙问："怎么就跳楼了，是你们没把案件办好吗？"东方晓说："不是，这个案件经过我们的代理，法院已作出了无罪判决，但听说检察院还要抗诉，可能乔东华再也经不起折腾了。"王佳蕙说："什么样的案件，就让一个人选择了跳楼？"东方晓用遥控关了电视，给王佳蕙讲乔东华的案件。

乔东华是明东县城关镇洛河村的治保主任。在部队当了13年志愿兵，多次立功受奖。转业后因无法在城里安置就业，就回到了村里，被村民选为治保主任。明东县有一条河叫洛河，横贯村庄而过。明东县是个千年古县，为了配套开发建设，将洛河两岸规划为城市湿地公园。为了建设湿地公园，修筑河堤，绿化环境，需要征用洛河村村民在河坡里开垦的荒地。作为治保主任，乔东华参与了征用土地的丈量与补偿。在补偿中，很多村民要乔东华多记一些面积。因是河坡地，水涨时，有些地就被冲了，水落时，土地就露出来了。在原则范围内，乔东华出于乡里乡亲的情义，就满足了一些村民的要求。在补偿时，村支书乔怀仁要乔东华多记100亩，分别计在乔怀仁的族人名下，说这些多计的，是准备用作村里公用的，是为村里办好事儿。这些族人根本没有在河坡开过荒种过地，乔东华开始并不同意，但在村支书的威逼下，乔东华无奈多记了30亩。当时每亩地的补偿价为8万元，30亩共240万元。后来东窗事发，村支书将责任全部都推到乔东华身上，说自己全不知情。乔东华以贪污罪被判刑执行完毕后，开始了对村支书的上访。村里多年的村提留，村里卖河坡树的钱，村里土地补偿款，都由村支书和任村会计的村支书的妻妹掌握，从未公布过账目，也从未给老百姓办过一件事儿。乔东华写信给公安局、检察院、法院、纪委、人大常委会、政法委、政协、县委领导、县政府领导、市委领导、市政府领导，但都没有得到回应。最让人气愤的是，因上访举报，乔东华在一次上访回村的路上，被一群蒙面人袭击，打折了腿，肋骨断了4根，法医鉴定为重伤。但是，案件却迟迟破不了。军人出身的乔东华从此更坚定地走上了上访之路，但乔东华从未到过敏感的地方上访，他坚信，他有理，苍天在上，会得到公平与正义的结果。因上访，被训诫，被拘留，在一次县里召开两会期间，乔东华又一次举着上访的材料到了县人大常委会门口，被一群保安推搡，乔东华的腰与腿原本就受过伤，经一推竟重重地倒在了地上。乔东华又一次住进了医院。病好后，直接被以寻衅滋事罪刑事拘留，后被判处有期徒刑两年半。乔东华不服，上诉，维持原判。经不停地申诉，被省高级人民法院发回重审。乔东华重审的案件，被启智律师事务所指派律师代理，经所里研究，该案作无罪辩护。案件经过了漫长的期限，终于等到了开庭，又经过了数月的法定时限，最终等到了无罪的判决。接到判决书那一刻，乔东华没有悲喜，竟麻木地盯着判决书看了又看。乔东华再一次相信了法律。被判无罪的乔东华来到了启智律师事务所，对东方晓和所里的律师说："感谢你们代理我的案件，数年来，我也找过许多律师事务所，但没有哪个所愿意代理，因为我是出了名的上访户，他们怕代理我的案件受影响。你们都是主持正义的好人。现在，已证明我多年的上访是有理的，我是无罪的，案件已有结果了，我太累了，以后，我要好好经营我的田地，种一些果木，好好过日子，一切从头开始。到时，请你们吃我亲手种的水果。"看着年仅48岁已满头白发，额头皱纹如沟壑、佝腰驼背的乔东华，依稀可以想象身高一米七八，"国"字脸上剑眉如刀、双目如电、鼻梁挺直、口唇方正的乔东华，当年的英俊形象。东方晓握着他的手对他说："我们只是做了该做的工作，你是曾为国家作过贡献的退伍军人，我们应该对你表示敬意，以后，安心地过日子，若有什么需要帮助的，随时来找我们。"一审判决后，抗诉期限的最后一天，乔东华打电话给东方晓，说："法院通知我，说检察院抗诉了，原本就是错案，他们怎么就没有人性呢？"东方晓给乔东华说："抗诉是检察院的权力，就如上诉是当事人的权利一样。不要担心，这样经过发回重审的案件，抗赢的可能性不大。"乔东华说："如果抗赢了呢，是否我还要申诉？"东方晓说："是的。"乔东华"哦"了一声，说："谢谢东方大律师。"就挂断了电话。

因忙于王君卓的案件，这件事东方晓没有太挂在心上，原本想若是检察院抗诉，二审时，如果乔东华继续委托启智律师事务所，根据乔东华的情况，可以考虑指派律师为他免费辩护。没有想到，乔东华竟作出了这样的选择。

王佳蕙静静地听东方晓的讲述，中间没有插过一句话，听完，竟泪流满面。

20

上午上班，李俊杰来到东方晓的办公室。

"东方，给你说个事儿。"

东方晓将一杯苦丁茶给李俊杰泡上，让李俊杰坐下，说："我正要跟你谈谈王君卓的案件呢。你说什么事儿？"

李俊杰说："我们去乔东华家里看过了，乔东华的族人正在帮忙料理后事。我想跟你说的是，让乔东华的女儿乔阳阳来咱所打个工，做一些综合事务的工作。她大专毕业后，因无法理解他父亲一直上访的执拗，就远离家门，到了我们颖州市君辉集团打工，负责出纳工作。王君辉出事儿后，君辉集团的人差不多都离开了，她也到了颖州市一家装修公司做业务员。现在，她父亲不在了，家中还有一个上初中的弟弟，母亲身体又不好，她不想再到颖州去了，想在本地找个工作，照顾家里，你看暂时在咱这儿行不行？"

东方晓端起杯子递给李俊杰，说："这么巧，我们代理的案件还能有这样的缘分？老弟心存恻隐，我不能无动于衷，就听你的，叫她来咱这儿做些综合性的工作吧。"

李俊杰说："不好意思啊，东方，我是不是有些多管闲事了？"

东方晓说："一个能为他人着想的人，有悲悯情怀的人，才能设身处地考虑问题，才能办好案件。这是好事，怎么是多管闲事呢？况且，这乔阳阳还在颖州工作过，遇到我们，或许就是缘分，帮她一下，有什么不应该呢？来，咱说说王君卓的案件吧，已经过去这么久了，估计他在看守所也想找我们说说话了。在看守所那地方，犯罪嫌疑人能被会见，就如过年遇到亲人一样。"

李俊杰说："我已看完全部案卷，里面有许多疑点，需要会见时问清楚，看需不需要我们自己调查。"

东方晓说："我也有同感，说说你发现的疑点。"

李俊杰开始说自己对案件的看法："作为一个扎实的案件，证据链应是完整的。可本案中却出现了许多断裂。一是贪污科技创新扶持资金的问题。卷中显示的是君辉集团给市财政打的一个 300 万元的收条，作为专项资金，往来的账目应是规范和对应的，怎么会如此不规范？只一个收条，就说明收到了 300 万元，且这 300 万元被取出后，没有再入账，说是作为备用金，零星花掉了，具体对应哪些用途，谁也说不清楚。作为对君辉集团科技创新的扶持，进而作为指认王君卓贪污的证据，无法构成完整的证据链条。二是王君卓的情妇文一帆迄今没有归案，那 280 万元购房资金的来源还有待落实。三是王君卓通过宫牧言向央企和李密云收受的 2800 万，其中李密云的 800 万是自愿捐助，无法认定为受贿，2000 万说是央企加大材料费用套出的，缺少相关央企套取材料费的书证，央企应是管理规范的企业，有严格的预算和审计，怎么能因一个人的私心，就作出这样的行为呢？四是王君卓的妻子女儿一直在国外生活，王君卓的收入能满足她们的需要吗？是不是因为牵涉取证的问题，将有些问题转嫁到了别的地方？当然，我们是为了给犯罪嫌疑人作罪轻或无罪的辩护，要尊重当事人的意见，不能因为替他辩护而波及他的家人，只是这却是一个疑点。五是君辉集团作为一个市里的重点企业，能力已足够大，经营的许多项目审批权都在市级以上，王君卓想对这样的企业滥用职权估计也无能为力。六是串通招投标的代理，许多工程项目是先开工后招标，只是补的程序，怎么就会串通招投标呢？就是想串通，也应在工程承建之前，补程序的事儿，里面涉及市政府的决定，牵涉到方方面面的问题，怎么就只让王君卓一人承担责任？"

听完李俊杰的分析，东方晓调侃说："看来王君卓还是个好官了？难不成我们要给他翻案？要知道，纪委和监察委办的案件，在过去是检察院反贪局反渎局办的案，你只能质疑他的程序，而不能动他的证据，若对他的证据进行推翻，律师付出的代价可是难以想象啊。"

东方晓带有调侃的忧虑，一下子击中了李俊杰的痛点。李俊杰曾审理的一起渎职犯罪案件，原本就是一起错案，但在讲求多种效果的统一下，李俊杰不敢作出无罪判决。律师据理力争，其结果却是律师被查，后来被吊销了执照。那起案件，是李俊杰梦魇一样的过往。

21

回到自己的办公室，一向不抽烟的李俊杰，给自己点燃了一支烟。在烟雾中，李俊杰担任行政审判庭庭长时审理的那件错案再次在头脑中回放。

那是一起渎职犯罪的窝串案。中原城展房地产开发公司，打通了多重关节，为古城区土地管理局争取到了系列土地开发与整理项目。这些项目，原本应该是土地部门职责范围内的事儿，却交由中原城展房地产开发公司来运作，项目到手后，自然就要交由中原城展房地产开发公司来做。这些项目，形式上有完整的招投标，实际上是萝卜招标。土地局在整个项目中，只是一个被中原城展房地产开发公司利用的工具。

古城区地处丘陵向平原的过渡带上。经过了土地集体所有，土地承包到户，惜地如金的农民，用自己的汗水将河坡、沟渠、滩涂都尽可能地做了开发。本就无地可整理，无地可开发的古城区，在中原城展房地产公司的运作下，竟成为土地开发与整理的重点区域。土地整理与开发得如火如荼，古城区土地管理局局长陈富有与纪委书记李可染的腰包竟鼓到无法遮掩的地步。两个人在省城商业中心的一栋写字楼内，各购置了一层商务办公室。一层商务办公楼的价格，相当于古城区当时财政收入的六分之一。举报信件如雪片一样，飞向了相关部门。在两人被"双规"时，中原城展房地产开发公司被纳入了古城区检察院反渎职侵权局的视线。

那是一块 20 世纪 70 年代就被开发成熟的耕地，紧邻一处河坡。冬种麦子，夏种玉米、大豆，肥沃的土地旱涝保收。就是这样一块 4 公顷的土地，却以 20 公顷的面积上报整理开发，预算价为 1800 万元，其中防风林的价格为28万元。因为是虚列项目套取国家资金，相关的土地、规划、农业、水利、林业、财政等单位的一些工作人员分别以涉嫌玩忽职守犯罪被立案侦查。其中林业局一名叫张守业的工程师，在项目竣工验收资料中的防风林验收一项签了自己的名字。实际上张守业根本就没有到过现场，原本张守业是不签字的，但经过林业局局长的反复交代，说项目没有问题，且防风林的价格在整个项目中只是九牛一毛，权当帮个忙，也是对辖区土地整理开发项目的支持，碍于局长的面子，张守业无奈签了自己的名字。因此，也被以玩忽职守罪立案侦查。案件起诉到法院后，经过审理，认为张守业的行为是玩忽职守，但根据相关的司法解释，达不到30万的标准。经过合议庭合议，李俊杰准备作无罪判决。因为是公职人员犯罪，且是要作无罪判决，按惯例，要召开审委会，且要请检察院的人列席。在审委会上，检察院一副检察长，坚持要以1800万元的共同犯罪来追究张守业的刑事责任，且气势咄咄逼人，说要追究律师妨害作证罪的刑事责任。李俊杰有一种山雨欲来风满楼的感觉。

张守业的辩护人是颖州市的资深刑事辩护律师刘正一。在张守业被羁押期间，作为张守业的辩护人，刘正一先后调取了多份证人证言，来证明张守业构不成犯罪。其实，即使没有那些证言，相关的证据也无法认定张守业构成犯罪。但律师的职业责任，使他收集了能证明张守业主观上构不成犯罪，客观上达不到犯罪标准的证据。且这些证人证言，都是亲笔书写。李俊杰不相信，对事实如此清楚的案件，检察院能追究刘正一什么责任。在案件的判决还没有下发时，刘正一以涉嫌妨害作证罪被刑事拘留了。刘正一虽然被拘留1个月后取保候审，且以后没有了下文，但是给了李俊杰无形的压力。审委会上多数人的意见，张守业构不成犯罪，最终的结果，却是向中级人民法院汇报后，依然要以玩忽职守罪下判。李俊杰不理解，但李俊杰必须执行。可怜只有1年就到退休年龄的张守业，因被判处缓刑开除了公职，离开了他为之奋斗小半生的单位。判决后，张守业走上了上访的道路，每当看到满头花发，额头上布满皱纹的张守业骑着那辆如古董一样的破二八自行车上访的情景，李俊杰的心中，就有忍不住的痛。经过了漫长的上访历程，张守业的案件被发回重审，最终被作了无罪判决，但有谁能理解一个年逾花甲的工程师，在行将退休时被开除公职，在上访的 5 年间，经历了怎样的心路历程。

张守业案件判决后，李俊杰内心深受折磨，他将一段话写在了自己的办公桌上："如果你在不公正的情形下保持中立，那你其实已选择站在压迫者一边。""不要以为你不作恶就是好人，不要以为不害人手上就没有鲜血，不要以为没有当走狗就不是帮凶。"自责，深深的自责，也是李俊杰离开法院的原因之一。

22

东方晓刚上班，就看到办公室门口站着一个女孩儿。女孩20多岁的样子，身高不足一米六，微胖，但身材很匀称。如满月一样白皙的脸庞上两道柳眉不画而黛，眼似圆杏，鼻梁小巧，口若樱桃，是标准的东方女孩的形象。但若蹙的弯眉，给人一种忧郁的感觉。女孩上身穿一件白色的紧身体恤，下面是一条八分的牛仔裤，脚上是一双白色的运动鞋。东方晓正打量这个不施脂粉、清水芙蓉一般的女孩时，女孩儿惊异地说："啊，我见过您，您是东方敏的大哥吧？"听女孩这么一说，东方晓明白了，这女孩应是乔东华的女儿。东方晓边开门边说："真巧，你是乔阳阳吧？是不是在君辉公司见过我？"进到办公室，东方晓让乔阳阳坐下，给乔阳阳倒水。乔阳阳说："我和您妹妹东方敏是同事，您到公司给东方敏送东西时，我见过您。您妹妹经常说起您。不知道东方敏现在在哪个单位工作？"东方敏是东方晓的堂妹，原来在君辉集团当打字员，君辉集团不景气后，东方晓托人为她租了一个门面，自己开了一个打字复印门店。君辉集团因王君辉出事儿处于近乎关门的状态，受影响的不仅是企业，也直接导致了许多员工的下岗。两人正在说话，李俊杰敲门进来了。一见到乔阳阳，李俊杰笑着说："咦，小姑娘好聪明啊，不经我引见，就直接和我们头儿接上头了。"乔阳阳赶紧站了起来，真诚地说："前几天真的谢谢您了，我能来这里，更要感谢您呢。"李俊杰说："你在颍州市工作过，现在又到我们所里来，也是缘分啊。"东方晓说："俊杰，你说巧不巧，乔阳阳在君辉公司时和我堂妹东方敏是同事，我去公司找我堂妹时，乔阳阳竟见过我，真是缘分。等会儿你带她到综合部，给她安排一下吧。"李俊杰说："走，现在我就带你到综合部报到，等会儿再汇报工作。"

在带乔阳阳到综合部门安排工作的路上，李俊杰似是无意中问了一句："在君辉集团财务上班时，你们是否经常收到市财政给你们拨付的资金？"乔阳阳说："经常拨付的是房地产项目的各项政策性返还资金，还拨付过科技创新扶持资金，这样的资金也就只拨付过一次，是在2012年，金额是300万元，但这笔钱并没有收入财务账，只是打了一个条，这个条还是我打的呢。"李俊杰说："怎么会只打一个条？钱去哪儿了呢？"乔阳阳说："这笔钱我记得很清楚，那天来了一个叫惠东的科长，这个姓很少见，所以我就记住了。我们主任说他是财政局的，他带了一张现金票据过来，主任让我和他一道到银行将钱取了出来，钱取出后，又到了另一个银行，转到了一个叫宋可可的人的银行卡上，手续办完他就走了，以后我再没有见过他。这个宋可可应该是个农村人，我填写单子时，看了她的身份证，住址很长，有县乡村门牌号。办完手续回单位时，主任让我将打的收条交给他，交代我这事儿谁也不要说。我是一个打工的，也不敢问原因。怎么，这笔钱出事儿了吗？"李俊杰说："这笔钱可能牵涉你老板的哥哥贪污。"乔阳阳说："我老板的哥哥贪污了这笔钱？那是我去办的手续，我有事儿没有啊？"李俊杰说："这不关你的事儿，你只是受领导指使办了这个事儿，你又不知道是怎么回事儿，因此，没你的事儿。"乔阳阳说："好吓人啊，怎么可以一下子贪污这么多钱呢？我们老板的资产那可是很多亿呢，他哥要用钱，直接问他兄弟要不就行了，怎么还贪污公家的钱？"李俊杰说："有些事儿你不懂，300万元对你来说是个吓人的数字，对贪官来说，也就是九牛一毛而已。"说着话，李俊杰将乔阳阳安排到了综合部的一个办公室。之后，去找东方晓。

坐在茶台前，东方晓将杯中的大红袍冲泡得起伏翻滚，看得李俊杰的心绪也起伏难平。听完李俊杰转述乔阳阳说的300万元科技扶持资金的情况，东方晓说："俊杰，知道吗？大红袍制作的16道工序，是入了世界非物质文化遗产的。16道工序，打造一款茶，才使得大红袍这样经得起冲泡，一个贪官的打造，要比这制茶的工序还复杂。世道人心，太难琢磨了。"李俊杰将冲泡好的橙黄明亮的茶捧在手中转动，沉思了一下，说：

"利益的纠葛，盘根错节，哪一环都不好解开。王君卓肯定知道这些东西，但他宁可自己扛，也不愿意说，其中的苦衷，外人难以知晓。他又是懂法律的，其中的利害，他也一定反复权衡过。这辩护，难啊！"东方晓说："作为法律人，我们不仅追求公平正义，还要葆有良知。这良知，才是我们追求的意义所在。俊杰，你去做一个方案，下周我们去会见王君卓。"

23

　　2018年9月4日，北方的初秋依然炎热，东方晓和李俊杰又一次来到了颖州市看守所律师会见室里静等王君卓。王君卓进会见室时，一个熟悉的身影戴着手铐从窗前走过。王君卓看到东方晓透过隔离栏向窗外看的表情，推测东方晓遇到了熟人。王君卓在会见椅上坐下，和李俊杰寒暄后，问东方晓："看你刚才的表情，是不是看到了熟人？"东方晓说："师兄真敏锐，从我一个表情就知道我看到了什么。刚才你进来时，我看见了赖明生，中原省的法律界，没有人不知道他的。"王君卓说："他呀，我们一个监室的，他是中原大学法学院的院长，兼职律师，因为毁灭证据、伪造证据、妨害作证进来的。听说，他这次是被中纪委查的案件中的一个市委书记牵连进来的。他说，他被暗算了，出去后，他要通过媒体，曝光他进来的这件事儿。"东方晓说："别人被暗算有可能，他被暗算的可能性不大，一个无良的戴着专家头衔的法学院博士生导师，经常干一些如泼妇一样的勾当，这样的人早晚都要出事儿的。"王君卓说："师弟，你还是这样情绪化，这不像一个律师的做派啊。面对许多不公平的人和事，律师应该是泰山崩于前而色不变。师弟还要修炼啊！"李俊杰说："咱不讨论别人的事儿了，时间有限，今天我们来见你，是有许多疑点想解开，这有利于对你进行减刑辩护，我们列了一个提纲，你看一下。"

　　王君卓接过李俊杰递来的提纲，看着看着，眉头紧皱起来。之后，将提纲放在会见椅前面的横栏上，将脸埋在戴着手铐的双手里，陷入了沉默。

　　等了近20分钟，李俊杰说："王君卓，提纲中涉及的300万元的贪污问题，为修观音堂景区道路、通过宫牧言收取的 2800 万元的问题，君辉集团非法占地问题，星烁集团的串通招投标问题，文一帆伙同你受贿的问题，里面有太多的疑点，你将这些问题梳理一下，给我们解释解释。"王君卓将双手从脸颊上慢慢滑开，抬起头，痛苦地看着东方晓："师弟，我还对组织抱有一丝希望，办案人员说，若是按照他们的要求供述，除了受贿外，其他的都会以违法违纪处理。我给文一帆的 280 万元，因为不到 300 万，判处缓刑没有问题。"东方晓忽然有些憎恶王君卓，将双手抱在胸前，做了一个抿嘴的动作。李俊杰说："组织对你的要求在当时的办案环境下可能没问题，可现在，卷宗中认定的与清风颖州中公布的，可不止 280 万元的受贿啊！贪污 300 万元，受贿的 1000 万元，索贿的 2800 万元，还有你捐赠给辖区小学的 130 万元，都被认定了啊！这些数额，你自己也是学法律的，虽然犯罪的数额经过刑法修正案和司法解释的方式进行过数次修订，但判缓刑，那是不可能的。贪污 300 万元就是数额特别巨大，起刑点就是 10 年……"东方晓打断了李俊杰，对王君卓说："师兄，人可以活在梦里，有梦就会有希望，可不能总活在梦里。提纲给你了，你可以好好琢磨琢磨，你委托我当你的辩护人，除了辩护或许有其他让我揣摩的想法。但辩护，是我代理你案件的首要任务，也是一个律师水平的体现。今天，我们就会见到这儿，明天，我和俊杰再来。"王君卓欲言又止，望着东方晓，无奈地说："我回去想一想。"

东方晓和李俊杰回到了颖州市滨河宾馆，躺在宾馆的床上，李俊杰问："东方，你和王君卓说的赖明生，那可是中原省出了名的法学大咖，我听过他的课，实质内容不多，空话套话满天飞，还总爱用外语词汇讲一些佶屈聱牙的法律术语。这样的法律老油子，怎么会落到进颖州市看守所的地步？"东方晓说："现实中，一些专家，不为苍生说人话，只为权贵唱赞歌，那是节操与良知都不要的。有些专家的做法，尤其是法学专家的做法，用他们的声望来干预司法，让人深恶痛绝。若是他们为弱势群体的案件发声，还情有可原，但他们的发声大多是为一些有钱有势的人。赖明生在我心中就是一个无赖，我在检察院工作时，他插手过我办理的一些案件，现在想来还很气愤，赖明生作为一名博士生导师，不讲节操不要下线，是我见过的专家中最无耻的一个。这要给你说，得一整块时间，晚上散步时再说吧。"李俊杰说："现在时间还早，还不到吃饭时间，我急着听，你现在就说吧。"

东方晓从床上坐起来，顺手将放在床头柜上的杯子加满水，靠在床头上，为李俊杰讲他所知道的赖明生。

24

在颖州市中级人民法院的会议室，东方晓作为李宝深案件的承办人，跟着受检察长高卫国指派的主管公诉的副检察长列席关于颖化集团供应处处长李宝深涉嫌贪污受贿行贿案件讨论的审委会。

审委会上，承办人介绍完案件情况后，给与会人员宣读了一份由赖明生牵头的 5 名法律专家"关于李宝深涉嫌贪污、受贿、行贿一案专家论证意见书"。意见书中，将李宝深的贪污论证为正常的经营活动，将受贿论证为合伙行为的正当收入，将行贿论证为单位行为，数额不大，可以免除处罚。

承办人介绍完整个案件情况，与会的大部分审委会委员表示该案太复杂了，有的审委会委员要求听听检察机关侦办人员的意见。

东方晓长期的机关工作经历，使他明白，一般工作人员是没有话语权的，因此，在许多场合，东方晓内向且沉默，唯有在审讯中，东方晓才判若两人，那种激情，那种智慧，那种气势，才有机会完美展现。作为一个跟着领导列席法院审委会的承办人，东方晓原本是没有发言权的，但一些审委会委员要求听侦察阶段侦办人员的意见，主管公诉的副检察长也说不太清楚，主持会议的法院院长看着东方晓说："东方科长，麻烦你说说当时你们侦查的情况，发表一下你的意见。"东方晓原本就对承办人不全面的汇报有异议，更对那不能作为证据的专家意见在审委会上出示意图影响与会人员很愤慨。现在，因为大多数审委会委员理不清该案的具体情况，院长又给了自己这样一个机会，就开始发表自己的意见。

东方晓说："我看过许多专家意见，像这样颠倒黑白，不守底线，不顾节操的法律专家意见，简直是法律人的耻辱。"东方晓的开场白也许太激烈，大会一时静得如深水一般。副检察长有些愕然，狠狠地瞪了东方晓一眼。法院院长连忙打圆场说："东方科长，不要激动，慢慢说。"东方晓平静了下来，开始向与会人员介绍案件的情况。

作为供应处处长的李宝深，为了把控一些能赚钱的业务，不顾法律关于为亲友非法牟利，使国家利益遭受重大损失构成犯罪的规定，也不顾集团三令五申供应处的工作人员不能自己给自己做生意的规定，采用了许多变通的手法，将供应处的业务，变成了自己的家族生意。供应处的主要业务，是为矿山供应配件，李宝深刚开始任处长时，是兢兢业业，严把采购关，为集团的下属单位采购质高价低的配件，受到了整个集团公司的好评和肯定。任职时间一长，看到供应商赚的钱越来越多，而自己的年薪只有区区几十万元，李宝深的心理极度失衡了。于是，他开始琢磨如何为自己牟取利益。李宝深的第一笔利益是这样得到的：他将一个常年给集团供货的供应商变成了自己的供应商。该供应商将供给集团的配件不开发票，卖给李宝深，李宝深再找一个熟悉的单位开具高出原定价格10%的发票。李宝深第一笔就赚了60万元。这样的方法，李宝深运用了6次，共赚290万元。290万元赚取后，李宝深认为，这样赚钱来得太慢，配件的加工也不是什么高科技，又没有很高的技术含量，不如自己开个加工厂自己加工，于是，李宝深就用290万元投资了一个配件加工厂，以其岳父的名字做法人代表，开始了配件加工。由于技术水平有限，李宝深自己的工厂加工的配件导致生产效率急剧下滑。工人用原来的配件，一个配件最长可使用3个月到半年，而用李宝深质次价高的配件，一个配件最多使用三五天就要换新的。更换新配件，不仅浪费时间，而且配件的损耗要计入成本。工人收入的减少，配件使用的问题，使集团下属单位怨声载道。一封封举报信投递到了检察院。

东方晓带人经过艰苦细致的查证，依据事实和法律，认定李宝深贪污290万元。李宝深生产的配件没有名气，为了使其配件销售有名，李宝深考察了原来几家配件供应商，决定让自己的配件用知名配件蓝冠的品牌。蓝冠配件为了自己产品的声誉，坚决不同意。但为了打入颖州市场，又绕不开李宝深，于是，决定将李宝深的厂子作为自己的下属单位，让李宝深以其妻弟的名义占有10%的空股份，这样，每年李宝深的妻弟就能从蓝冠的下属单位收到分红30万元，至案发时，李宝深的妻弟已从该单位支取分红款180万元。这一"曲线救国"的事实，得到了李宝深妻弟与其岳父的证实。因其妻弟常年在新疆一工厂做保卫工作，除了其身份证被李宝深借用外，其对蓝冠是干什么的都不知道。李宝深的岳父因身患疾病多年，长年卧病在床，别说当法人代表，就是法人是什么都搞不清楚的。在事实与证据面前，李宝深不得不将事情的来龙去脉全盘交代。因其贪婪的胃口越来越大，被举报的次数越来越多，李宝深为了保住自己的位置，每到逢年过节，就给上级领导送礼金。这所谓的礼金，最低都是2万元，在被查前的两年间，只礼金一项，就送出了近百万元。这些礼金，被李宝深制成表格，录在一移动硬盘中，内容清晰明了，李宝深面对移动硬盘的数据，连狡辩的余地都没有。

东方晓由开始的激动，到讲述整个过程的凛然，让许多审委会的委员频频点头，有的审委会委员甚至对李宝深的行为表示了愤慨，对专家的意见进行了抨击。东方晓仿佛看到了案件能够朝着公正方向处理的曙光。

东方晓在等待该案的结果。有一天下班时，东方晓在单位的电梯间遇到了高卫国与赖明生，出电梯后，东方晓看到高卫国和赖明生坐进了一辆熟悉的车里，那辆进口的原装悍马，是登记在李宝深妻子名下的，车牌是惹眼的5个8。由于正值下班的高峰，车辆严重拥堵，东方晓骑着自己的摩托跟了上去，那辆悍马最终驶进了颍州市一最高级别的酒店，东方晓准备调头离开时，发现法院的院长正从另一辆车里下来，向酒店内走去。东方晓的心，如掉进冰窖一般，拖着沉重的双腿，推着摩托车向家中走去。

李俊杰听后，沉默了许久，最后，还是忍不住问道："那最后的结果如何？"东方晓苦笑了一下，说："判三缓四。"李俊杰将茶杯递给东方晓，说："喝茶。"东方晓说："好，喝茶！"

25

吃过早饭，东方晓对李俊杰说："我们还得再晾晾王君卓，今天到他兄弟的公司去一趟，看看那笔 300 万元的科技扶持资金到底去了哪里。"李俊杰说："我也是这样想的，这 300 万元或许是打开王君卓案件的一个缺口，当一个人对一件事儿彻底绝望时，也就不会再有许多顾忌了。我们把证据摊开给王君卓看，相信会对王君卓有触动的。"东方晓说："咱原本是为王君卓辩护的，现在好像成了侦查员。"李俊杰说："谁让咱俩曾做过检察官与法官呢，追求案件的真相，其实是渗透到我们骨子里的东西，公平与正义早已植根在我们心中，成为一种价值追求的永恒。"东方晓说："怎么说得这么高大上，知道我们为什么不能融入一种环境中吗？根本原因是我们太坚守一些东西了。"李俊杰叹息了一声，说："我那个和咱一样另类的大舅哥这样感慨过，他说，你不要总是鄙视那些在你看来对小利不放过，遇到机会就狮子大张口的官员，他们其实也很可怜，不把脸装到裤裆里，能活下去吗？我们单位有个外号叫老黑的人，为了敛财真到了无所不用其极的程度。他要搬家，请了许多案件的当事人去燎锅底，仅此一项，据说就收了 5 万元的红包；他丈母娘因摔伤了胳膊住院，他通知了辖区内的几十个民营企业；他家的狗生了一窝小狗，他也要叫上一个曾打赢官司的人前去庆贺……"东方晓苦笑了一下说："人生那么短，这样的人又能在单位混多久呢？凡事都有定数的。"李俊杰说："你这是标准的宿命观点，若都这样，正气什么时候才能真正树立呢？"

正说着，就走到了君辉集团的大门口，往日气派的办公楼，已有破败的颓象，楼道积满污垢，有些窗玻璃呈破碎的样子，花盆中的花草已枯萎。偶尔开门的办公室见证着公司苟延残喘的样子。东方晓和李俊杰走到挂着财务部门牌的办公室，正准备问询，一个个头中等，身材苗条，穿着朴实，梳着马尾的女子惊奇地叫了一声："东方大哥，你怎么来了？"东方晓有些疑惑，这个女子接着说："你不认识我了？我是慧慧的同学，你上大学时，我和慧慧到学校去看过你，你还带我们划过船看过电影呢，我叫何桂苓。"东方晓一下子想起来了，这个女子是妹妹东方慧的同学。东方晓说："好巧啊，在这儿遇到你了，你怎么会在这儿工作呢？"何桂苓说："我大学毕业后分到了我们市的一个区办小厂，后来改制，这个小厂变成了个人的企业，我就失业了，以后一直给一些个体企业当兼职会计，有一次到省发改委找慧慧，刚好碰到王君辉老总也去找慧慧打听一个项目，慧慧就势把我介绍到这儿来当专职会计了。""哦，怎么没听慧慧说起过？这丫头现在在省发改委当处级干部了，忙得都很少跟我联系了。""就是，慧慧真的很忙，我也很少和她联系了呢，东方大哥，你来这儿有什么事儿吗？"东方晓说："我为王君卓当辩护人，案件上有些情况想来这儿了解一下，你正好在这儿，这就省事儿多了。"何桂苓忽然有些警觉起来，问："东方大哥，不会牵涉君辉集团吧？"东方晓说："和君辉集团有关，但不是君辉集团的事儿，是王君卓的事儿，有一笔款打到了君辉集团，其实君辉集团并没有收到，我们想了解一下这个情况。"何桂苓的神情放松了下来，说："君辉集团进出款有很多，是哪笔呢？"东方晓说："是一笔300万元的科技创新扶持资金，看看具体转到哪儿了。"何桂苓说："这笔款我有印象，在做账时，我只看到过有一笔市财政拨付的300万元的科技创新扶持资金的收条，但没有其他的手续，这笔账我也一直疑惑呢，曾问过王总，他只说支出去了，也没说支哪儿了，我也不好多问。"东方晓说："支给了一个叫宋可可的人，麻烦你和我们一块儿到银行去查查，宋可可留在银行的身份证上的地址。"何桂苓说："这会对君卓哥有帮助吗？"东方晓说："若是君辉集团没有收到这笔款，王君卓就构不上贪污犯罪，我们想查查这笔款到底到哪儿了。"何桂苓说："好，我马上和你们一块儿去银行。"

26

东方晓和李俊杰拿着何桂苓从银行查到的宋可可的身份证地址，相对着苦笑起来。28岁的宋可可家住颖州市西大河县石洼乡宋寨村8组1号。西大河县是全国有名的贫困县。地处颖州市西南，山多耕地少，交通不便，土地贫瘠，山区的农民大多靠在山上的柞树上养蚕增加收入，在蚕丝的深加工中，制假造假毁坏了蚕乡的声誉，原本找到的致富门路被造假堵死，使原本不富裕的状况进一步加剧。石洼乡是大西河县最偏远的一个乡，因山上树少石头多，又处在整个山区的低洼处，因此叫石洼。

这个名不见经传，在地图上近乎找不到的乡，却在1995年因一起轰动全省的团伙强奸案出了名。穷山恶水的地方没有培育出淳朴的民风，在中华人民共和国成立前造就了一伙打家劫舍的土匪。中华人民共和国成立后，由于贫困，在石洼乡宋寨村又滋生了一伙以家族势力为主的偷鸡摸狗的刁民。这个村有个叫张春林的老汉，在当年日军侵扰西大河县时，凭着一身武艺和胆量，刺杀了一个日军的翻译官。后来又参加了抗日游击队，袭扰日军，在当时成了有名的英雄。在"三年困难"时期，家人饿死病死，只剩下了他自己。有一次在要饭回家的途中，他听到了山涧中一声微弱的哭叫，他顺着哭声，从山涧里抱出了一个皮包骨头、头发稀黄的小女孩儿。他将要来的半块饼子掰碎，就着涧水喂到了小女孩儿的嘴里，小女孩儿有了吃的，慢慢有了气力和精神，虽然瘦弱，却很耐看，苍白的瓜子脸上有几粒雀斑，鼻梁挺直，嘴巴小巧，一双丹凤眼闪着让人怜爱的光芒。问小女孩叫什么名字、几岁了。小女孩儿又哭了起来，说自己叫林风莲，5岁了，早上和弟弟一块儿跟着父母去要饭，走到山涧边，她母亲把她推倒在水里，和父亲抱着弟弟就快速跑走了。她顺着山涧找她父母，可咋也找不到父母和弟弟的影子。张春林听着小女孩儿的哭诉，明白是她父母把她抛弃了，就把她带回了自己那四处漏风的破房子里，收她做自己的女儿，改名为张凤莲。从此父女相依为命活了下来。凤莲长大后，为感念父亲的养育之恩，不愿远嫁，就招了一个上门女婿，共同赡养张春林。结婚后，凤莲生了一个女儿，丈夫在离家百余里的煤矿上班，在女儿6岁时，丈夫在矿上出事故身亡。身怀有孕的凤莲在安葬完丈夫后，因悲伤过度，造成流产，流产过程中，又因大出血也随丈夫去了。原本贫穷却有爱的家，仅剩下了张春林和6岁的小孙女。为了补贴家用，张春林常上山去打野兔。小孙女8岁时到离村子三里地的村办小学上学。穷人的孩子早当家，小孙女很小就学会了做饭洗衣服。小孙女上四年级的暑假的一天，张春林到更远的山里打猎，两天后回到家里，见到了让他发指的一幕，村里一个叫朱苟才的50多岁的老头儿，正压在小女孩儿身上，旁边站着的是朱苟才的5个侄子，大声叫喊着："叔，你快点，该我了，我憋不住了。"张春林怒不可遏，举起打兔子枪照着朱苟才的身上就是一枪。朱苟才捂着自己被打伤的屁股，和他的5个侄子快速跑掉了。张春林抱着已昏迷的小孙女号啕大哭。张春林带着小女孩儿去了医院，经检查，因多次受到性侵害，发育不全的小女孩儿的性器官严重损伤，已失去了生育的功能。张春林从此走上了告状的道路。接到张春林的控告，朱苟才和他的5个侄子全部被刑事拘留。可不久，他们又全部被释放了。公安机关却将张春林刑事拘留了，罪名是伤害。张春林在看守所住了8个月后，开始了不停的上访告状，长达5年，案件没有进展，此案最后惊动了省市和中央领导，在多方干预下，朱苟才被判处死刑，他的5个侄子被判处13年到5年不等的有期徒刑。人性的恶，有时超出了正常人的想象。因此案，宋寨村犹如一个梦魇一样，压在许多善良正直人的心头。现在，东方晓和李俊杰找的宋可可，就在这个村。东方晓和李俊杰的内心有说不出的沉重。

山高路远，坐公交车不方便，东方晓让李俊杰找他大舅哥去借一辆车。为了那300万元科技创新扶持资金的去向，两人要到宋寨村去走一趟。

27

东方晓和李俊杰在离宋寨村还有一段距离时，因只能通行一辆车的山间小路被一辆三轮车挡住而被迫停下。这辆三轮车上装满了还带着绿蒂的小白瓜。这段路是个缓坡，一个头发花白的妇女推着三轮车艰难地行进。东方晓从副驾驶上下来，在后帮忙推车，那个妇女觉得车忽然变轻了，回头看了一眼东方晓，只说了一声"谢谢"就更加用力地快速向前走，李俊杰开着车慢慢地跟在后面。到了一个可以会车的开阔地，三轮车停下靠在一边。东方晓问这个妇女："大姐，想向您打听一个人，你们村有个叫宋可可的女孩吗?"这个妇女用挂在车把上的毛巾擦了一下汗，警觉地看了一下东方晓，忽然，她声音有些颤抖地问："您是从哪里来的，是从颖州市里来的吗?"东方晓被她的神情弄得有些疑惑，回答说："是，我从颖州市来，我叫东方晓，来找一个叫宋可可的女孩儿。"那妇女听罢东方晓的回答，竟有些激动地上前拉住了东方晓的手："您叫东方晓，是颖州市检察院的东方检察官吗?"东方晓心中忽然一动，仔细辨认，迟疑地问："您怎么认识东方检察官?"这妇女说："我一直都记着您的样子，您虽然变老了，但您的容貌没有变。您是我们家的恩人那，我叫张英子，您来过我们家，给我和爷爷送过钱，送过衣服。"张英子的话再次勾起了东方晓的思绪。那起不愿想起却很难忘记的案件受害人，在近30年后，却以这样的方式与东方晓重逢。"英子，认不出来了，你今年应该40岁了吧?"李俊杰在车里看两个人说话，好像他们认识，于是就将车熄了火，下车来到他们面前，问东方晓："东方，这里也有熟人?"东方晓说："好巧，她叫张英子，是我当年做公诉人时的当事人。"张英子说："东方检察官是个好人啊，是我们家的大恩人，我一辈子都忘不了他。"李俊杰对别人称赞东方晓早已习以为常，说："这个好人早已不当检察官了，他现在是东方律师。我们到宋寨村找个人，你若认识，帮帮我们。"张英子说："只顾说话了，来，你们先吃个瓜，我刚从地里摘的。你们找的宋可可是我闺女。"东方晓有些惊奇。张英子接着说："不是亲闺女，是我丈夫前妻的闺女，我嫁过来时，可可都8岁了，她娘病死了。我爷爷去世后，经人介绍我就嫁给了可可的爹，给她当后妈，我不会生养，这个闺女我可是当亲生的一样养的。"东方晓说："有个闺女生活就有寄托了，以后也有依靠了。可可现在在哪里呢？"张英子说："她嫁到镇上了，孩子都上学了，你们找她有什么事儿吗？"东方晓说："我们找她了解一个事儿，可能与她没有什么关系，你能带我们去找找她吗？"张英子说："不管是啥事儿，我都要帮你们的，天这么热，你们又大老远地跑来了，走，先到我们家吃个饭，我去镇上把可可叫来。"东方晓说："我们还有急事儿，你把瓜放家里，我们先去找可可好吗？"张英子说："中，我家就在路边住，离这儿不远了，我走快点把瓜放家里。"东方晓说："来，我劲儿比你大，我来拉车，你坐车上，前边带路。"张英子说："那不中，你城里来的，干不了这活儿，还是我来吧。"李俊杰说："你们别争了，我来拉瓜，东方，你们俩前面带路。"东方晓拉开车门，张英子无法再推脱，就坐上车，和东方晓一块儿向家中开去。

车在路边的一家院门口停下，张英子开了门，东方晓和李俊杰帮忙将瓜车推进院里。院子不大，但很整洁，靠墙的蜀葵开着紫色的花，石榴树上挂着灯笼样的石榴。张英子要开房门让东方晓他们进屋，但被谢绝了，他们急于见到宋可可。

在车上闲聊中，东方晓知道张英子的丈夫在外地打工，一年中，常常是过春节时回来，春节过完就随村里人外出。因农民工工资常被拖欠，一年也挣不了几个钱。可可出嫁后，家中只剩下张英子一个人。因闲着没事儿，她不愿将责任田包给他人，就自己耕种，山里土地虽不肥沃，但种瓜却能种得很好，一年的收成加上丈夫打工的收入，日子过得还可以。可可嫁到镇上，和丈夫开了一家日杂店，生意不怎么好，但也可以维持一家的开支。李俊杰说："可可家开个小店，若是生意好，应该有百儿八十万的存款吧。"张英子说："这个兄弟真会说笑，别说百八十万，就是有十万也就满足了。这山里小店，人都外出了，生意能维持就不错了。"可可的丈夫原本也想外出打工的，张英子不同意，说，一家人还是要在一块儿好，生活虽然苦些，但总比分开强，在一起知冷知热，相互有个照应。一年中，张英子总要补贴闺女些钱，因为孩子上学买课外书，上辅导班，开销大。

说着话，车就开进了镇子，在一家日杂店门口停了下来。店里没有买东西的人，宋可可正在看电视，一看张英子来了，就赶紧站起来，亲热地喊道："妈，这么热的天，你咋来了？"听着这样的称呼，东方晓的心里热热的。为张英子有了依靠而放心，也为同张英子一样年纪的留守妇女而伤感。张英子说："闺女，我多次给你说的恩人，今天想不到来咱这儿了，还是找你的，说有什么事儿问问你，你知道的，可一定要给人家说清楚，这个东方检察官可是妈的大恩人啊！"

宋可可分别为东方晓三人打开了瓶矿泉水，问："有啥事儿，我知道的一定给你们说。"李俊杰说："可可，我们现在正在办一件案子，牵涉一笔款，看是否打到你这里了。"宋可可说："什么款呢？我除了日常的进货，没有什么款打进啊。"李俊杰问："你有几张银行卡？"宋可可说："我只有一张农信社的卡，我们这儿没有银行，只有农信社，我卡上的钱从没有超过2万元的。"李俊杰说："你认识一个叫惠东的人吗？"宋可可说："我老公有个表妹夫叫惠东，听说在颖州市一个大机关上班，我们很少来往。记不清哪一年了，我老公想让他表妹夫帮忙在市里找个事儿干，我和他一起去了，他说市里的企业都不景气，一个月也挣不了几个钱，还不如我们在山里开店呢。我们看也找不到什么事儿好做，就回来了。我原以为那个表妹夫名叫惠东，谁知是姓惠，这个姓很少见呢，他出什么事儿了吗？"李俊杰说："没有，我们只是问问情况，看看他给你打过什么款没有。"宋可可说："绝对没有，他咋会给我打款呢。"李俊杰说："他用过你的身份证没有？"宋可可想了一下说："啊，想起来了，那天在他家正说话呢，他接了一个电话，接完电话，他对我说，有个外地的同学两口来了，要安排住宿，女的没带身份证，能不能用一下我的身份证。我想人家大老远来了，没身份证不能住，帮人家一下也是应该的，我就把身份证给他了。给他后，他就走了，到吃饭时也没有回来，说有急事儿，暂时回不了家，我要是不急着用身份证，他过两天给我送回来。我想在农村，身份证暂时也用不着，当天我们就回来了，过了几天，他开车把身份证给我送回来了，还给我们带来了一箱饮料。"李俊杰说："啊，是这样。你知道他是在哪个机关吗？"宋可可说："不知道，我打电话问问我老公，他今天到县城进货去了。"宋可可打完电话说："在财政局。"接着问："不会有我什么事儿吧？那天他就是借我的身份证给他同学的老婆办住宿，怎么会转款用呢？"东方晓说："这不关你的事儿，他可能是临时用了一下你的身份证，帮他同学转了一下款。"接着对张英子说："英子，今天太麻烦你了，我们还要回市里，我们送你回去吧。"张英子说："不麻烦你们了，我今天来了，还没见着外孙呢，我今天不走了，明天再回去。"

东方晓和李俊杰告别张英子母女，驱车返程。在返程中，李俊杰说："山里人还是实在啊，问什么说什么，要是在城里，估计早就打电话通风报信去了，哪里会跟你说实话呢。"东方晓说："这也保不准会被他们知道，不过，这钱没到宋可可手里，也没有到王君卓手里，转了一圈儿，应该又回财政局了，至于他们干什么用了，那是另外一回事儿，这300万元的性质，要做其他界定了。"李俊杰说："今天真是太走运了，竟遇到了你过去案件的当事人，说说那个案件的情况，让我评评你够不够当恩人的资格儿。"东方晓又是一声深长的叹息。那起20多年前的轮奸案，再次被提起。

28

　　回到市内，东方晓与李俊杰在宾馆洗漱后，到颖州市小吃一条街吃饭。刚在一湘西小酒馆坐下，一个人就来到了他们面前。"东方啊，啥时间回来的？听说你在深圳发大财了？"东方晓一看，原来是一区级检察院退休的副检察长万士行。东方晓笑笑说："万检，你也在这儿吃饭啊，听说你是非四星级酒店不进，非茅台不喝，非中华不抽，非名牌不穿，非有身份的人不交往，今天咋到这小店儿来了？"万士行哈哈一笑说："老弟，你嘲弄恁哥哩，我现在哪能跟你比呀，退休了，过去围着转的一群王八羔子现在连一个影子都见不着了，哪里还有酒喝，有烟抽？我今天有个案子想找律师咨询一下，安排在这儿了，下楼点菜，看着像你，就走过来了。走，上楼去，我们一块儿吃，我楼上订的房间是凤凰厅。"东方晓说："不了，我们等会儿还有事儿，在这儿随便吃一点就走了。"万士行说："咋，也瞧不起恁哥了？这点面子都不给，怕到深圳找你办事啊？"东方晓看拗不过，就带着李俊杰到了楼上。刚打开房间门，一个人就站了起来，喊着："李法官，真巧，在这儿碰到你了。"这个认识李俊杰的人叫文峰，是博识律师事务所的主任，李俊杰在法院任行政审判庭庭长时跟他打过交道。李俊杰说："文主任啊，多年不见，你现在还在政府各部门游走吗？那可是旱涝保收的活儿啊。"文峰嘿嘿一笑说："李法官你可真会说笑话儿，我们做律师的哪有你们端着金饭碗的人旱涝保收啊，不过是挣辛苦钱罢了。"东方晓听他们俩说笑，说："现在，李法官也自种自收了，我们现在一个所，有时间到深圳去玩儿。"文峰有些惊诧，说："不会吧，你也辞职了？"李俊杰还没来得及回答，万士行说："当法官哪有当律师来钱快，

78

当法官到点儿就得退，当律师是想干到啥时候就干到啥时候，我要是当初选择当律师，也不会混到现在这个样子了。"文峰说："万检，你能当到副检察长，那是多少人羡慕不来的，现在退休了，国家不是还得养着您吗？"万士行哈哈大笑说："来，不说了，为今天咱哥几个有缘聚到一起，干杯！"东方晓看万士行很自然地将那瓶价格不超过 60 元钱的酒倒进粗糙的酒杯里，言语间不再是当初的不可一世，平易得像邻家的大哥，也打消了从心底里对他的鄙视，端起了杯中酒，与大家碰杯。

酒过三巡，话题再次打开，万士行反复向文峰敬酒，说："老弟，恁哥这事儿就全交给你了，咱家老爷子这一辈子也就这一点家当，要是保不住又不赔偿，老爷子会气病的。"文峰说："放心，我一定会尽力的，我现在还是宝邑区政府的法律政策顾问，和政府的领导都很熟，要是真拆了，别人不赔，也得赔咱的。"万士行说："拜托老弟了，干杯。"听他们对话，李俊杰忍不住问："万检，啥事儿啊？"万士行说："唉，说起来气人，都是政府的不作为和滥作为，一块农用地，没有经过国家征收手续，就给一房地产商办了国有土地使用证，之后，依据这一证，又陆续办了其他证，建了几十栋别墅，我老父亲为了清静，听说这儿的别墅便宜，也买了一栋，买这栋别墅，几乎花光了老爷子的积蓄。后来还办了房产证，多年来，因为这块地，群众不停地集体上访，现在，听说这些证都是通过不正当手段办的，房管部门已冻结了这几十栋别墅的房产证手续，要拆了这几十栋别墅，别墅的主人也要上访。我怕政府来真的，按照相关法律来界定这些别墅的性质，到时候鸡飞蛋打，一头不落。这几十家的人知道我原来在检察院当副检察长，都找我想办法，我对这方面的法律规定又不懂，只能求教文峰老弟了。"李俊杰说："这事儿很复杂啊，能买起别墅的都不是一般的老百姓，处理这方面的事儿，政府也会很头疼。文主任是这方面的专家，我当行政庭庭长时，他就利用国家法律规定的漏洞帮一家房地产公司打赢了官司，当然，那官司的打赢，文律师可是上蹿下跳，连我们的院长和上级院的领导都给我施压，这件事儿今天想起来，我还耿耿于怀呢。"万士行说："哈哈，李法官，我也是看重文峰老弟这一特长，才找他的。现在打官司其实就是打关系，没有关系，想将一些有争议的官司打赢，那

79

是门儿都没有的。就像我在检察院时，同样的案件，有人找了，就可以不批捕不起诉，没有人找了，那就该咋弄就咋弄，说到底，咱就是人情社会，人情，到啥时候也改变不了。来，喝酒。"东方晓听了万士行这番话，压在心底对他的鄙视再次涌起，但东方晓没有表现出来。看着万士行虽年逾花甲，但保养得油光满面的脸与扛着的肚子及地中海一样的头发，东方晓觉得万士行很可怜。同时，也觉得自己和文峰很可怜。不等别人劝酒，就自己喝了一杯。

29

从湘西小酒馆出来，东方晓和李俊杰沿着滨河大道回宾馆。已是初秋时节，但炎热还在继续。河岸上有举着旗帜排着长队暴走的人，也有悠闲遛狗的，更多的是摆小摊卖旧书、玩具、冷饮、服装鞋帽的，还有算卦的。正走着，李俊杰被一算卦的喊住了："这位先生，一看你就是大富大贵之人，没有君子不养艺人，不管我算得对不对，你听听如何？"东方晓和李俊杰不由得被这样的"营销"手法吸引住了。他们俩坐在算卦先生前面放的小凳子上，准备听算卦的要对他们胡诌些什么。这位算命先生面色黝黑，脸似刀削，颧骨高耸。一双绿豆样的小眼睛在堆笑的脸上闪着狡黠的光彩。东方晓打趣说："你真是火眼金睛，一下就看出他是大富大贵之人。麻烦你说一下，他有多贵？"算命的说："人的富贵在天，那是前世和祖上积的阴骘，如这世继续积德行善，那就是为后辈积阴骘，常言说，积善之家有余庆，道理就在这里。"东方晓为算命先生口中能说出"阴骘"二字，就又增加了些许兴趣。一天的烦累放下，听听算命先生的高论也是一种放松。算命的问李俊杰："你是用八字还是抽签？"李俊杰说："还是用八字吧，抽签是概率事件，八字可能更有技术含量。"东方晓听着李俊杰的调侃，忍着没有笑出来。李俊杰给算命先生报了八字。算命先生扳着手指甲乙丙丁子丑寅卯金木水火一通后，对李俊杰说："帅哥啊，你父母关系不是太好啊，你看你这年柱的父母，是相克的啊，不过，克中有合，吵吵闹闹一辈子，晚年就和睦了。你的日柱上，妻克夫，说明你妻子比你强。看你八字中，印星很好，说明你学问比较深，最低也得读个本科，你官星很旺，应该是个当官的，不过，你月柱上有伤官，中间会有不顺的情况。你命中煞也很厉害，要是你在部队，能当将军啊！"说得李俊杰哈哈大笑。逗笑后，东方晓递给算命先生10元钱，说："谢谢你陪我们放松这一会儿，不麻烦你了，这是你的辛苦钱，我们还有事儿，要走了。"算命先生意犹未尽，说："准不准？能不能再给点儿？"东方晓笑笑说："你自己算的都不知道准不准，他10岁上就没了父亲，哪里还会有父母晚年的和睦呢？"算命先生将10元钱放进口袋，给他们拱拱手，不好意思地笑着看他们离开。

东方晓说："咱俩要是摆摊算命，说不定也能蒙住人。这里面有察言观色，也有心理学，还要辅助一定的算命知识。"李俊杰说："据有些机构统计，中国的婚姻，95%都应该离婚，只不过都是凑合而已，算命先生估计也读过这则报道。"东方晓说："俊杰，你信不信，有时我特信因果，在办案中，有些案件办不下来，我就给自己找这样的借口，可能是他前世积德了。就以这样的方式让自己释怀。"李俊杰说："宇宙浩渺，有些东西一定以我们不知道的方式存在着，因果或许也是其中之一。有些人的人生轨迹，何尝不是轮回一样，拼死拼活，最后竟还在原地，就如王君卓。刚才我们碰到的万士行，也是听说过的，他的外号和名字如出一辙，大家都叫他'万事行'，今天，不也不行了？"东方晓说："这个万士行，原本也是一个老革命的后代，他的父亲是个老八路，一生清正廉洁，曾做过颖州市的人大常委会副主任，可轮到他，竟一点儿都不像他父亲。有一次，我们在他们区指导反贪局的人办一起窝串案，费了很大劲都打不开缺口，最后，从一张发票入手，将一总会计师突破了，那个总会计师，不仅交代了总经理贪污的事实，还交代了许多我们没有掌握的一些犯罪情况，按照规定，这属于立功和自首，对他完全可以适用取保候审。于是，就对其采取了取保候审的强制措施，他也表示，全力配合检察院将账目的事情理清楚。案件起诉时，到了万士行那里，他非要将那个总会计师收监。办案人员将案件的情况向当时的检察长汇报，但检察长认为办案人员这样做是不合适的，因为不能因对犯罪嫌疑人许诺什么就兑现什么，即使立功自首也不行。最后，那个总会计师的家人，托人找到他，听说给了他10万元钱，他不松口，后来，又给了他10万元钱，他自己决定将已收监的总会计师给取保了，案件到了法院，这个总会计师最终被判处拘役 6 个月缓刑 1 年。仅此一件事儿，你就可以看出他是什么货色。现实中，他常常与一些个体老板混在一处，吃穿用都异常讲究，出门在外，谱摆得很大，从来不让司机和他一道上桌吃饭，要司机准时准点伺候在他需要的地方。后来，那个司机实在无法忍受他的官架子，就辞职下海了。再后来，听说他退休后，竟到那个司机的公司当副总去了。"李俊杰说："这样的人，竟能从检察院混到平安退休，说不定也是前世修行得好啊！"东方晓说："要说他的辉煌经历，像将一些不该批准逮捕的人给批准逮捕，将一些应该起诉的人作不起诉处理，曾问一交通肇事的公司老板一次索要 7 部手机，等等，估计一晚上都说不完。不说他了，咱俩得商量一下，明天会见王君卓的事儿，这300 万元的科技创新扶持资金，或许能让他转变一下思想。"

30

东方晓和李俊杰坐在看守所的律师会见室，等待与王君卓进行深入的沟通，期待案件能朝着正常的轨道发展，从而让王君卓也能真正感受法律的公平正义。

戴着手铐的王君卓一进来，就让东方晓和李俊杰有些吃惊。王君卓竟然剃了一个光头。那颗曾如公鸡般高昂的头，是王君卓可以睥睨下属、仰视高官的象征，也是王君卓胸怀宇宙的外在展示。此刻，在光线不足需要用日光灯照亮的会见室里，王君卓的光头疑似要与日光灯比亮。东方晓皱着眉头有些愠怒："虽然涉嫌犯罪了，但犯罪嫌疑人的人格权也要被尊重，看守所早已不允许给嫌疑人剃光头了，他们怎么可以这样对待你？"王君卓看着东方晓的怒容，不由得笑了："师弟，就冲你这句仗义的话，我心里就充满了感激。不是看守所给我剃的，是我自己要求剃的，既然进来了，我就不再是正常的人，我要强化自己是个罪犯的角色，这样，我才能从内到外都以罪犯的心态来对待自己。在这儿的几个月里，与其他犯罪的人在一起，我才知道每一个进来的人，有多渴望从轻处理，和他们唯一不同的是，在这里，比在办案点留置好多了，留置的房间，虽然像宾馆一样，有床有卫生间有桌子有椅子，却没有窗户，24小时的日光灯下，醒着和睡着没有什么两样。两个看护人员，每个人距我一臂之遥，我走动他们跟着走动，我躺在床上，他们站立在两边，就是想洗个澡，也必须让看护人员给办案人员汇报，吃饭的盒子、勺子与签字的笔都是为防自杀特制的。在那样的环境里，常让我生出黑白无常的幻觉，有时真想大声喊叫，因为憋闷得想发狂。那时，我一方面希望能早些出去，一方面想，若不能出去，到监狱也比那里强。现在，我又生出想真正自由的强烈愿望。和那些盗窃、强奸、诈骗的人关在一起，我感觉自己的智商并不比他们高多少，自己的身份和他们没什么两样。"李俊杰说："我相信你说的话，但你真想早获自由吗？"王君卓说："要说不想，那是我虚伪，要说想，哪里又是我能决定的？我现在还犹豫，组织真的抛弃我了吗？不是说我的问题可以由组织按照党内规定来处理吗？有许多人的问题，若按法律规定，那都是应该判刑的，但组织却按降级处理了，法律与党规毕竟不一样，因为我是党的干部，我的问题，和许多人相比，并不比别人更严重，我为什么就不能按照组织规定进行处理？"李俊杰说："若是组织处理，早就处理了，该降级降级，该撤职撤职，你也不会进到这里来了，问题是，你的问题现在已不是组织问题，而是法律问题，你此刻穿着看守所的黄马甲，自己要求剃的光头，早已与组织背道而驰了。你只有面对现实，才能给自己真实的希望。"王君卓苦笑了一下说："你的说教怎么像纪检干部的口吻，几天来，我心里乱得如麻一样，理不出头绪。"东方晓说："师兄，我和俊杰去调查了那300万元科技创新扶持资金的去向，那笔钱，也没有落到君辉集团的手中，你能否将这笔钱的来龙去脉跟我们谈谈。卷宗中，你可是承认这笔钱就是你让君辉集团虚报项目，从财政套取的，你为什么不对组织将真实情况说清楚呢？"王君卓说："这笔钱的真正用途和来龙去脉，我也不清楚，是君辉说，有一笔科技创新扶持资金可以申报的，让高新区将君辉集团申报上去，材料他们负责整理，因项目的最初申报需要我签字，我就签字了。我想，君辉集团的老总虽然是我弟弟，但君辉集团是一个多行业的集团公司，创新是每一个企业的要求，我没有做到内举不避亲，就同意了。我知道，君辉在市里省里都有自己的人脉关系，他做的许多事情，我也不想过多过问，在这次被查时，我才知道，这笔钱是君辉集团虚列软件开发项目套取的，这笔钱，切切实实进到了君辉集团，我也看了纪委给我出示的收条。这笔钱，君辉也说不知道到哪里去了，我也说不知道具体到哪里去了。但办案人员不相信我说的话。办案的人说我态度不老实，这笔钱就是我和君辉合伙套取的，我如果承认是贪污专项财政资金，也是对组织的一种态度。我如果不承认，就凭我的签字，君辉集团并没有用这笔钱搞任何科技创新项目，就可以以王君辉涉嫌诈骗追究刑事责任，我是诈骗的共犯。若是我承认贪污了，那性质就不一样了。"李俊杰说："办案人员为什么不去核查一下这笔钱的去向呢？"东方晓说："君辉集团两本账，大账上收到了，小账又不敢出示，就导致君卓和君辉百口莫变了。"李俊杰说："办案人员为什么不问问经手经办的人呢？"东方晓说："王君辉有交代，不让财务人员说这笔钱的去向，纪委的人调查时，财务人员肯定不会说真话，若不是偶然，咱俩也不会知道这笔钱的去向。更何况纪委监委的办案人员将涉及这笔款项的市财政局的工作人员全部问了一遍，大家全部证实，这笔款拨到了君辉集团，且有君辉集团的收条为证，至于君辉集团收到这笔钱到底用到什么地方了，他们没有一个人知道。从证据的角度讲，证人证言与书证都将目标指向了申报人与签字人和收到人，且是套取，王君辉与王君卓又是兄弟关系，兄弟俩合伙贪污这笔款，或者是王君卓利用君辉集团套取财政专项资金归个人所有，按照经验法则，也能说得通，尽管有重大瑕疵，且不能构成完整的证据链条，但有些案件，就能以这种方式认定，若判了，被告人虽然无罪，但要纠正，不说实体，仅就程序，有时就会让被告人穷其一生去喊冤的。"听着他们的对话，王君卓的眼睛瞪得大大的，他有些听不懂了。"怎么，你们知道这笔钱到哪里了？是君辉用了吗？那可是诈骗啊，300万元的诈骗，那可是比贪污重得多啊！"东方晓说："师兄，你的思维终于回到了法律的层面上，那笔钱，也没有到王君辉手中，具体到了哪里，我们还要努力，让它真正水落石出。"王君卓有些疑惑："师弟，就凭你们俩，能调查清楚吗？"东方晓说："你别忘了，我曾是检察院反贪局的侦查员。"听着东方晓坚毅的语气，王君卓的脸上，浮现出一种希冀，一种依赖。

31

　　会见完王君卓，东方晓和李俊杰刚回到宾馆，就接到一个电话："您好，请问您是东方大律师吗？我是赖明生的妻子徐洋，若您方便的话，我想见见您。"东方晓有些疑惑，赖明生的妻子怎么会有自己的电话？东方晓说："您有什么事儿，电话里方便说吗？我近期事情比较多，估计没有时间见您。"徐洋恳切地说："东方大律师，是赖明生从看守所捎信来，让我无论如何要见到您，有些事情电话中说不清楚，想当面跟您说一下。"东方晓有些迟疑，李俊杰小声说："估计想让你给他代理案件的，若是这样，案件肯定很有意思，你就见见她吧。"东方晓说："那好吧，晚饭后，您到滨河宾馆 819 房间来吧。"

　　徐洋如约来到了宾馆。修饰精致的妆容无法掩饰满脸的憔悴。徐洋 30 岁左右，身材窈窕，小圆脸，大眼睛，高鼻梁，嘴唇天生性感，加上正红的口红，让人有总想多看两眼的冲动。她上身穿着一件白色的吊带，外罩一件浅蓝的开衫，下面是一条上宽下窄的黑色七分裤，脚上是一双点缀着金色饰品的细高跟鞋。这样的女孩儿，天生的洋气。从年龄上判断，她不应该是赖明生的首任，因为赖明生已过知天命的年纪。李俊杰把徐洋让到沙发上坐下，给她倒了一杯水，也静静地坐在床沿上，听她和东方晓谈话。

　　一坐下，徐洋就伸出手，对东方晓说："东方大律师，来握个手，我们认识一下吧。咱是校友，我也是学法律的，您是我的前辈，也是师兄。"东方晓"哦"了一声，将手伸过去："这么巧，我们是校友。"徐洋说："您是我们学校恢复重建后的第二届大学本科生，在我们系的校友参观室里有各届毕业生的合影，王君卓是第一届毕业生。因为那时招生比较少，前两届的毕业生加起来才76人，因此，你们这76人就格外受关注。尤其是王君卓师兄，是不多的正县级官员之一，也很出名的。我毕业后，读了赖明生的研究生，赖明生离婚后我们就结婚了。我是他的第三任妻子，现在在中原财经政法大学当老师。"东方晓礼节性地接话说："你很优秀。在见我之前做了这么多功课。"徐洋说："不是做这么多功课，是因为在家时，明生就多次提到过你，说你是一个真正的法律人，只是这样的人太少了，不能随其波逐其流，因此，很难融入体制环境。他对您很敬佩的，虽然在代理您所办理的案件中，有过让您不齿的做法，但也有太多的无奈。他刚开始被纪委喊去调查时，就说过，要是哪一天真遇到了事儿，让东方大律师为其代理，就放心了。他自己也没有想到，竟一语成谶，事情的发展会到现在这个地步。现在，他和王君卓在一个监舍，案件也到了审查起诉阶段。他让我为他委托您做他的辩护人。他相信，像他的案件，只有您这样不畏权势，敢于较真的律师，才敢接。"东方晓说："享用辩护权，是每一个犯罪嫌疑人的权利，没有什么敢接不敢接的。"徐洋说："接与接不一样，有些律师，怕得罪权势，对有些问题不敢较真，辩护中，也只是走一个过场，明生过去代理的一些案件，就是这样的，现在，轮到他自己了，他才知道一个负责的律师，正确运用法律为嫌疑人辩护有多重要。"听到这里，李俊杰插话说："我们的律师事务所不在颖州，现在无法给你办相关的委托手续，我和东方律师正在办理王君卓的案件，一时也腾不出手来，恐怕无法接受你的委托。你看是不是再找其他律师代理？"徐洋说："没关系，有时间的。县处级以上的案件，每走一步都要汇报的，现在只是第一次审查起诉，这个案件牵涉太多的问题，一次审查起诉，不一定能达到起诉标准，可能会退补的，即使不退补，还有法院环节，时间应该够用的。况且赖明生的案件只是单一的毁灭证据、伪造证据、妨害作证，案件的具体情况因为没有看到案卷也不知道。我个人认为，明生和澧城市市委书记是朋友，书记出事儿后，他曾找过纪委的人打听案件情况，可能惹恼了人家，纪委要整他的。你想想，他一个大学法学院的教授，怎么会干这些低智商的勾当？"东方晓说："有时，聪明人常干傻事儿，这种情况也常有，只是没有看案卷，具体情况不清楚。你为什么不请其他人为他辩护呢？"徐洋说："纪委交办的案件，即使错了，其他律师也不敢较真纠正，而你不一样，若是正确的，你不会坚持纠错的，但真是错了，你会较真的。因为，你是真正的法律人。"徐洋的话，让东方晓和李俊杰一时陷入了沉默。过了好久，东方晓说："俊杰，你给咱律师事务所打个电话，让他们寄一套手续过来。看在小师妹的份儿上，这案子我们接了。"

送走徐洋，明月的光亮透过高楼的间隙照到宾馆粗壮的树上，像是探寻可渗透的地方。东方晓的心里也像照进一束光亮。一个常在法律的边缘游走的人，一个将法律当作工具玩弄的人，竟然也要追求法律的公平与正义，这或许也是法律的意义所在。

"东方，看起来，还是真正坚守法律底线的人，才能赢得信赖，那些不相信法律的人能够相信法律，法律追求的公平才有希望。"东方晓说："事实的真相与法律的真相，本不是一个概念。事实的真有时不等于法律的真，法律的真有时可能掩盖了事实的真。法律不是万能的，但良知却是一个法律人应该坚守的。就如东西德统一时的一个判例一样，当你执行一项违背良知的命令时，枪口可以抬高一厘米。"李俊杰说："我已给综合部打过电话了，快递的手续可能后天到，我们就在这里加塞将这个案件办了吧。"东方晓说："俊杰，辛苦你了，王君卓的案件已错综复杂，现在，又加上这样一个案件，我们要加快对王君卓案件相关情况的调查了。"李俊杰说："这是干自己愿意干的事情，感觉不到辛苦呢！要是在法院，让我这样加班，估计我没有这样的觉悟啊！"两人哈哈大笑起来，一天的疲惫，在这开怀的笑声里，仿佛消散了。

32

　　平原省第一监狱，王君辉和其他犯人一道在加工冥币，那些冥币上的数额，每张最低都是 5 万元。有些犯人调侃道："阴间比阳间的经济还发达啊，一弄都是百八十万的，那些鬼要是花小钱，需要找零，该怎么办呢？"听着他们的调侃，王君辉的心里满是酸楚。曾经的王君辉，百万千万的金钱周转，他是没有什么零钱的概念的。所谓的零钱，也就是哪个领导家有红白喜事儿了，让秘书送去个三五万，自己是不用操心的。此刻的王君辉，却要每天面对一摞摞的数以百万千万计的冥币，他知道这些冥币是供阴间的人用来消费或储存的，他不知道，阴间是否也有公司，是否也有百万千万的周转，是否也像阳世一样有人为财死鸟为食亡的悲惨。他不后悔曾经为了让钱生更多的钱，上下打点的所有的付出，即便是为此身陷囹圄，他也只是认为自己比别人倒霉而已。曾经的花柳繁华，觥筹交错，纸醉金迷，对于小学毕业，家境贫寒，因缘际遇从而飞黄腾达的他来说，已享尽了富贵，真的很知足。他后悔的是，大江大河都闯过了，却因为一个农民工在小河沟里翻了这条曾历经惊涛骇浪的船。

　　那天，王君辉在公司召开部门负责人会议，安排 2014 年春节前的走访捐助慰问及到相关部门的拜访工作。因国家对地产项目贷款的收紧，那笔1 个亿的贷款迟迟没有审批下来，君辉集团的资金面临将断裂的危险，对化工城建设项目的农民工工资一时难以发放，准备推迟到春节后，贷款一下来就立即发放。开完会，王君辉坐着他的奔驰到化工城工地去看项目的情况。车刚停下，猝不及防，一群农民工围了上来，其中一个愣头青一样的年轻人，走到王君辉面前，厉声质问："你就是君辉集团的大老板吧，能坐这么好的车，怎么好意思欠我们农民工的工资？要脸不要脸？"王君辉的司机立即上前，吼道："你是什么东西，敢对我们老大这么说话？"那个农民工指着司机说："你什么狗东西，不就是一个破开车的，狗仗人势，我光脚的还怕你穿鞋的不成。老子辛辛苦苦给你们干了这么长时间，老婆孩子都等着这笔钱过年呢。你们吃香喝辣，就不怕天打雷劈？"司机气极了，对着冲到他跟前的农民工就是一巴掌。这个矮胖的农民工，因身高不占优势，就用头撞司机，司机后退了一下，农民工栽倒在地后又站了起来，紧接着就冲王君辉撞了过来，王君辉本能地后退，那个农民工扑倒在地。工地上到处都是钢筋，这个农民工倒下时，一根翘起的钢筋穿破了他的颈动脉，送到医院抢救无效死亡。这群来自同一个地方的农民工扯着白布到市里上访，颖州市的大小媒体，通过不同的方式进行渲染，到处是"颖州市最大集团公司的老板打死了要账的农民工"的演绎版本，通过不同的方式对王君辉进行人肉搜索，让一起原本普通的案件，变得面目全非。民意汹涌，迫于压力，公安机关以防卫过当、故意伤害将王君辉刑事拘留。王君辉被逮捕后，省市纪委曾对其承诺过，因其配合调查，态度好，不以行贿犯罪追究刑事责任的行贿问题，再次被纳入公众视线。在维稳压力下，在舆论裹挟下，数罪并罚，王君辉被判处有期徒刑18年，送到平原省第一监狱服刑。

法律专业毕业的王君卓，深知王君辉的案件背离了法律轨道，但面对现实，为了自保，王君卓选择了沉默。王君卓的沉默，导致了整个家族对他的怨恨，从此与家族的人形同陌路。

多少次，王君卓在无人的时候，徘徊在君辉集团门口，手足亲情的回忆，对王君辉案件的歉疚与无奈，都让他唏嘘流泪。更让他伤心的是，王君辉其实是通过自己的努力，在赚取了第一桶金后，乘势而为，一步步到达了人生的顶峰，从政的王君卓，对于整个王氏家族只是一个象征，只不过是为王君辉经商的光环增添了一抹亮色，更多时候，是王君辉的光环笼罩了他。

33

　　张扬的人，内心应是充满自卑的。那是极强自尊的维护，也是极度压抑的释放。性格决定命运，但命运，有时真的难以捉摸。有天时，有地利，有人和。活在这充满变数的尘世，不知命运在哪一天会转个弯，要么让你事事如意，要么让你喝凉水也会噎嗓子，要么就要了你的小命。王君辉身边有邵如节做大师，在邵如节的指点下，许多所谓的凶险被化解，困局被破解。邵如节对迷津的指点，让王君辉对命运深信不疑，但一场真的凶险来临时，邵如节怎么就没有预测出来，让王君辉从天堂跌入地狱？王君辉对深信不疑的所谓预测，在监狱的劳作中，有了另一种宿命的思索。一切，真的都是命运。

　　出生在偏远乡村的王君辉，家中弟兄四人，姐妹两人。王君卓是大哥，二哥王君伟过继给了其三伯父，三哥王君营智力低下，且天生歪头，在村里大家都叫他歪头。王君辉上面有一个姐姐，下面有一个妹妹。这样的家庭，在计划经济时代，靠工分吃饭，可见生存的艰难。

　　王君辉的父亲王石头，天生老实，三脚踹不出一个屁，除了田间劳作，就是为村里饲养作为重要生产工具的牛，且常年住在村里的牛屋里，与牛为伍。其母亲外号夜叉，家中时时传出的不是对父亲的叫骂，就是对儿女的打骂。被骂的父亲，总是低着头蹲在一边，一声不吭。有时骂急了，母亲还会将手指用力捣在他头上，这时他就会趔趄一下，再努力蹲正，窝囊的样子让人可怜。看到父亲被打骂，王君辉的姐姐与妹妹吓得在一旁偷偷哭泣。王君辉看不上时，会大声喊叫："你这样打骂他，叫邻居听见了，丢人不丢人，别骂了。"这时，母亲的打骂就会转移方向。顺手拿起身边任何可以拿起的家伙，劈头盖脸地打向王君辉，边打边骂："你爹死鳖，你这赖孙，你还不叫我出气了，我不打死你这个畜生，我就不是吃馍饭长大的，不是俺娘生的。"王君辉不敢跑，因为一跑，他母亲会满世界追着打骂，让全村人都看笑话。于是，被打骂的王君辉就会顺势抱着头蹲在地上，任由母亲打骂，不是被打得一头疙瘩，就是被打得浑身青紫。在家中被打的不只是王君辉，三哥也常因看着不顺眼，被其母亲一边咒骂一边狠打。姐姐也不时被撕扯着头发打骂。王君辉母亲对两个女儿的骂是侮辱性的打骂，姐姐常被辱骂得痛不欲生，有一次，被骂得实在忍受不了了，就喝了农药，经过三天三夜才被抢救过来。不到 16 岁就嫁到婆家再也不回来了。家中的鸡犬不宁还不算厉害，更厉害的是，王君辉的母亲还三天两头和村上的人吵架打架。吵架的结果，使王君辉一家在村里被孤立。大哥王君卓一直上学，很少在家。三哥、姐姐和妹妹都没有上过学。在这样的家庭环境中，王君辉上完小学，就挑起了全家的重担。一边干农活儿，一边不时地走街串巷，贩卖些水果或蔬菜，供王君卓上学，供全家开销。这样的状态维持到 16 岁时，王君辉跟着村里的一个人外出到建筑工地上打工。在工地上，王君辉脏活儿累活儿抢着干，还用节省下来的钱给工地上的师傅买烟抽，因此，大家都喜欢他，都愿意将自己在工地上的手艺教给他。不管是砌墙、电焊、修水管、布电线、刷油漆，还是贴瓷砖，样样干得来。

有一次，他跟着师傅去给一家帮忙贴瓷片，贴完后，还帮主家修好了水管，将蜘蛛网一样乱排的电线做了整理，并且将杂乱的阳台给收拾得井井有条，干净利索。那家女主人满意极了。在请他们喝茶时，拉起了家常，一聊，发现两家还是远亲，于是，王君辉就认下了这个也许八竿子都打不着的姑姑。这样，王君辉不时地到姑姑家走动，每次去，都会精心地挑选礼物，到家里打扫卫生，帮忙做饭，洗床单被罩。认了这门亲戚，并不时到姑姑家串门，姑姑的亲切和蔼，让王君辉有说不出的温暖与亲情。有时，王君辉到姑姑家，有人请办事处当书记的姑夫一家吃饭，姑姑与姑夫也会带上王君辉。因与姑姑一家的来往，王君辉的命运，在不经意间，转了一个弯儿。

34

在一次饭局上，王君辉拘谨地坐在下首，一边听姑夫他们聊天，一边给大家倒水。那是姑夫战友们的小聚，他们在交流党政机关办企业的心得。有的局委号召大家下班后去摆地摊，有的局委开小酒馆，有的鼓励大家去创业，但收益都不好。有人问姑夫的办事处有哪些做法。姑夫说："我手下的一班人想将办事处楼下的几间办公室腾出来开个小旅馆，可论证后，觉得不一定有人来住，要雇请服务员，害怕工资都支付不起。"有个组织部的副部长说："老王，其实你是最有条件的，你们办事处有那么多空闲的土地，你可以开个工厂啊。"姑夫说："开什么工厂啊，一片荒地，盖房子的钱从哪儿出呢？"讨论了好久，饭局结束，也没有讨论出干什么好。

在回家的路上，王君辉怯怯地对姑夫说："姑夫，现在到处都是盖楼的，钢筋和楼板是必须用的。办事处若有荒地，可以办个预制板厂，预制板制作起来很方便，就是用水泥和钢筋浇筑，露天就行，水泥和钢筋可以赊账，等预制板卖出去，钱收回来，再付给他们。我在工地上干活儿，现在预制板很抢手的。"王君辉的建议，一下子开阔了姑夫的思路，他一拍脑袋说："我咋没想到这一层呢？你小子脑子很活嘛，我明天开个会，和办事处主任商量一下，就利用空地做预制板，不过，我对这方面的情况了解不多，你有什么好办法吗？"王君辉说："我到工地上再了解一下，看水泥和钢筋都从哪儿进的，有供应商，有使用方，应该好办，我再从工地上找几个人，负责制作，应该不成问题。"姑夫说："这个思路好，这事儿你就操心一下吧。"

王君辉到工地上，留意工地上水泥钢筋与预制板的来源，一一记了下来，汇报给了姑夫。经过论证，在一处靠近清水河的荒地上，办事处的预制板厂建了起来。王君辉也从工地上到了预制板厂，一边负责预制板的制作，一边负责将预制板送到不同的工地上。

　　制作预制板的工作很劳累，但王君辉不怕吃苦，不怕跑路，每天都乐呵呵地工作。王君辉觉得，这是姑夫单位的工厂，自己绝不能让姑夫失望，一定要把工厂办好。因工人都是自己的朋友，王君辉常自己掏钱，为大家改善伙食、买烟，因此大家心很齐，工作效率也很高。1995 年，正值房地产开发的高潮阶段，预制板的用量很大，王君辉的收入也比工地上高了许多。随着房地产的兴隆，社会上办预制板厂的人也多了起来。办事处的预制板厂有了竞争，生意有些难做了。在效益不好的情况下，政府又出台了新的文件，对党政机关经商办企业的情况进行清理。王君辉到姑夫家，提出能否将该预制板厂转让给他经营。最后，这个预制板厂就成为王君辉自己的企业。开办这个工厂，办事处原本就没有投入什么钱，但大家都从预制板厂得到了实惠，现在因效益不好，加上政府要清理，大家也乐得将这个曾是香饽饽现在就像烫手山芋一样的厂子转让给王君辉，条件是王君辉每年必须向办事处交纳土地使用租赁费。就这样，小学毕业，曾当过小贩，甚至曾在建筑工地上打工的王君辉，竟成了个体企业的小老板。

　　在激烈的竞争中，王君辉从切身的经历中，看透了人性的贪婪。他在为姑夫的工厂打工时，那些为工地上送水泥钢筋的小老板，为了预制板厂能用自己的钢筋水泥，更为了在质量检验时能顺利过关，曾巴结过王君辉，有时还会给王君辉些小意思。但工厂在为工地送预制板时，因是办事处的企业，不能像有些个体户一样，给管事儿的人送钱，因为发票没法出，这让工厂的发展陷入了竞争的劣势。工厂成为自己的以后，王君辉宁可赔钱，也要用钱打通一个个关节，让自己的预制板厂始终保持不积压状态，在同行的竞争中，用优质，用人情，用关系，更用金钱，屹立于不败之地。

　　在不停地扩大生产中，又一个机遇来到了王君辉面前。

35

王君辉送预制板的蠡琳新苑工地，忽然停工了。王君辉一打听，是蠡琳房地产公司的老板王义浩逃跑了。

王义浩和王君辉是老乡，大学毕业后，分配到了颖州市劳动人事局。在政府经商办企业的政策下，王义浩在劳动人事局干部科科长的位置上停薪留职，下海成立了颖州市劳动人事局房地产开发公司。为劳动人事局盖了几栋家属楼后，王义浩成了当时为数不多的百万富翁。政府经商办企业被清理后，劳动人事局名下的房地产开发公司变更为王义浩个人的房地产开发公司。成为富翁的王义浩，像许多饱暖思淫欲的老板一样，花天酒地，迎来送往，许多美貌女人成为王义浩公开或秘密的情妇。其中一个情妇对王义浩帮助特别大，该情妇是颖州市规划局的一名副局长，叫王小琳。王小琳和单纯贪图王义浩钱财的情妇不同，她是有野心的女人。王义浩靠着她，在规划方面，曾如鱼得水，王小琳因傍上了王义浩，两人不仅是男女关系，更是合伙关系，王小琳要求占有王义浩公司40%的股份。这40%，是凭空划归王小琳的。因此，公司变更时，为了主张权利，房地产公司的名称，其中有个字就是"琳"。变更后的公司叫颖州市蠡琳房地产开发公司。蠡琳的含义不仅有建立的意思，还有说不清道不明的暧昧。该公司脱胎于颖州市劳动人事局，其中两名领导，就成了暗地里的股东。王义浩有王小琳的合伙，有劳动人事局两名领导的背书，开始了属于自己的大刀阔斧的改变与所向披靡的前行。靠行贿拿下一块地，蠡琳新苑18栋7层楼房规划已做好，部分定向开发已确定。此时，祸从天降。劳动人事局两名领导在审计中，挪用社保资金8000万元给蠡琳房地产公司使用案发。

在排查资金流向时，又发现数笔几十万元的钱款打向供销社几名领导的名下。蠹琳新苑的土地，是王义浩和供销社几名领导预谋后，将改制后的企业土地以所谓的空头置换和安置下岗职工的方式，划归蠹琳房地产公司名下。为此，几名出力的领导，根据各自出力的大小，分别笑纳了王义浩70万元、50万元、30万元、20万元不等的辛苦费。那些下岗后的工人，再次失去了以为可以靠企业的土地养老的保障。劳动人事局的两名领导与供销社的几名领导到案后，没有经过几个回合，就竹筒倒豆子般，如实供述了挪用公款和收受王义浩贿赂的事实。王义浩在几名领导被叫走后，先是上蹿下跳找人活动，当得知他们被刑事拘留后，就潜逃了。

王义浩潜逃后，定向给报社开发的两栋楼成了烂尾楼。农民工的工资没有了着落，报社的职工开始联名上访。王君辉看着那铺着自己公司预制板的烂摊子楼房有些茫然。

王君辉来到姑姑家，向姑夫述说了蠹琳新苑的情况。这个在部队以副团级政委转业的办事处书记，一声不响地抽着烟，不时地弹一下烟灰，静静地听王君辉说完，眼睛一下子亮了起来，说："君辉，说不定这是你发财的机会。"王君辉疑惑地说："这么多钱没了，怎么会是发财的机会呢？"姑夫说："蠹琳新苑的建筑材料，你的预制板占了大头，若是抵账，估计也要好多套房子，要是将这些烂尾楼给盖起来，人工工资与材料费又能赚一部分。现在这个烂摊子，估计愿意接手的不多。处理蠹琳新苑遗留问题的工作组组长是我战友，我问问他，看看能不能接下这些烂尾楼，这样就一举多得了。只是接这个项目，需要一大笔投资，你现在有多少钱？"王君辉说："我现在手里有三四十万，若是咱接这个项目，预制板、水泥、钢筋都不成问题，人工工资也不成问题，可以用咱老家的人。"姑夫说："我可以帮你贷一部分款，有这些条件，接这几栋烂尾楼，应该可以。只是不知道工作组是否同意。明天我就请工作组组长吃个饭。"

姑夫和工作组组长关于蠹琳新苑的烂尾楼的交谈，出乎意料地顺利。一是当时还没有大的私人开发商，二是国有房地产公司不愿接手这些烂摊子，三是暂时还没有哪一个建筑公司愿意全部垫资盖这些烂尾楼，四是有些建筑公司不愿意以房抵债。这些情况，王君辉都愿意。工作组组长还说："若是有人愿意接手这个烂摊子，后面的几栋楼也可以交给他做。"

为了接手这几栋烂尾楼，王君辉借遍了亲戚朋友。靠着自己的诚信，老乡们愿意等王君辉将房子卖出去后再结工钱。就这样，在多方的撮合下，在姑夫的参谋下，王君辉将预制板厂交给自己的姐夫管理，自己全身心地投入盖房子的项目中。用的是自己的人，建筑材料是熟悉的供应商赊给的，陷入烂尾的楼房，如芝麻拔节一样，很快建成了。除了定向开发的报社楼房外，工作组将新建的一栋楼也抵给了王君辉。正赶上房地产生意的上升期，此栋楼的房子很快就被卖掉了，王君辉赚到了出生以来最大的一桶金。那一年是1998年，王君辉23岁。

再次有了钱的王君辉，在姑夫的运作下，成立了自己的建筑公司与开发公司，分别命名为颖州市君辉房地产开发公司、颖州市君辉建筑工程公司。有了自己的公司，王君辉将蠹琳新苑的剩余项目一鼓作气也拿了下来，整体开发的蠹琳新苑，也正式更名为君临花园。

从穷苦中走出来的王君辉，却没有穷人的抠门与小气。第一栋楼卖出后，王君辉对当初借给他钱的人，都变相以高息的形式进行了偿还。对跟着自己干的老乡，用感恩的心，为他们在城市的生活做了展望，为他们买保险，让他们通过自己的努力，真正摆脱面朝黄土背朝天的生活，跟着自己赚钱，也过上城里人的生活。

是运气，是天时，是人和，王君辉的生意不断地扩大，成立了自己的集团公司，各种生意如滚雪球一般膨胀。自己的交往触角，也如蜘蛛结网一般伸延。有了钱的王君辉，也助力一心想当大官、想主政一方的王君卓，实现了王君卓从党校挂职后真正地成为手握一方权力的正县级龙山新区管委会主任。

36

权与钱如此相得益彰，让王君卓有成功的得意，也有在用钱买权过程中的屈辱。

为了招待的方便，王君辉在远离市区的娘娘山水库边上租了一块地，盖了一个外表极普通的院子。院子里有两栋二层小楼，小楼之间，用回廊相连接。院子里种有从不同地方移栽来的花草树木，室内游泳池、娱乐室、休息室，一应俱全。王君卓第一次走进这个院子，对那个小学毕业的弟弟充满了羡慕与嫉妒。自己起五更打黄昏，拼却了比他人多几许的脑细胞，才考上了大学，从而改变了脸朝黄土背朝天的生存现状。这个背着一个破铺盖卷出来的灰头土脸的弟弟，现在，却挣得了这么大的一个场面。王君卓对知识改变命运的说法，有了怀疑。

当天，被王君辉用加长林肯接来的人叫戴湘宏。戴湘宏的年纪和王君辉差不了多少，是颖州市市长文清廉从省里带来的秘书。戴湘宏下了车，一进院子就嚷嚷道："王总，这段时间，为你们几家地产公司那几块地上会的事儿，可把我累毁了。你那块地，是硬挤上去的。今天，你可要好好犒劳犒劳我，我先游个泳，放松放松。你请的福建师傅做的佛跳墙，我很喜欢啊！"王君辉憨厚地笑着说："我也是沾你的光，才能吃上佛跳墙啊，这道菜也是专门为你准备的，煨了两天了。"戴湘宏说："王总，你这话我爱听，这也叫红粉赠佳人、佳肴送老戴啊！"一边说，一边向游泳池的更衣间走。里面早有服务人员，用标准的礼仪迎接，为戴湘宏换鞋更衣。只穿着一条泳裤的戴湘宏，如一条大白鱼一样，在水里侧泳仰泳狗刨，王君辉安静地坐在池边躺椅里，始终微笑着，看戴湘宏在水里恣意。

沿着水库转了一圈，王君卓的心情如深秋的枯叶一般纠结。两年在基层挂职副县长的锻炼即将结束，就要回到那枯燥机械的三尺讲台，讲一些言不由衷的话，点头哈腰应付各色领导，讨好同事，下班后，骑着自行车去市场上与菜贩讨价还价。想到这些，王君卓有一种人生从天堂到地狱的煎熬感。挂职的县虽是一个五线小县，主管的是扶贫、群工、信访，但在这里，王君卓依然享受到了权力带来的快感。出入有专车，凡事有秘书操心，住在县级干部的公寓里，每天有人做饭洗衣服打扫卫生，自己除了开会研究那些或许永远也解决不了的问题，更多的时间，是在不同的酒局之间穿梭。什么叫醉生梦死，或许这就叫醉生梦死吧。两年，怎么如昨天和今天一样，感觉中没有什么不同，太阳升起就落下了。这个挂职，是王君卓无数次巴结校领导才谋得的，现在，一切就要归于原点。王君卓踩着脚下铺了一地的银杏叶，想不出能留下来的办法。

接到王君辉要他回会所吃饭的电话，王君卓踽踽回到会所。水晶灯光芒四射，壁灯暧昧柔和的餐厅，戴湘宏已舒服地仰在主座的椅子上，正大声地谈笑，有时也会招呼一声侍立在旁的小姑娘，问一声："小美女，老家是哪里的？"小姑娘若是回答了是哪里的，戴湘宏就会滔滔地讲述那里的风土人情，好像自己在那里生活过一样。看到王君卓进来，戴湘宏站起来，热情地指着主座说："这是大哥吧，来来，坐这里，坐这里。"王君卓与戴湘宏反复谦让，说："你是君辉的贵客，理应坐在主座，我今天是陪客。"戴湘宏哈哈大笑："什么主客陪客，我和王总的关系就像亲兄弟一般。在美国考察时，和王总住在一个房间，听王总讲 WTO 的规则，真是让我大开眼界。从那时开始，我就认定王总是有眼界有胸怀的企业家，颖州市的经济领头人非他莫属啊！"王君卓有些吃惊，这个小学毕业的兄弟，能讲 WTO 的事儿，简直如天方夜谭一样，不由得让王君卓有些怀疑自己听错了。王君辉拘谨地坐在下首，看他们推让，就站起来，说："戴主任，这佛跳墙就是专门为你做的，你就不要谦让了，快些坐，咱要上菜了。"戴湘宏说："大哥，那我就恭敬不如从命了。"王君卓坐在戴湘宏的下首，心中掠过五味瓶打翻一样的滋味。

在一边称赞空运而来的海鲜地道、菌菇鲜美、师傅正宗，一边朵颐佛跳墙这道集"海陆空"汇聚的大杂烩煨菜时，宾主开始了上至中国加入WTO，下至哪个副市长小秘肚子大了的胡侃时，戴湘宏说："王总啊，老大马上要升书记了，以后是要管官了，生意的事儿，你需要和从省城来的市长搞好关系了。你放心，新来的祝国彰，我和他的秘书打过交道，到时候，我负责给你引荐，到时，你可别喜新忘旧啊，哈哈哈。"王君辉谦恭地说："我忘了谁也不能忘了戴主任啊，每一次都能让项目及时上会，你给我省了多少钱，帮了多少忙，我心底是有数的啊！"王君卓敏感地捕捉到了文清廉要升书记这一信息。书记是什么？书记是管人的，市长是管钱的。要谁当四五线小县城的一把手，可是书记说了算的。王君卓适时地抛出了自己想留在颖州的打算。戴湘宏说："这算什么事儿啊，老大马上要当书记了，你不想回党校，在这儿找个位置小菜一碟儿，我帮你运作。"

这餐饭吃得花好月圆，云开雾散。

饭毕，送戴湘宏回去，王君辉亲自为戴湘宏拉开后边的车门，用手遮在门框上："戴主任，后备箱里是为你和老大准备的小礼物，记得收好。"送走戴湘宏，王君卓也跳进泳池尽情地畅游了一番。

2011年春节过后，挂职到期前，王君卓的任命下来了，正式调任颖州市龙山新区管委会主任。

37

滨河宾馆，东方晓和李俊杰就赖明生的案件作分析论证。

东方晓一手端着茶杯，一手在笔记本电脑上快速地翻看李俊杰从检察院复制的赖明生的案卷。

"东方，我看了全案证据，有一个感觉，那就是多年玩鹰的人被鹰啄了眼睛。赖明生虽然是商都市法律咨询委员会的委员，但被委托做商都市委书记胡留洋的辩护人，却是胡留洋被监察委留置后。自从胡留洋被留置，赖明生就没有见过他，只是就胡留洋妻子咨询的问题作了解答，胡留洋的妻子根据赖明生的解答，自作主张找一些行贿人作了虚假退款，烧了记录行贿的本子，怎么就能涉嫌辩护人、诉讼代理人毁灭证据、伪造证据、妨害作证呢？这个罪名，作为妨害司法罪，辩护人、诉讼代理人要涉嫌该罪，也应是发生在刑事诉讼中，监察委作为一个政治机关，对涉嫌犯罪的党员干部进行留置，不起诉到检察院，其程序也就是调查和审查，且不说不是严格意义上的刑事诉讼，即使是刑事诉讼，整个过程中，也没有证据显示赖明生妨害了司法，怎么就被移交公安机关按此罪立案侦查，且采取强制措施了呢？"

东方晓啜了一口茶，停止了电脑上的阅读，对李俊杰说："我这是看的第二遍，也力图找出赖明生犯罪的证据，和你的看法一样，没有找到他妨害司法的具体证据。这个案件，从整个公安的取证来看，公安机关也是下了大功夫，对胡留洋案件中的行贿人的询问，过多是诱导，但事实就是事实，和赖明生对不上号，这个案件，或许是基于监察委的交办，办不好没法交差，只能这样走走程序，让赖明生吃些苦头，让他在平原省司法界丢丢人，不再涉足具体案件而已。其实完全没有必要这样，许多律师也是很胆小的，监察委或公安局询问他几次，给他个下马威就行了，可是，我想不通，这次为什么会有这么大的动作？"

李俊杰说："东方，听你这么说，你过去办案时，是否也这样对待过律师啊？"

东方晓苦笑了一下说："这其实就是小儿科，办案中，给律师设置障碍，不让会见，对不利于控方的辩护，从律师取证上找毛病，软中带硬进行敲打，这样的事儿我也做过。现在，自己做律师，有了他人的教训，才会变成自己的经验。"

李俊杰说："你看这个案件如何辩护？"

东方晓说："找检察院沟通，最后的结果，也就是作存疑不起诉，案件已经一退，为了让多方满意，还会有二退，二退后再诉，案件也就熟了，也符合经过两次退回补充侦查，依然达不到起诉标准的，可以作存疑不起诉。只能这样了。"

李俊杰说："我们为什么不作绝对无罪的辩护呢？"

东方晓说："难啊！我们的主要精力是办王君卓的案件，这个案件，只能这样了。"

李俊杰说："东方，对这个案件，你总说只能这样了，只能这样了，这不是你的性格啊，你不怕辜负你小师妹的信任？"

东方晓说："赖明生这样的人，让他吃点苦头也好，作为一个法律人，尤其以专家自居的博士生导师，游走于官场，置身于权贵，危害的不仅是法律的尊严，更多的是对学生的法治信仰的戕害。他有今天，也是报应。"

李俊杰说："我还是想给他作绝对无罪的辩护，不管赖明生本人怎样，维护当事人的权利，是我们律师的职责。若是对当事人有偏见，我们当初不接这个案件多好。"

东方晓抿了一下嘴，带着满意的笑容，对李俊杰说："明天，我们去会见一下赖明生吧。"

此刻，坐在东方晓与李俊杰面前的，不再是那个居高临下，八面玲珑的大学教授，而是有些诚惶诚恐的犯罪嫌疑人。一见面，赖明生就称呼东方："东方科长，不好意思，与你以这样的方式见面，我的事儿，拜托给你了。"东方晓看着赖明生那张憔悴的脸，心中掠过难言的酸楚。一个堂堂的大学教授，平原省的法律翘楚，沦落至此，是环境改变了人，还是人适应了环境的结果？

东方晓说："赖明生，你可能要在这里待到整个起诉阶段的结束，我想问你几个问题，希望我们有坦诚的交流。"

赖明生点了点头，没有说话。

东方晓继续说："卷宗中显示，在胡留洋出事儿前，曾找你打听过，是否认识中纪委、省纪委的人，想让你帮忙问问他都涉及哪方面的问题，你都从中做了哪些工作？"

赖明生的表情痛苦起来："唉，若不找我的学生打听，估计也不会走到这一步。就是因为找了我的学生，我就被纪委关注了。胡留洋听说要查他，用一个新的手机号给我打电话，也给了我一部新手机，说是方便和他联络。他让我帮他问问我在中纪委的学生，他涉嫌的问题有多大。我恰巧有个学生，本科毕业后考入了中国人民公安大学读研究生，毕业后，进了中纪委，又恰好是胡留洋专案组中的一员，从我的学生那儿得知，胡留洋问题非常严重，其中一件还涉及我，我妻子的表弟为了从县里调到市里，我曾从中牵线。以后的事儿，我就不太清楚了。我怕那个表弟为工作调动给他送钱，那样，就会涉嫌行受贿，双方都不好，我就对那个表弟说：'你从县里调到市里，胡书记的恩你要记得，可不要乱说不该说的话。'我将了解的情况，跟胡留洋进行了沟通，他说，你懂法律，我想问问你，若是纪委找我问话，我该如何应对？我对他说，若是行受贿，一般情况是一对一，若是一方不开口，那就无法印证和认定。若是履职方面，凡事只要开过会，研究部署过，即使出事儿，也是领导的责任。领导的责任，一般都不是什么问题，大不了降级或撤职。就怕被追究刑事责任，若是被追究刑事责任那一辈子就完了。停了不久，胡留洋就被纪委和监委带走了，他妻子找到我，委托我当他的辩护人。因属于留置，我没有见过胡留洋，他妻子说，胡留洋告诉他，收人家的钱，都记在一个本子上，这该怎么办？

我说，有些钱，要是在案发前就退还了，就不算受贿，只是不知道纪委是否知道这个本子的事儿，若是纪委知道，这事儿就会很麻烦，因为会涉及许多人。其他我就没有再多说了，更没有给她出主意，让她销毁这个记录本什么的。因为我怕言多必失，要是出事儿了，说是我给她出的主意就麻烦了。停了不久，胡留洋的妻子也被留置了。我也莫名其妙被公安机关传唤了。说监视我很久了，胡留洋出事儿后，胡留洋与他妻子都说，我帮助胡留洋毁灭伪造证据，妨害作证。我无论如何也想不通，胡留洋夫妇即便为了立功，或是出于其他目的，也不能冤枉我啊！"

李俊杰说："你说那个本子让纪委知道，就会很麻烦，胡留洋的妻子将那个本子烧了，还找了几个行贿人退款，让人家把退款的日期提前，这好像有帮助毁灭伪造证据的嫌疑啊。但这是一种基于常识的判断，你要是让胡留洋的妻子将本子交给纪委，说不定胡留洋的妻子会立功的。"

赖明生说："怎么处理是胡留洋妻子个人的事儿，我怎么能给她这样的建议呢？"

李俊杰继续问："你妻子的表弟叫啥名字？"

赖明生说："叫张二强。"

李俊杰说："啊，张二强，你妻子这个表弟你交代得好啊，别人的钱是胡留洋的妻子主动退的，你这个妻表弟，却是问人家要的。"

赖明生惊得眼睛都瞪大了："啥，他问人家要的？要多少？这个混蛋！"

李俊杰说："他送了 10 万，却问胡留洋的妻子要了 30 万。"

赖明生听到这里，气得竟说不出话来，停了许久，说："要是这样，我跳黄河也洗不干净了，胡留洋两口该恨死我了。算了，算了，遇到这样的混蛋亲戚，我认栽。"

东方晓说："这就认栽了，别人的事儿，你都能摆平，自己的事儿，你还是好好捋捋，综观全案，你根本构不成犯罪。即使胡留洋两口想冤枉你，不要忘了，你涉嫌的罪名，有个重要条件，是在刑事诉讼中，你做的事情，离开了刑事诉讼这个要件，就无法构成。你这个教授，该多用心研究研究犯罪构成了。"

出了看守所，李俊杰说："东方，今天的会见，让我又多了对人性另一面的了解。这个案件，还要作存疑辩护吗？"

东方晓笑着说："你以为真的要作存疑辩护啊？他或许有帮助胡留洋的心，但法律规定帮了他啊！公检法虽然是专政的工具，但不能成为破坏法治的工具。明天，你就以我们律所的名义，提交无罪辩护意见书。让赖明生早些回归自由。"

38

　　回到宾馆，东方晓为自己冲泡了一杯牡丹银针，看着一根根肥胖的茶尖在杯子中直立着完全站在杯子底下时，东方晓有一种人生起伏的感慨。在熙熙攘攘的红尘，不管是达官贵人抑或贩夫走卒，为了生存，都做过这样那样的浮沉挣扎，最终都如杯中茶一样，坠落得安静而无奈。东方晓慢慢啜了一口，放下杯子，打开电脑，翻看王君卓案卷中关于菩提大道修建中，从央企套取 2000 万元的事儿。

　　此 2000 万元，是王君卓因急于打造观音堂景区首先要修好菩提大道，由秘书宫牧言从央企协调来的款项。这条预算需要 2800 万元的菩提大道，数次在区班子会上研究都没有通过，苦恼的王君卓，从秘书宫牧言的语气中，听出他能想来办法，就放心交给宫牧言去办，宫牧言如何操作的，王君卓并不清楚具体细节。翻看宫牧言的询问笔录，东方晓对小秘书的贪心与计谋有了不同一般的认知。宫牧言交代，所谓的让央企加大材料费，冲出 2000 万元，根本就不可能。龙山新区有段高速路项目，很多家公司参与竞标，因为修路的利润太大了，很多人都想从中染指，如何能拿到这个项目，必须靠运作。在招投标中，能打败竞争对手的有力办法，就是萝卜招标，将招标条件做专门设置，就能很有把握地将项目拿到手。宫牧言的表妹是一家招投标咨询公司的法人，其表弟有个建筑公司，早就觊觎这个项目了。奈何一个二级资质的公司，无论如何也承接不了这样的项目。于是，其表弟找到了一家央企，以挂靠的方式，代表该家央企参与投标。其表妹作为该项目的招投标代理，在通过资质审查或明示暗示的方式，劝退了有实力参与招投标的公司之后，该政府投资项目，很自然就落入了其表弟的囊中。钱赚到手后，其表弟将利润的五分之一拿出来，交给了宫牧言，加上李密云出资的800万元，凑够了2800万元。在管委会班子会上再研究菩提大道事项时，因为有企业愿意用全部垫付的方式进行修建，很顺利就通过了。菩提大道就这样通过"曲线救国"的方式，修成了。

菩提大道的修建，提升了观音堂景区周边的房地产开发规模。与此同时，李密云又抢先一步，要为景区的观音堂大殿、配殿的建设，进行个人投资，不要政府出一分钱。菩提大道建成之日，政府的许多领导，都来参加竣工仪式。市委书记在讲话中，肯定了这条景区道路修建的重要意义。更重要的是，为修建这条路，龙山新区管委会克服重重困难，在不要政府投资的情况下，创新开发建设的思维模式，让企业进行赞助，实现了市政工程建设中，多赢共赢的目标。在这方面，龙山新区管委会的主任王君卓功不可没。若是颖州市的领导，都能像王君卓同志这样工作，颖州市的发展，还有什么瓶颈不能突破。

听着市委书记的表扬，王君卓的心中五味杂陈。晚上，王君卓在李密云、邵如节、宫牧言的陪同下，来到观音堂的方丈室，王君卓虔诚地在观音面前敬上三炷香，用佛教的标准礼仪对观音进行了五体投地的膜拜。然后，坐在茶台前，静听方丈的开示。方丈是从外省请来的，没有观音的慈眉善目，倒像电影中獐头鼠目的日本鬼子。王君卓的心中，掠过一丝厌恶。但表面上，却恭敬有加。那个方丈满脸堆笑，用神秘而又诡媚的语气对王君卓说："您就是这小寺的活菩萨，佛会护佑和加持您的，阿弥陀佛！等会儿给您看一件法物。"邵如节催促道："别卖关子了，王主任还很忙，您就快些带王主任去看看吧。"

夜色如银，观音堂的院子里，菩提树投下斑驳的影子，整个环境静谧幽微。一行人在方丈的带领下，来到大殿。打开大殿一侧的一个小门，是一个通往地下的入口，在闪烁的彩灯照耀下，顺着台阶下到大殿的地下室，一个金碧辉煌的景象映入王君卓的眼中。白玉观音的32像在水晶的照耀下，宝像庄严，熠熠生辉。顺着四周的墙壁，在各色彩灯的闪烁下，是用如玉一般晶莹的寿山石雕刻的功德人物的小像。王君卓的形象，赫然就在其中。方丈捻着手中的佛珠，双手合起，一边诵着"大慈大悲观世音"

的佛号，一边对王君卓说："以后有观音菩萨的保佑，王主任肯定能官运亨通，心想事成，阿弥陀佛！"李密云、邵如节也随声附和。

看完这节如闹剧一样的案件材料，东方晓从电脑前站起来，伸了伸腰，又坐下来，准备喝茶。但杯中的茶早已凉透，那一枚枚原本站立的茶叶，此刻全都躺倒在杯子底下了。

39

吃过早饭，东方晓和李俊杰准备再到看守所去会见王君卓。

李俊杰说："整个卷宗看下来，觉得这个案件办得很粗糙，不像是对贪官的惩治，倒像是为了整一个人，我有一个想法不知道对不对，是不是王君卓挡住了谁的路，进而被举报，从而导致了今天的结果？抑或是得罪了谁，导致了多米诺骨牌效应？"

东方晓说："腐败的查处，除了路线斗争外，案件的来源，很多是出于个人的私怨，像情妇举报、出纳举报、下级举报等。不是核心人员，绝对不会知晓真实的情况。也有是出于公心，仗义执言，将贪官拉下马的。总之，必然的结果常由偶然带出，其实也是量变积累的结果。贪腐都是很隐秘的，能贪腐的人，一定是手有权力的人，手有权力的人，不管是靠自身努力奋斗还是祖上的庇佑，在弄权上，那都是高智商的，也有极少数是吃相难看赤裸裸的。现在虽然是大数据时代，要想将一个贪腐案件查证清楚，也是相当难的。王君卓走到今天，与其张扬的个性有关，也不排除，是得罪了掌握其重要秘密的人，或者是在关键问题上犯了原则性的错误。小泥窝里掏出大螃蟹，都是从一个小洞开始的。我们会见了他几次，他并不想跟我们交心，若是他为了争取从轻处理端正好态度，凡事都上升为主观的原因，从而认罪悔罪，或许也是量刑的一个标准。但此案有些特殊，是纪委监委查处的，不同于一般的刑事犯罪，法院作为一个最终的裁判机关，估计在判决前，也要征求纪委监委的意见。这个案件，最终的结果，不是仅靠我们用法律的尺度能把握的。"

李俊杰说："他供述的给其情妇文一帆买房子的 280 万元，说是受贿所得，但卷宗中的银行流水没有对应的关系，这是不是一件张冠李戴的事儿？"

东方晓说："盛世佳苑的房子确实是在文一帆的名下，文一帆作为一个刚参加工作才几年的私立中学的老师，按常理也不可能有这么多的收入，卷宗中对其父母的问话显示，文一帆的父母都是企业的普通职工，现在退休了，两个人一个月的收入加起来也不到 7000 元，现在其母亲当保姆，其父亲当保安，其收入也很有限，这钱如果是王君卓给的，情理上也说得通。"

李俊杰说："仅从文一帆大学本科毕业，在千军万马过独木桥，挤破头都要往公务员队伍里去的现象来看，她只在个人办的私立学校当老师，就可以推知，其家里的条件也不会好。"

东方晓斜视了一下李俊杰："怎么，这么瞧不起私立学校？有些私立学校那也是开后门才能进的，公立学校是有政府支持的，私立学校，自己教学质量不过关，那是饭都要不来的。"

李俊杰说："我说的是文一帆的职业选择与其家庭出身有一定的关系。现在，虽然说公务员是每进必考，但考试成绩好也不一定能进去，面试那一关，不打招呼，估计都很难过关的。这年头，哪里还有底层老百姓的孩子上升的通道，没有钱，上不起辅导班，买不起辅导材料，搞不起文艺特长，在所谓的起跑线上就输了。俗话说，龙生龙，凤生凤，老鼠生来会打洞，差不多就是一种现实的规则了。"

东方晓说："现在社会这么多元，我们要往前看，穷人家的孩子只要努力，会有更多的选择的。"

李俊杰说："我是为底层家庭的孩子鸣不平，教育的不公平已够让人生气了，现在，相比你们上学的年代，不公平不仅仅是优质教育资源的倾斜，重点大学招生的指标分配问题，还有所谓的补课、教辅、文艺特长、自主招生等，公平的到来，还天苍苍，野茫茫，打雷下雨泥路长啊！"

东方晓听得大笑起来："跑题了，我们说的是文一帆。你说，这个文一帆会到哪里去了呢？"

李俊杰说："不会是事先被王君卓安排出国了吧？他老婆孩子可在国

外啊！"

东方晓说："这或许是个谜，王君卓或许知道文一帆在哪里，他料定监委的人找不到文一帆，才将那280万元推到文一帆头上的。"

一路说着，东方晓和李俊杰来到了看守所。

几天没见，王君卓好像更老了，脸色差极了。东方晓说："师兄，我们来了，你的脸色怎么这么难看，在里面受欺负了吗？"

王君卓痛苦地说："这个文一帆，将我最后的希望也给我破灭了，真他奶奶的，婊子无情啊。"

东方晓和李俊杰都有些吃惊："文一帆找到了？"

王君卓说："不是找到了，是她自己投案了。这事儿，原本也没她啥事儿的，让她安心在山东住下来，将孩子生下来，我会给她一个名分的。可这婊子，竟不顾大月份引产的危险，硬是将孩子给引产了。那可是个男孩儿啊。她是让我断子绝孙啊。"

东方晓和李俊杰的吃惊不亚于文一帆被找到。

李俊杰说："是你让她远走他乡，给你生孩子去了？什么年代了，你还有这样传宗接代的意识，真是小瞧你了。"

王君卓说："人活一辈子，不就是活人吗？其实我早已和老婆离婚了，我不想让别人知道，一直对外瞒着。我只有一个女儿，还被她妈带国外了，几年了，连个电话都不给我打，你说我活个什么劲啊，当官仕途不顺，家庭也不幸，原本指望有个儿子，将来好好培养的，现在，这一线的希望也没有了。"

王君卓此刻不是失望，而是绝望，王君卓的情绪，让东方晓很揪心。于是，东方晓对王君卓进行了一番心理疏导，结束了会见。之后，东方晓将王君卓的情况跟看守所进行了沟通，让看守人员好好安抚一下王君卓的情绪，不要出什么意外。

40

回到市内，东方晓和李俊杰再次到河岸上散步。正巧又遇到了原先那个拉着李俊杰算命的老头儿。老头儿面前坐着一个虔诚的妇人。那妇人，时髦的打扮中透着一种庸俗，穿着一条像裙子一样的褐色宽裤腿，上衣是一件浅蓝色的鸡心领毛线开衫，脖子上挂着一条粗粗的珍珠项链。大波浪一样染成黄色的卷发披在肩上，如面饼一样的脸上，敷着像要随时掉下来的厚粉。眼袋向下坠着，一双割双眼皮割得痕迹明显的眼睛，透着混浊。一个大大的没有鼻尖的鼻子下，是一张地包天的嘴，玫色的口红涂出了人工修饰的唇线。说着一口发音不很清晰的土话。看到这样的形象，李俊杰小声对东方晓说："这个女人说不定是谁包养的富婆，这张像车祸现场一样整过的脸，肯定不是韩国的手艺，这一堆坐在这儿，直接拉低了颖州市的市容。"东方晓说："人不可貌相，也说不定是个穷人呢。"两人正小声交谈着要走过去。那个算命先生眼尖，看到了他们。于是，大声喊道："帅哥，又见到你们了。来来来，坐一会儿吧。"李俊杰调侃道："你说俺俩谁是帅哥？叫爷有些老，叫叔有些小，出来逛不吓着人就阿弥陀佛了，还叫帅哥。"那妇人看算命的放下给她正在做的子丑寅卯、甲乙丙丁、合局会局、相冲相害的推算，和两个男人打招呼，有些不满，说："邵大师，俺可是专门到这儿找你的，给你的卦钱又不少，你就说这几句就没有了？"邵大师说："多了无用，刚才给你说的都是精华，你女儿以后可能不会生孩子了，可能要找一个比你还大的人做老公了。你就等吧，说不定一年半载就能遇到了。只能给你说这些了。"听着妇人和邵大师的话，东方晓和李俊杰的好奇心被激起，想听听邵大师这次到底能卖些什么货。李俊杰说："人家大姐估计想问问你她女儿能找个什么人，具体什么时间能找到，你不能这么敷衍人家。你再给人家算算。"那妇人说："你听人家这个大哥多明事理，你就给我多说几句，让我心里有个底儿。"邵大师对李俊杰说："她女儿原来找的一个大官出事儿了，怀的孩子也引产了，这样的事儿，在这小地方，纸里哪能包住火的。要说再找也好找，毕竟找过当大官的，还是有水平的，要说不好找，也真不好找，不说名声，就是不会生孩子这一项，就有些难啊！我已给她算准了，真没啥算的了。"听到这儿，李俊杰忽然闪过一个念头，说："美女大姐，你给他说说你女儿姓啥，说不定从姓氏上能推出你想要的结果呢？"那妇人说："俺女儿的姓比较少，姓文，因计划生育，俺就这一个女儿，人家都说邵大师算命算得准，给大老板当过顾问，俺通过好多人打听，才在这儿找到他，可他上来就说，俺女儿流产的孩子是贵人，这一流产，得罪了天上的神和送子观音，以后就不会再有孩子了，再找也找得爹不爹爷不爷的。你说，俺女儿的命咋就这么不好呢？"听到这里，东方晓暗暗有些吃惊，不会这么凑巧吧，难道这个妇人是文一帆的母亲？

东方晓说："大姐，你女儿不会叫文一帆吧？"那妇人也有些惊异，说："你认识俺家小帆？"东方晓说："不认识，但知道些她的情况，要是能见见她，跟她谈谈，说不定事情能有回转呢？"那妇人说："你又不认识俺小帆，咋能说给俺啥回转？难不成你能帮俺小帆找个好人家？"东方晓说："人的命运，很多时候是靠自己把握的，现在生孩子又不像过去，自己不会生，还可以做试管婴儿，一个年轻女孩儿，哪里就会因流过一次产，就非要再嫁一个老头儿的道理？"说完这些，东方晓说："刚才听这大姐叫你邵大师，你要是姓邵，你算命说不定有家学渊源呢。宋时，有个大师，叫邵雍，那可是理学大师啊！"算命老头儿听东方晓这一说，眼睛立马亮了："帅哥，你真神人啊，俺是邵雍的嫡传直系子孙啊。俺叫邵如节，敢问帅哥大名？"李俊杰笑着说："你给算算呗？"邵如节说："在真大师面前，俺还想向他讨教呢？这才是真人不露相啊。"东方晓说："你给王君辉当过顾问，也给王君卓当过顾问，现在，他兄弟俩都出事儿了，当时你怎么就没有将迷津给他们指点好呢？"邵如节说："天命不可违啊，一个人有多大的福报是一定的，有多大的灾祸那是躲也躲不过的。"李俊杰说："不一定啊，《了凡四训》中就有修福改命的。"邵如节说："命这东西，有时，气数尽了，改不了啊！"东方晓说："邵大师，关于王君卓的有些事儿，想向你了解一下，今天我们想先去见见文一帆，咱能留个联系方式吗?"邵如节说："敢问你和王君辉兄弟是什么关系吗?"李俊杰说："他和王君卓是老乡，也是同门师兄，王君卓出事儿了，想帮帮他。"邵如节说："这太好了，说不定你们是他兄弟的贵人啊，你最好也帮帮王君辉，他是被人算计了。"东方晓说："怎么，王君辉被人算计了，打死人的事儿冤枉他了?"邵如节说："这事儿，给你说三天也说不完，我给你留个电话，我等你的时间，我将他弟兄的事儿，详细给你说说。"东方晓说："那好吧。"接着，东方晓说："大姐，我们想去你家见见文一帆，好吗? 说不定能给她些什么帮助。"妇人说："听你们说话，也是有门路的人，看你们也不像坏人，走，咱这就去我家吧。"

41

　　蓬头垢面的文一帆，坐在凌乱的床上打那款无论如何都升不到 200 级的打怪升级游戏。这个打怪游戏，对整个怀孕期的文一帆，曾是那样的顺手，通关、买装备、换皮肤，一路升到打四大神兽的级别。麒麟一定要放到最后，那是文一帆心中的渴望，她坚信自己肚子里的孩子一定会成为王君卓的麟儿，未来，有了当官的王君卓的加持，前途肯定不可限量。文一帆曾做过一个梦，梦中，她的孩子如众星捧月，她和王君卓牵着孩子的手，走在众人仰视的任何地方。她痛恨有些人在她背后的指指点点，因此，在游戏中，无论花多少钱，她一定要将那只可恶的朱雀消灭。游戏中，老虎就是王君卓的老婆，虽然离婚了，但还是抓着王君卓不放，用女儿来纠缠王君卓。她想和王君卓名正言顺地结婚，但王君卓告诉他，现在正处于事业的上升期，不想让外人说三道四，让文一帆耐心等待，有了孩子，什么都会有的。她有恐惧，但也有倚仗，那就是肚子里的孩子。文一帆在游戏的梦幻中，成为无所不能的征服者。此刻，她如此心烦意乱，她的心智，已无法打死一个路边的小怪兽。

　　一个人的出身无法选择，只能寄希望于努力和不可预知的命运。乖巧伶俐的文一帆作为独生女，应该是幸运的，原本她可以像公主一样，享受家庭的全部关爱。但文一帆是不幸的，她的父亲文柯翔是从北京到颖州的下乡知青，文一帆的爷爷文天命，留学日本，是著名的水利专家，怀揣报效新中国的梦想，回到百废待举的祖国，最终惨死于思想改造运动中的一个牛棚里。其奶奶曾是从日本留学回来的知名妇科专家，用高超的医术接生了许多共产主义接班人，而自己却被红卫兵打折了手臂，最终因感染死亡。成了孤儿的文柯翔，在知青返城时，竟无处可去。他所在大队的村支书的女儿张艳花，看上了这个样貌英俊有文化的城里人，在文柯翔最孤苦的时候，张艳花一家给予了文柯翔最多的温情。出于感恩的心，文柯翔与张艳花结了婚。张艳花的父亲利用村干部的权力，将这一对夫妻，安排成了正在大规模建设中的颖州市矿山职工。婚后很长时间，两人都没有孩子，经过多方治疗，在文柯翔年过而立，才有了文一帆。文一帆上初中时，其父母双双下岗。下岗后的文柯翔因头脑不够活泛，一直没有找到合适的再就业岗位，后在朋友的介绍下，到一家私有建筑装饰公司当水电工，后来因接排线不符合客户要求，被投诉后再次下岗。又一次上岗时，成为一名保安。而文一帆的母亲，因在矿上的商店当过营业员，善于交际，下岗后到一家商场做化妆品推销，收入虽不稳定，却比文柯翔要高。后来因年老色弛，无法以身试妆，只得转行到一商人家中做保姆，除收入比丈夫高外，雇主家不时会送她一些日用品或不穿的衣服。在这样的收入对比中，在与别人家的男人对比中，家中的平衡被打破，文柯翔常被文一帆的母亲冷嘲热讽，甚或辱骂，文一帆在这样的环境中，既同情父亲，又依赖母亲。因为上学的补课费、零食、化妆品、衣服都靠母亲辛苦所得。文一帆的父母虽然再次就了业，但收入还是有限，眼看住在同栋楼的人家，都买了商品楼，而自己家却仍旧住在单位分的破旧房子里，40余平方米的两室，铺的地板砖早已碎裂，厨房改成了餐厅，炉灶移到了狭小的阳台上，一平方米的卫生间转身都困难。与同学家宽敞的房子相比，文一帆的心里是自卑的，从不敢邀请同学到家中来。文一帆的父母为文一帆能考上一个好的大学，近乎倾注了所有，报各种各样的补习班，买各种各样的补脑用品，搜集各种各样的辅导材料，奈何天不遂人愿，文一帆用尽了吃奶的力气，才考上了本市的一所二本院校。毕业即失业的文一帆，在同学的介绍下，到了王君辉的会所当了一名领班。也就是在王君卓第一次到王君辉会所与戴湘宏吃佛跳墙时，王君卓竟有了难以抑制的荷尔蒙冲动，他看上了细声细语服务周到的文一帆。在王君辉的牵线下，文一帆到市区一家私立学校当了老师。在被王君卓包养后，文一帆住进了水库边的一栋房子里。那栋房子，宽敞的露台面对碧波荡漾的湖面，楼下是春有花开、夏有凉风、秋有果实、冬有绿色的花园，近 20 平方米的卫生间，那个能洗鸳鸯浴的进口浴盆，无数次上演鸳鸯戏水的美好，厨房里的餐具炊具，质地细腻高端奢华。卧室里那张宽大的床，总让文一帆感觉春宵夜短。且这套房子的房产证，就登记在文一帆的名下。生活，从生存到享受，让文一帆从不适应的迷离，犹如从地狱到天堂的飞升，文一帆满足且膨胀，她不想仅做金丝雀，她要成为王君卓万千宠爱集一身的"皇后"，她想彻底替代王君卓那个人老珠黄、丑陋不堪且已离异数年的原配，更想替代王君卓女儿的地位。怎么办？只有与王君卓有血脉的关联，才能系住王君卓的心。

42

　　王君卓在一次应酬后，酒醉回到盛世佳苑公寓，文一帆原本想给他一个惊喜，但看到王君卓醉得又哭又笑的样子，又将那个惊喜咽了回去。"他奶奶的，人心难测，不是亲家吗？不是肝胆相照吗？不是守望相助吗？就只为区区的眼前利益，就这样落井下石？"文一帆听不懂王君卓的醉骂，将他搀扶到床上，为他脱了鞋袜衣服。王君卓渐渐睡着了。

　　睡到凌晨，王君卓口渴难耐，让文一帆给他倒杯水。文一帆温顺地将水给王君卓端到床头。王君卓喝完，将杯子递给文一帆，不再有睡意。他有些歉意地对文一帆说："我昨晚喝多了，这么早也让你无法再睡了。"文一帆说："你夜里回来，一直在骂，是与谁发生了什么矛盾吗？"王君卓问："我都骂了什么？"文一帆将王君卓醉骂的内容重述了一遍，王君卓叹了一口气说："唉，君辉是被人算计了，高卫国的孙子在美国上学，想让君辉给他买一套房子，当时君辉手头正紧，没有满足高卫国父子的愿望，从此就翻脸了，君辉18年的刑期，冤枉啊！"文一帆想进一步问冤枉的内情，王君卓说："算了，说这些都晚了，也没有用了，再给我倒一杯水，你继续睡吧。"文一帆又起身倒了一杯水递给王君卓，说："我也不想睡了，我也想告诉你一件事儿。"王君卓眉头皱了一下，没有接话，看文一帆要说什么。文一帆说："说了也不知你高兴不高兴。"王君卓说："到底什么事儿？"文一帆将脸侧一边说："我怀孕了。"王君卓惊奇得下巴都要掉下来了。"咱的措施不是做得好好的，怎么怀孕了，在这节骨眼上？"文一帆看王君卓不是惊喜而是惊奇，心中忽然掠过一丝不快："你不总是羡慕人家有儿子吗？说不定我肚子里是个儿子呢。要是你不想要，我去做掉好了。"王君卓一时有些犹豫。沉默了许久，像下定决心似的说："算了，要了吧，说不定能借此冲去霉运呢？不过，计划生育这么紧，要是有什么风吹草动，一切都完了。"文一帆有些担忧地说："那怎么办呢？"王君卓说："最好去一个别人不认识你的地方，让你妈陪你去，安安静静地保好胎，省得别人知道。"文一帆说："去哪儿呢？我已习惯这所房子的生活，去别的地方我怕不适应。"王君卓说："在山东威海，君辉有一套别墅，条件比这儿还要好，你和你妈就到那里去吧。孩子也在那里生。"文一帆听王君卓这么说，心安了下来，她温柔地靠在王君卓的怀里，有一种踏实了的感觉。

王君卓抽时间带文一帆去看了山东威海王君辉的别墅，给文一帆做了安排。不久，就送文一帆母女到了山东。文一帆母女刚走没多久，王君卓就被留置了。

文一帆母女在山东听说王君卓出事儿后，纪委的人在找文一帆，从没经过大事儿的文一帆胆战心惊，和她母亲每天待在别墅里，焦躁地等待王君卓的消息。后来，听说事情越来越严重，王君卓从留置点进了看守所，所有梦幻般的期待，都如肥皂泡一样破灭了。焦虑的文一帆在她母亲百般咒骂、唠叨与劝说中，将那即将出生的孩子引产了。经过多方打听，找多人咨询，文一帆只是做了王君卓的情人，且二人是有结婚打算的，并没有和王君卓一起干过什么坏事儿，那套王君卓送她的房子早晚也保不住，就在身体恢复好后，和母亲一块儿回到了颖州，主动找纪委交代了和王君卓的事儿。

在山东担惊受怕，加上孩子流产，文一帆的精神几近崩溃，每天就靠着打游戏，在虚拟的世界里，成功失败，一切回到了原处，一切已不是原来。

43

　　坐在逼仄的客厅兼卧室里的矮凳子上，东方晓和李俊杰耐心地等文一帆从自己的房间出来。等了许久，隐约听到文一帆母亲的哭声，两人有些不安。又过了一会儿，文一帆母亲红着眼睛出来了，说："一直在打游戏，说什么都不听，要不，你们到她房间去劝劝她？"东方晓犹豫了一下，说："好吧，麻烦你带我们过去。"

　　看到两个陌生的男人进来，文一帆抬头看了一下，继续玩游戏，但从她的动作来看，内心应是烦乱的，因为明显感觉到她手指在手机上移动的不规则。东方晓用长辈的口气对文一帆说："小帆，我是王君卓的师弟，今天我们来找你，主要是看能帮你些什么。"文一帆用力地在手机上捣了一下，关闭了游戏，面无表情地直视着东方晓，依然没有说话。但东方晓从她的表情中读出了抗拒中的配合。虽然没有梳洗打扮，但文一帆有种天生的气质，忧郁孤傲。两道柳眉下是一双漂亮的丹凤眼，鼻梁高挺小巧，瘦削的瓜子脸如玉般细腻，颧骨微凸，紧闭的嘴巴大小适中。凌乱的头发自然卷曲。虽然在床上坐着，但能看出她身材的高挑。这样的容貌，与王君卓母夜叉般的妻子相比，任是东方晓都有些心动。东方晓说："盛世佳苑的公寓，若是王君卓对你正当的赠予，且来源合法，在不违背公序良俗的情况下，你是可以拥有的。能谈谈王君卓是怎样将这套房子给你的吗？"文一帆抬着的头低下了，沉默了许久，对东方晓说："我和他是真心相爱的，他说，要和我结婚的，他已和他老婆离婚了，只是他不想让别人知道。对外人说他老婆在国外陪她女儿读书，其实，他老婆女儿早就移民了。"李俊杰说："要是这样的话，他完全可以和你光明正大地结婚啊！"

文一帆说:"我不清楚他为什么这样做,他给我说,领导干部个人事项都要向组织报告,他正在向副市长的位置努力,不想让婚姻的事儿成为负面的新闻。等他当上了副市长,他再公开我们的关系。"东方晓说:"这有可能,官场上人与人之间的关系很复杂,在晋升中,稍有不慎,就可能小河沟里翻大船。"文一帆将手支在下巴上,咬着嘴唇看着东方晓。东方晓继续说:"他既然离婚了,她的女儿也成年了,应该不需要再花他的钱了吧?"文一帆说:"不是,他的老婆女儿在国外,经常问他要钱的。他对他女儿特别好,要星星要月亮他都要满足的,只是,他的老婆女儿除了问他要钱,其他的根本不关心。"李俊杰说:"那他还怎么有钱给你买房子呢?"文一帆眼睛里溢满了泪:"那是他的工资积下来的,买那套房子,他首付200万,其他80万是贷款。"李俊杰说:"你怎么知道是工资和贷款?"文一帆说:"我去办的手续,他给我的卡是工资卡,上面是他的工资与奖金收入。"李俊杰说:"他能存这么多钱买房子,那他又怎么供他老婆孩子在国外的开销呢?"文一帆说:"不正当收入呗,但他从没有告诉过我他的钱从哪里来的,我看过他的手机,我发现他女儿经常问他要钱,且一要就是几万十几万的。"东方晓说:"若是这样,这套房子从民事法律关系上讲,你是有权拥有的。但要是他将这套房子作为退赃,那就有些复杂了。"听到这里,文一帆的母亲插话道:"大律师,你一定要帮帮我们小帆,俺小帆清清白白的大闺女,跟他那么久,青春损失费该给我们多少,那套房子绝不能让他当赃款退了,是他老婆孩子太贪了,在国外不停伸手问他要钱,他才腐败的。"文一帆不耐烦地喊了一声:"妈,你别说了。"文一帆的母亲说:"跟了他一场,难道不应该赔偿吗?"李俊杰说:"大姐,法律上没有青春损失费这一说,若这套房子是正当的赠予,小帆是可以主张权利的。"文一帆有些决绝地说:"这房子虽然是他给我买的,但钱不是我出的,我不要,让他退赃吧。这样,说不定他就能少判几年,能早日出来,我等他。"文一帆的母亲生气地骂道:"你同意我还不同意呢,不能这么便宜他,他老婆和他离婚了,不能再花他的钱,他这是想和你结婚才给你买的,一定不能让他当赃物退了。"李俊杰有些厌烦:"大姐,这事儿,还是当事人说了算。小帆,你这套房子的手续在哪儿?"文一帆说:"我到监委说情况时，将房子的事儿都说了，他们将这套房子的手续都留下了。"东方晓说："小帆很单纯，也很善良，这套房子现在已几倍增值了，如果你愿意，可以将购房款还给王君卓，你可以完全拥有这套房子。"文一帆又是许久沉默，说："我想一想吧。"东方晓说："以后若有什么事儿，你可以打电话给我们，谢谢你给我们讲了这些情况，我们走了。"文一帆的神情有些依恋，但见他们要走，也没有挽留，从床上下来，送东方晓和李俊杰到了门口。

44

在宾馆里，东方晓和李俊杰一边搅动着杯子里的咖啡，一边谈论他们见文一帆的感受。

李俊杰说："文一帆颠覆了我对二奶的看法，或许是基因里的代际遗传，她有内在的高贵。"东方晓说："用语不准确啊，王君卓不是离婚了嘛，他只是不想公开他们的关系，文一帆不是那种第三者意义上的二奶，虽然他被王君卓包养，但二人是有走向婚姻的期待的。"李俊杰说："一提到贪官，就想到二奶，说顺嘴了，不好意思啊！不幸的婚姻，对人生也是煎熬，王君卓既已摆脱了那个黄脸婆，文一帆又不是配不上他，他为什么不光明正大地拥有自己的幸福？"东方晓慢慢地啜了一口咖啡："当官的心理真的不好猜测，王君卓虽然张扬，但骨子里是极度自卑与敏感的。从虚荣上来讲，他比文一帆大近20岁，且文一帆的祖上曾显赫，他完全可以以此炫耀。但从敏感上来讲，他还是胆怯，他害怕别人的不同看法，更害怕因此影响他的仕途，也不排除他内心对原配的愧疚，毕竟他曾受过原配家庭的恩惠。且他老婆的许多亲戚都在王君辉的公司里。"李俊杰说："都什么年代了，年龄能成为王君卓追求美好婚姻的障碍？正当的婚姻，能对仕途有什么影响呢？这是私人的问题，为什么要和权力扯到一起呢？"东方晓笑了："老弟，别忘了，这是在有着五千年儒学传承的中国。"李俊杰说："我还有一点儿搞不明白，他受贿的钱其实应是给了他的妻子和女儿，他为什么不实话实说，将之张冠李戴说成为情人买的这套房子呢？"东方晓说："人性的复杂，由此可见一斑，他对文一帆或者只是出于玩玩的心理，用一套房子，在文一帆面前彰显一个男人的能力，若不出事儿，一切都好，若出事儿了，他肯定怕掌控不了文一帆，牺牲一个小姑娘和一套房子，对他来说，根本不算什么，在他传统的理念中，还是他的女儿更亲。"李俊杰感慨道："真是老奸巨猾啊！"东方晓说："我很同情涉世不深的文一帆，谚语讲条条道路通罗马，可有人就出生在罗马，而有的人穷其一生也到不了罗马，对物质生活的追求，本身并没有错，但对物质的追求，在一个没有保障的环境里，人心的失衡也是可以理解的。文一帆的成长背景与家庭环境，让她面对王君卓给予时的心性的迷失，有其合理的因素。我们帮她，其实更多的是希望不要让她对美好梦想的追逐彻底失去希望，毕竟她已牺牲了许多，我们帮她，从某种意义上讲，也是帮我们对一种公平的追求。虽然，文一帆的价值观与儒家传统的要求相悖离，相对而言，还是可以理解的。"李俊杰说："在这方面，我虽然不完全赞同你的观点，因为我认为她和王君卓虽然是恋爱，但和贪图虚荣享受的女人没有什么两样，但对帮她争取一些权益，我和你的想法是一致的。"东方晓说："我相信，因为在听文一帆将那套房子的来龙去脉说完之后，你对此事的态度已很明了。从本质上，我们的许多理念还是相同的嘛。说说就这个事儿你准备怎样为王君卓辩护？"李俊杰说："我还是想遵从王君卓的意思，但不能将这套房子作为他赃款的去向，因为事实上这套房子不能与赃款画等号。虽然钱到王君卓手里后，用赃款买房子和用自己的收入买房子并没有什么不同，但就法律层面上，还是要加以区分的。"东方晓说："好，就这么辩吧。说说赖明生的案子吧。"李俊杰说："我会见他之后，回来已加班写好了律师意见书，明天我就将意见书提交给检察院。"东方晓说："好，就这么定吧，时间不早了，我们休息吧。"

第二天，东方晓和李俊杰来到颖州市锦绣区检察院，见到了此案的承办人——胡大伟检察官。在胡大伟的办公室，胡大伟坐在办公桌后面的椅子上，接过李俊杰递上的律师意见书，略略扫了一遍，居高临下地看着坐在沙发上的东方晓和李俊杰："哦，无罪辩护？我从事检察工作这么多年来，还没办过无罪案件。刚看了你们的法律意见，这样的意见我遇到得多了，你们尽可以提你们的意见，但无罪的意见，明确告诉你们，我不会采纳。这是纪委关注的案件，事实和证据已很清楚，无罪是不可能的。"

李俊杰说："我们阅读了整个案件材料，也会见了当事人，办案是依据事实和证据的，不是因谁的关注而不依法办案，有人关注，更应该将案件办得扎实，这个案件，按照犯罪构成，哪一条都对不上，还是希望你能慎重考虑我们的意见。"胡大伟不耐烦地说："我还有事儿，你已递交法律意见书，我也收下了，还是在法庭上见吧。"东方晓说："我们还是希望这个案件在检察院审查起诉环节就能止步，若是错案，每前行一步，对当事人都是更深一层的伤害，若是罔顾事实和法律，那更是对司法公信力的伤害。还请你三思。"胡大伟冷笑了一声："哼，对一个涉嫌犯罪的人，不进行追究才是对司法公信力的伤害，我们还是法庭上见吧。"东方晓说："我们在这个阶段已提出了无罪的意见，若是继续发展，相信对你也不好。你还是慎重地考虑一下。"胡大伟说："我会慎重的，我更相信纪委监委的慎重，我也没见过纪委监委办的案件有错的。今天就到这儿吧，你们还是到法庭上阐述你们的意见吧。"

东方晓和李俊杰走出了锦绣区检察院，东方晓苦笑了一下："这个检察官的气势，比我当年审讯贪官还盛啊。"李俊杰说："还别说，他敢这么盛气凌人，说明他有底气，到法院说不定真能判有罪呢。"东方晓的心头，有一种如霾的东西笼罩，他曾代理的一起案件的情形，再次在眼前浮现。

45

　　那是一个地图上位居平原省西南的偏远小城。随着房地产生意的兴起，这个叫平江的小城，也乘势而上，许多曾经的集体企业所在地，经过改制后，都变成了拔地而起的高楼大厦。平江小城鑫鑫建筑公司，原本是一家国企，几经改头换面，成了民企开发公司——鑫鑫置业公司。为甩包袱，平江市为鑫鑫置业保留了一片可以换取短期利益的国有土地，用于为曾经的全民所有制工人建造经济适用房。下岗职工，本就手头拮据，虽在划拨土地上建房，自己仍然要付出比较高额的房款，若是进行土地置换，一是可以降低职工的购房成本，二是鑫鑫置业可以采用未批先建的方式，顺利拿到土地使用权证，建设商用住宅，之后，再通过罚款和缴纳土地出让金的模式将国有土地变更为商业用地。鑫鑫置业在规划好的国有土地上，一边装作给自己的职工建经济适用房，一边以职工不同意在市区建房为由，开始在另外一块属于自己的国有土地上，进行新的经济适用房建设。这样，在原先土地上已建了部分的经济适用房就必须通过招拍挂的形式变更权属，重新规划。在准备变更的同时，鑫鑫置业将原来规划的一栋7层建筑，深挖地基，准备建成高层。在建设的同时，向市政府申请，让政府将已建成多栋楼房的土地进行收储和招拍挂。鑫鑫置业通过多种手段，达到了自己的目的。政府召开了多次联席会议，决定收储鑫鑫置业划拨的国有土地。在收储的同时，将鑫鑫置业在这块土地上已建设的楼房也作价收购。在让政府收储的同时，为保障自己利益的最大化，鑫鑫置业停止了那栋只建设了5层的33层建筑，但脚手架与塔吊不拆除。正在这时，规划部门发现了鑫鑫置业违反原来规划，准备将多层建成高层的意图，在鑫鑫置业已停工无法责令再停工的情况下，给同一级别的城东区土地局发了一个函，告知城东区土地局，鑫鑫置业违反规划，要建高层的违规情况，要土地部门予以关注。土地部门也多次到现场去检查，没有发现继续建设的情况。一切都在等待，等待市政府对土地进行评估，等待招拍挂。正在这时，城东区检察院出动了，以玩忽职守罪将土地局主管执法的副局长操伟与执法队队长李二江刑事拘留了。

受操伟家人的委托，东方晓作为操伟的辩护律师介入了该案。经过对操伟的会见和到市、区两级土地部门了解情况，东方晓发现，这是一起错案。这起错案主要表现在：检察院认为鑫鑫置业在国有划拨建设土地上，将规划的多层准备建成高层，且在没有相关手续的情况下，已将那栋只建了5层的建筑预售了多套。这种情况，属于改变土地性质，给国家造成了巨大损失。损失额是还未进行招拍挂的评估价3000万元。

了解到这些情况，东方晓认为，检察院以玩忽职守罪立操伟的案，理由牵强且滑稽。一是无论是划拨土地还是出让土地，只要是建设用地，用于建设，就不存在土地性质的改变。将多层建成高层，改变的是规划，若有责任，应由规划部门承担。至于预售房子，那应是房管部门的职责。更重要的是，政府已有文件，且作出了要将该块土地收储和招拍挂的决定，政府正在待价而沽，损失尚未形成。这样的案件，怎么能够形成刑事案件呢？

案发后，操伟的家人无法相信，单纯、善良、平和、坦荡、有责任心、敢于担当的操伟会遭受如此的不白之冤。他们多方找人，说理说情，但事情并没有朝着好的方向发展，操伟的命运，就如上升的螺旋，忽然断裂，一下子沉入了谷底。

操伟被刑拘后，东方晓多方奔走，将法律意见书投送到能决定操伟命运的检察机关的多人手中。当时的职务犯罪案件的审查逮捕，上提一级，由市检察院承办。东方晓没有想到，市检察院竟作出了逮捕决定。东方晓更没有想到，一个简单的职务犯罪案件，检察机关竟能在将操伟羁押后，不停地转看守所进行异地羁押，案件起诉到法院后，法院竟作出了有罪判决。操伟上诉后，维持原判。操伟申诉后，被驳回申诉。一个年富力强的土地局副局长，在自己的岗位上兢兢业业，任劳任怨，为辖区的建设作出了很大成绩，多年被评为土地系统的先进个人，却落下了这样的下场，进而造成了平江市土地部门人人自危。面对这样的结果，东方晓无能为力，操伟的家人，也无能为力。东方晓对自己曾经怀疑的法律，再次产生怀疑。但还是抱着渺茫的希望，鼓励操伟一级级申诉，漫长的5年过去了，操伟拿到那份再审的通知时，当初那个意气风发的副局长，已人到中年。又经过了漫长的等待，法院在多次延期甚至超期的情况下，才极不情愿地作出了无罪判决。拿到那份代表所谓正义的迟到的判决，操伟已近乎心如死灰。5年，一个在体制内，满怀希望与抱负的副局长的命运，就如一场噩梦，醒来时，一切虽然是原来的样子，但一切都如幻梦。东方晓的心，如刀割般苦痛，他无法理解那秉持国家利器的法检两级机关，出于什么样的心态，置一个无罪的公职人员的前途与命运于不顾，如此没有悲悯，没有公义。但最终的纠正，又让东方晓对中国法治的前景，在暗黑中，看到了追求的光亮。

今天，在锦绣区检察院的情形，会否是操伟案件的重演。东方晓再次不自信起来。东方晓虽然厌恶赖明生，但为着法律的公平与正义，东方晓还要做法律人的抗争与努力。

46

在回宾馆的路上，因见到胡大伟的原因，东方晓和李俊杰一边走，一边聊两人在体制内的一些事情。李俊杰说："制度再严密，在执行过程中总出偏差，还不如没有这项制度好。"东方晓说："这不是徒法不足以自行，徒善不足以为政的翻版嘛。"李俊杰说："还不完全是，有些制度的存在，有时，也可能成为一种阻碍。"东方晓对李俊杰这个观点有了兴趣，说："好的制度，若认真加以执行，就会有好的结果，坏的制度，其存在就是一种进步的阻碍，有时又很矛盾，制度的问题，从本质上说，没有什么好与坏，但现实中，却因思想、因意识、因外在环境、因客观变化等这样那样的原因，将之人为地划界和区分。恶法亦法，恶法非法都有其合理的成分。不说这些理论了，在法院时，你还是领导班子里的成员，说说你参加的审委会的情况。有些案件，是如何通过你们审委会将案件彻底变成错案的？"李俊杰说："一个小基层法院，每年的民事经济案件，近万件，里面的虚假诉讼，冤假错案，打了一审打二审，打了二审打再审，打了再审开始新一轮的一审二审再审，程序多了去了，有些案件的当事人，打着打着，就将自己打没了。这些案件，因只是民事经济利益的纠葛，不过多地牵涉人身自由，重要的是刑事案件，有很多时候，不显山不露水，就通过这所谓的集体决策，让法律的天平倾斜，让司法的公信力打折扣。给你说一件可以当作段子讲的案件吧。"东方晓来了兴趣："这是个轻松的话题，开讲吧。"

李俊杰在任审委会委员时，讨论对一起寻衅滋事案件被告人缓刑。因为要判缓刑，是必须上审委会的。承办人汇报完案件的基本情况及合议庭的缓刑建议，专职审委会委员发表了自己同意的意见。这时，一个民事庭的庭长说："这事儿太恶劣了，被告与前夫已离婚多年，就为了不让前夫再婚，人家找一个，她就带着她兄弟，不是到男方家闹，就是到女方单位闹，还多次砸坏男方女友的电动车。在又一次双方发生争执后，将男方女友打成了轻微伤，这样的行为，已经超出了最高法司法解释中的一般的婚恋家庭纠纷引起的寻衅滋事，且拒不赔偿，不应该作缓刑判决。"紧接着，行政庭的庭长也发表了不同意的观点。发表后，会场里不时有人小声议论，多数人的意见好像要被这两个庭长引领了。看到这种局面，院长发话了。院长在讨论中一般是不发话的，研究案件，进行讨论，最后一个发表意见的人，往往是听了全面意见，要一锤定音的。中途发话，那一定有导向作用的。院长说："这个案件很复杂，但依法没有超出婚恋家庭纠纷，要辩证地看这个案件，被告与前夫毕竟还有孩子维系，这也应作为这个案件的一个客观情况来考虑。"行政庭庭长中间插嘴说："那孩子都上大学了，从人性上考虑，离婚十多年了，一直这么闹，自己过不好也不让别人过好，这样的女人不惩处，会有不好的价值导向，如果都这样，那会不利于社会的稳定与和谐。"院长厌恶地看了一下行政庭庭长，没有搭理他。这时，坐在旁边的一位副院长开腔了："多大个事儿，一个女人带着孩子，不就想和男的复婚吗？这样的案件，至于逮捕判刑吗？"大家看这阵势，在发言时，就不再多做论证了，纷纷表态，同意承办人意见。到最后，院长再次征求民事庭庭长的意见："你再说说你的意见。"民事庭庭长说："听了大家刚才的发言，我同意大家的意见，要全面考虑这个案件，判缓刑也是可以的。"院长对行政庭庭长说："小李啊，我想同意你的意见也只有两票啊，也不行啊，大家都是这样的意见，少数得服从多数，你不是多数啊。现在再说说你的意见。"那个不长眼的行政庭庭长说："有时少数也不一定就不正确，真理有时也不是就掌握在大多数人手里。"院长有些不耐烦了："知道你水平高，大家都应该向你学习，现在说说你的意见是啥吧。"行政庭庭长说："我怕出什么后果，我还是坚持自己的观点，不同意判缓刑，因为，全案中没有看出这个被告人有悔改之心，说不定出去后，还会因判处缓刑再找前夫的事儿的，一个人的忍耐也是有极限的，这样闹，不进行惩处，不管是对她的前夫还是受害人，都是不公平的。"那个副院长又来了一句："人也不长前后眼，她要出去杀人，我们法院也要跟着她吗？我们能保证一个犯罪分子能一辈子不再犯罪吗？那法律还规定累犯前科做什么呢？"院长说："少数服从多数，这个案件就这样定了，我也同意承办人意见。"

讲到这里，东方晓问："这事儿很有意思啊，你当时是啥意见？"李俊杰说："我就是那个行政庭庭长小李啊。"东方晓哈哈哈笑得让路人都看向他们这边。李俊杰假装正经地说："严肃点儿，还没讲完呢！"

47

　　正在东方晓装作严肃的样子静等李俊杰那起寻衅滋事案件的下文时，电话响了。是徐洋打来的。问询他们会见赖明生及和检察院沟通的情况。东方晓电话中给徐洋作了简单的说明。徐洋说："胡大伟为什么这样呢？是不是有什么想法？"东方晓苦笑了一下，说："人的思想可以推测，无法作准确的判断。对这个人不了解，但从其粗暴的态度看，可能是公权力天生的优越感，让其自大且自负。通过会见赖明生和阅卷，这个案件从事实到法律，都无法认定赖明生有罪，但检察院坚持自己的观点，起诉后，法院也有可能基于监委的因素，作有罪判决，再纠正起来，就很困难了。"徐洋在电话中急得哭了起来，连声问："那该怎么办？那该怎么办呢？"东方晓最听不得女人着急无助的哭泣。那哭泣，是对无人可依靠的绝望，更是弱势的无奈。让女人无助哭泣，要么是男人的无用，要么是周边环境的冷漠。东方晓对徐洋生出一种莫名的怜悯，电话中他安慰徐洋道："别哭，别哭，可能我将结果估计严重了，我这人是个悲观主义者，凡事总往最坏处设想，但会往最好处努力，我和李律师再想想办法。我们会努力避免最坏的结果的。"

　　挂断电话，东方晓习惯性地陷入了沉默。回到宾馆，李俊杰将东方晓杯中的茶倒掉，从包里掏出一包日本抹茶，给东方晓泡上。看着那包绿色的抹茶将水的颜色浸成了淡绿，东方晓轻呷了一口，对李俊杰说："我还是有些情绪化，不忍女人落泪，你看下一步我们该怎么做？"李俊杰说："总不能给他送礼吧？要不，我们也学学有些律师的做法，找几个法学大咖，开一个论证会？若真出现了检察院强诉、法院强判的结果，我们还可以通过媒体进行讨论。案件一旦判决，又不涉及国家秘密和隐私，公开讨论，会形成舆论导向，会使事情得到快速解决的。"东方晓长叹了一声："唉，法律人不通过法律的手段来解决问题，又不是什么重大疑难案件，却要借助于专家论证，借助于媒体的力量，这不是真正的法治，从某种意义上讲，这是法律人的悲哀，也是法治眼睛的蒙翳，这也不仅仅是司法的公正与否，更多的是人的任性。任性的结果是，当事人蒙受屈冤，办案人承担责任。即便错误的案件最终得以纠正，可付出的代价，哪里就是一纸赔礼道歉的纠正文书可以涵盖的？"

听到这里，李俊杰说："前天我接到一个电话，颖州市中级人民法院终审的一起渎职犯罪错案纠正了，法院在当事人单位召开了为当事人恢复名誉、赔礼道歉、国家赔偿的公开大会，其中精神抚慰金给了2万元。"东方晓有了兴趣，问："怎么是中级人民法院公开纠正的？"李俊杰将听到的情况，给东方晓进行了叙述。

5年前，颖州市规划局副局长孙诗烨正在工地上检查工作时，被颖州市检察院反渎职侵权局的干警带走。孙诗烨在颖州市规划局负责执法检查工作。颖州市广诚房地产公司开发的澧水花园项目，在超规划建设被规划局罚款停工后，因资金链断裂成了问题楼盘。在执法检查中，规划局执法大队的队长魏森因受贿被立案侦查。在查处魏森受贿中，魏森交代，因其受贿广诚房地产公司一套房子，对广诚房地产公司开发的澧水花园项目只是罚了一部分，未全部罚款到位。关于罚款情况，都通过了规划局班子会研究。对未罚到位的情况，检察院认为，魏森的行为，涉嫌滥用职权犯罪，魏森的主管领导孙诗烨理所当然地也涉嫌滥用职权犯罪。先是将孙诗烨带回家中，进行了全方位搜查，后又到其单位进行了搜查，紧接着将孙诗烨的妻子也一同带走。当时的阵势之大，在颖州市反渎职侵权办案史上，可谓空前绝后。每到一处，数量警车鸣着警笛前往。在颖州市检察院的地下室进行了一天审讯后，孙诗烨夫妇被带到澧水区一个宾馆，开始了噩梦般的指定居所监视居住。案件被指定到澧水区检察院办理。一个月结束了，并没有获取到有力的犯罪证据。因澧水花园项目属于政府确定的问题楼盘，已成烂尾的工程，正在等待政府的帮扶和出台相应的政策。一切都在进行中，滥用职权构成要件中的财产损失无法认定。因此，只追究了魏森的受贿犯罪。一个月当中，因没有查到孙诗烨的受贿犯罪，为了有进一步的突破，就以滥用职权犯罪和受贿罪将孙诗烨夫妇刑事拘留，在证据不足的情况下，按照职务犯罪的审查逮捕上提一级的规定，颖州市检察院决定将孙诗烨夫妇逮捕。在审查起诉中，因无法认定孙诗烨受贿，其妻子的犯罪也成了无本之木，无奈，将其妻子取保候审。后将其妻子受贿案件撤销。而孙诗烨所谓的滥用职权，一审被判处免予刑事处罚，孙诗烨上诉后，颖州市中级人民法院驳回上诉维持原判。从此，孙诗烨夫妇走上了上访之路。历经艰辛，备尝辛酸，5 年后，孙诗烨的案件被认定无罪。在公开恢复名誉大会上，军人出身的孙诗烨，忍不住失声痛哭。在监视居住点，每天都要接受夜以继日的轮番审讯，在拿不到口供的情况下，办案人员威胁孙诗烨："你还是识相点儿，好好配合我们，开发商已经交代了，为了少罚款，给你送了 130 万元。"孙诗烨愤怒而无奈："整个项目按当时的规定，罚款尚不足 100 万元，开发商作为逐利的商人，能送我超过罚款数额的钱，为什么不去交罚款，这样得不偿失的事儿，换作你们，你们会干吗？"办案人员气极了，说："老子问你呢，开发商干这样得不偿失的事儿，你应该清楚为什么。"孙诗烨无语。接下来的日子，就是不让喝水，不让睡觉，不让洗澡，不让吃饱。在逮捕后，先后转移到数个看守所关押。每到一个新的看守所，都是一个全新的适应过程，先是睡在门口，为同号的人倒马桶，接受号头要求罚站的规矩，不时遭受其他重刑犯的戏弄。尽管这样，依然没有将相关的事实查清。更为诡异的是，作为一个滥用职权犯罪案件，直接责任人一个没有追究，只追究了作为主管领导的孙诗烨的刑事责任。且案卷中，没有关于澧水花园项目的罚款卷宗。在看守所关押期间，难耐夏天的炎热，一向干净整洁的孙诗烨，竟将自己的头发剃光了。听到这里，中级人民法院赔偿办的主任也悄悄地擦了一下眼角。5 年过去，孙诗烨已到了退休年龄，已无所谓什么名誉的恢复，损失的补偿，孙诗烨得到的，只是一纸空空的无罪结论。

听完李俊杰的讲述，东方晓问："你怎么对这个案件如此清楚？"李俊杰说："这个案件曾指定我们院审理过。审委会当时有很大的分歧，但经过请示中级人民法院，得到的答复是，必须判有罪，并且有内部的书面回复。"

东方晓的眼前，疑似幻化出赖明生上访的情景。他有揪心的痛。

48

东方晓不管睡多晚，第二天都会在七点准时起来。这是长期形成的生物钟习惯。

还不到起床时间，东方晓还在沉睡，一阵轻轻的有节奏的敲门声响起，东方晓极不情愿地问道："谁？什么事儿？""师兄，不好意思，这么早打扰您。"东方晓听出是徐洋，就说："稍等一下，我马上起床。"同时，给住在隔壁的李俊杰打了电话，让李俊杰也起来。

徐洋进屋后，眼圈黑黑的，精致的妆容难掩憔悴。东方晓心中掠过一丝怜惜。若不是赖明生出事儿，这个年轻的女人，过的应该是只负责貌美如花，不必为生计发愁的惬意日子。但现在，她却如此地操心奔走，或者是为自己，或者是为爱情。不管如何，仅此一件事儿，都表明这是一个女人责任的体现。

给徐洋倒上一杯水，让徐洋坐下。李俊杰也进来了："这么早，有什么很急的事儿吗？"徐洋有些歉意地说："不好意思，这么早打扰你们。"东方晓说："不用客气，你说来意吧。"徐洋喝了一口水，开始说自己来的目的。

电话中得知胡大伟的态度后，徐洋找自己在颍州市公检法工作的同学，打听了胡大伟的情况，听说胡大伟很贪财，那是给钱就敢办事儿的狠角色。曾有一个案件，在批捕阶段，多方给他说情，都被他断然拒绝，批捕后，当事人的家属给他办了一张卡，很快就被取保候审了。在起诉时，胡大伟让当事人的家属给他报销 1 万元的加油票，当事人的家属没有接他的加油发票，只是给了他 5000 元钱，很快，当事人就又被羁押了。听说这种情况后，徐洋认为，不怕办案人没爱好，有爱好就好办了。于是，通过一个间接关系，当天就跟胡大伟联系上了。晚上，徐洋带了 2 万元钱来到了胡大伟家，徐洋将钱从包里掏出来，放到了茶几上，胡大伟只瞟了一眼，没有拒绝，但看徐洋的眼神有些轻佻。胡大伟说："早就听说赖明生老婆很漂亮，果不其然，真的漂亮啊！"说着，就紧贴徐洋坐了下来。徐洋下意识地往一边挪了挪，胡大伟也跟着挪了一下。徐洋站了起来，对胡大伟说："胡检察官，不好意思，这么晚来，给您添麻烦了，赖教授的案子，您费心照顾一下。"胡大伟说："这事儿，说大也大，说小也小。我会把握的。来，坐下说。"徐洋说："今天太晚了，怕影响您明天上班，我还有课，今天晚上还要赶回去。我就先走了。"说着，向门口走去。胡大伟站起来，还想挽留，但最终没有挽留，打开门，让徐洋走了。

徐洋走出胡大伟家，心中涌起不好的预感。她害怕胡大伟对自己猥亵未成，就算送了钱也不会有好的结果。她必须尽快将这种情况告诉东方晓，看东方晓还有没有其他办法。

听了徐洋的叙述，李俊杰有些气愤："真是个道貌岸然的小人，检察院竟有这样的人。"

东方晓安慰徐洋，说："别急，以后你不要单独见他了，有些案件，在逮捕与不逮捕、起诉与不起诉都行的情况下，可以找人说情，但更多的是需要说理，这都基于案件本身。有些案件，事实与证据就在那儿放着，绝对不是说情就能解决问题的。我听你刚才说的情况，是不是胡大伟晚上喝了酒，有些失态。男人酒后，有时会有些出格的。"徐洋说："是的，我到他家后，就闻到了很重的酒气。"东方晓说："理解你的心情，但用行贿的方法来解决问题，绝对不妥，不出事还好，若是哪一天出事儿了，你的行为，已涉嫌行贿犯罪了。"李俊杰说："徐洋不是没办法了嘛。若有办法，谁会送钱来解决问题？谁挣的钱是容易的呢？不过，真希望这事儿不要东窗事发，但你也要有心理准备。"徐洋有些害怕了，问："那该怎么办呢？我又不能问他要回来，这本来是要救赖明生的，我总不能去监委投案吧？"东方晓说："行受贿案件，大多是一比一证据，也就是天知地知你知我知的事儿，既然你已打听到胡大伟的名声不好，这样的人早晚都会出事儿的，无论如何，向司法机关工作人员行贿都是从重处罚的。数额加情节，一般的行贿 3 万元够罪，而向司法机关工作人员行贿，1 万就够了。"李俊杰说："这事儿真的很棘手，你若是自首，说不定胡大伟死不认账，反说你诬告陷害他，若不自首，又害怕胡大伟哪一天会出事儿，将你供出来。两难啊！"徐洋说："听你们刚才的分析，给胡大伟送钱的事儿我知道该怎么处理了，只是我更担心他收钱不办事儿。能不能麻烦你们今天再去一趟检察院，看看胡大伟的态度？"东方晓说："昨天刚去过，律师意见书也已递给他了，今天再去见他，有些不合适，但为了给你一个交代，俊杰，你今天再去一次，看能否争取他转变一下对这个案件的态度。"李俊杰说："好吧，等会儿我就去。"

49

　　李俊杰又一次来到了锦绣区检察院。到门口，发现检察院的大门关着，透过电动门，发现检察院里的干警可能是在做什么宣传活动，正在集体拍照。拍完照，许多人陆续散去，胡大伟却没有离去。李俊杰发现胡大伟满脸谄媚，谦恭地将双手交叠搭在如孕妇般凸起的肚子上，站在一个人的面前，听那个人严肃地在说着什么。不一会儿，胡大伟紧跟着那个人到办公楼里去了。

　　集合已结束，检察院的大门打开了，李俊杰在门卫办好手续，到胡大伟的办公室找胡大伟。一见到李俊杰，胡大伟与刚才在院子里的形象判若两人。他仰坐在办公桌后面的椅子上，有些愤怒地看着李俊杰："你不就一个小律师吗？为了这么一个破案子，你至于动用那么多关系，还要用媒体来威胁我不成？"李俊杰有些莫名其妙，他还没有开口说一句话，上次见胡大伟也只是交换了一下意见，并没有做其他事情，胡大伟这么恼怒是为什么呢？

　　"胡检察官，我们之间是不是有什么误会？我接手这个案子，除了阅卷会见和见过你一次外，什么事儿都没有做啊，你是听说什么情况了吗？"李俊杰很诚恳地对胡大伟说。

　　"你做的什么事儿你自己不清楚吗？我也打听了你，你不就是在法院混不下去了，才去当律师的吗？你不就是同学多，关系广吗？还托人找我们检察长，你咋不去找高检院的检察长呢？"胡大伟依然愠怒。

　　"胡检察官，你真是错怪我了，我谁也没有找，也没有托任何人找过你们检察长，就只见过你这个办案人员，我做人的秉性是不屑背后做什么小动作的，凡事都要重证据，就如赖明生的案件一样，要靠事实和证据说话。我们之间有误会可以摆开来说，但你刚才的话，却不像一个检察官该说的，每个人都有对职业选择的自由，你做检察官我当律师，没有什么高低贵贱，都是中国的社会主义法律工作者，我希望你就刚才对侮辱我职业的话语给我道歉。"李俊杰的语气很严正。

胡大伟冷笑了一声说："哼，让我道歉的人还没生出来呢，你以为找到了检察长，这个案件就如你所愿了吗？你也不打听打听，万检马上就要调走了，这可是纪委交办的案件，我们之间也没什么好说的，法庭上见吧。"

胡大伟由愠怒转为不耐烦，李俊杰发现已无法和他沟通，就说："好吧，我们法庭上见，同为法律工作者，尤其是作为手握公权的你，我还是希望你能用法律人的思维，来对待案件，而不是意气用事。"

李俊杰带着满腹的疑惑回到了宾馆，将见胡大伟的情况苦笑着说给东方晓。东方晓说："秦桧还有几个相好的呢，更何况赖明生在中原大学任教多年，有自己的人脉，有人出于对赖明生的关心和同情，找到锦绣区的检察长了解情况，也很正常。这个万检听说是很有正义感的检察长，他在要调走之际，完全可以不用过问这个案件，或许是出于职业的责任，他向胡大伟了解情况，但人心幽微，估计他也不会想到自己的兵是这样的德行。没办法，我们也只能与胡大伟在法庭上对垒了。"

李俊杰一时无法从疑虑的思绪中走出来，对东方晓说："要是到法院，再遇到像胡大伟一样的法官该怎么办呢？"

东方晓说："只是被蛇咬了一下，就担心井绳也是蛇不成？若是到法院遇到了葫芦僧，那赖明生真如中了百万的彩票一样了。"

李俊杰说："东方啊，我对错案有一种天然的恐惧，这或许是我曾做法官的原因。在从事刑事审判的时候，我常常有如履薄冰之感，因为，我们办的每一起刑事案件，关系的不仅仅是当事人一个人，也是一个浓缩的小社会，更是事关司法的公信力。但有些法官，出于各种各样的原因，有时明知有些案件是错的，也会将错就错。当事人的权利与各方利益平衡中，甚至可以忽略不计。每一起错案的产生，不仅是办案的水平所致，有

141

时也是办案的良心的沦丧。纵观有史以来错案的形成，也许只是开了几次庭，下了一个判决，而其纠正的过程，却如冬夜一般煎熬。因此，我无法对赖明生的案件保持乐观。"

东方晓说："法治在健全，社会在进步，赖明生或许不会如此倒霉，我们就拭目以待吧。"

李俊杰说："我真的不希望发生错案的结果，但也只能这样了。对了，关于王君卓的案件，我又有了新发现，可能也会关系到王君辉，吃过饭后，我们再讨论吧。"

50

东方晓和李俊杰正准备出门吃饭时，徐洋来到了宾馆。于是，他们又重新回到宾馆。

这次和上次不同，徐洋一副轻松的样子，刚坐下来，李俊杰正在倒水时，就听到徐洋说："明生有救了，我们学校的李教授和锦绣区的万检是同学，李教授的老公在省委政法委工作，我将明生的案件给她说后，她认为，明生根本构不成犯罪，这是一个错案，她当即就给万检打了电话，万检说，他了解一下情况，若真是这样，他们检察院一定会纠正的。"

东方晓苦笑了一下，指着李俊杰放在桌子上的水，对徐洋说："你先喝杯水，事情有些复杂，检察长这个县官有时可能管不住检察官这个现管，案件可能会起诉到法院的。"徐洋有些疑惑："怎么，胡大伟难道不听万检的吗？案件错了，为什么不纠正呢？"东方晓说："一个案件，不同的人有不同的认识，胡大伟可能认为这不是一个错案，有自己的看法，他一定要起诉到法院，我们也只有到法院了。"徐洋说："怎么会这样？唉！都怨我，都怨我了，我要是不见胡大伟或许不会是这样。"李俊杰说："别急，赖明生反正已被羁押这么长时间了，关于这个案件的对与错，我们在法庭上分辨好了。"

徐洋从刚到宾馆时的轻松，一下子变得有些沉重起来，满是忧愁地看着东方晓说："要是到法院硬被判有罪呢？"东方晓说："国家正在向法治化迈进，一切都会好起来的。或许不会这样吧。"

徐洋说："那我该怎么办呢？"

李俊杰说："凡事我们都要往坏处想，但往好处努力。我们会尽力的。

事情已是这样，案件起诉到法院，作一个无罪判决，或许比存疑问却不起诉效果更好。按照法定时限规定，也就不到两个月就有结果了。走，我们一块儿去吃饭吧。"

徐洋说："我真的不知道该怎么办了，今天我还有课，要在上班前赶回去。我就不陪你们吃饭了。"

送徐洋出了宾馆，看着徐洋落寞远去的身影，东方晓的心有莫名的酸楚。因为不忍再让徐洋担心，东方晓和李俊杰都没有将李俊杰与胡大伟的冲突说给徐洋。李俊杰叹了一口气说："唉，一个男人的一时失足，让女人如此奔波，真的让人怜惜啊！"东方晓说："有得必有失，只不过有的得失竟如报应一般。作为一个知名教授的夫人，原本应是名利双收的，可这样的结果，哪里是涉世不深的徐洋能预料到的呢？"

李俊杰说："追求美好生活，难道不是人往高处走的正当心理吗？只是每个人的人生，都可能会遇到这样那样的挫折，徐洋现在的情况，相对于赖明生常在河边走、有时会湿鞋的偶然中的必然，也算正常。说心里话，对赖明生到法院后能否判无罪，我心里真的没底呢。"

东方晓好像想起了什么，忽然问道："你上次说的那个找自己前夫事儿的寻衅滋事案件，后来怎么样了？"

李俊杰说："你的思维跳跃得快让我跟不上了。怎么忽然又想起了那个案件？"

东方晓说："每个人的忍耐都有个极限，只不过不同的人极限不同，那个女的被判缓刑后，和她的前夫是否相安无事了？"

李俊杰又叹了一口气说："有些案件，提起来都是一种痛，那个女人经过审委会少数服从多数的意见，被判处缓刑后，认为是男人毁了她的一生，加之涉嫌犯罪后在看守所住了半年，就更加痛恨自己的前夫。刚从看守所释放，她就打电话要找其前夫谈谈，地点选在男人家里。男人同意了。女人到了其前夫家里，一切都是自己似曾熟悉的样子。看到女人，男人的心里有些许的不忍，让女人坐下，准备和女人好好谈谈。女人假装温柔地恳请男人，能否给她一次机会，看在孩子的面上，一切从头再来。毕竟两人都年近半百了。男人犹豫了许久，没有回答。忽然，女人扑到男人的怀里，一手抓住了男人的生殖器，生生地给折断了。男人痛苦地大叫，紧接着，伸出双手，掐住女人的脖子，将女人给掐死了。"

听罢李俊杰的讲述，东方晓陷入了沉默。两人都不再说话，默默地向前走，竟忘记了是要去吃饭。

过了许久，李俊杰说："唉，扯远了，还有正事儿呢，咱去吃饭，等会儿我们讨论一下王君卓的案子，因调查那300万元的科技创新扶持资金，我借阅了王君辉的案卷，里面存在许多问题，或许会对我们的辩护有一定的作用。"东方晓有些机械地说："好吧。"两人找了一小饭馆坐了下来。

51

　　东方晓和李俊杰正在吃饭时，听到收银台前有人在吵架，声音越来越高。两人望过去，发现一个醉醺醺的男人指着个女收银员在骂："你个贱货，敢问我收这么多钱？你们的菜值这么多钱吗？我经常喝酒，从没见哪个饭店的酒要这么贵的。你们还想干不想干了，信不信我把你们这个店给你砸了。喊你们老板来。"女收银员也就 20 岁左右的年纪，或许从没见过这样的阵势，吓得哭了起来。旁边有人在拉这个醉酒的男人，越拉这个男人越上劲。忽然间，他挣脱拉他的人，再次借着酒劲到柜台前，照着柜台狠跺，顺势用力将柜台上的一台电脑显示器的线扯断摔在地下。东方晓看到这样的情景，忍不住有些愤怒，站了起来。准备到柜台前看个究竟。这时走进来一个身材苗条、装束高雅的女子，年纪在 40 岁左右，看到这样的情形，依然赔着笑说："哥，咋回事儿？"看到这个女人，醉酒男人不由分说，照着这个女人的脸上就是一巴掌："你是这个饭店的经理吧，靠着长得好，给哪个男人当小三开的这个店吧，要不，陪我也睡一觉，让爷享受享受。"那个原本笑着的女人，脸上瞬间就多了几道指印。那个男人还在用不堪入耳的言语骂骂咧咧。东方晓走上前去，扭着男人的胳膊，将其按得跪在了地上。男人被半路杀出的程咬金弄得有些蒙，想反抗，但被东方晓按着无法起身，嘴里不干不净地还在骂，东方晓说："你敢再骂一句，我就将你的臭嘴给堵上。"这阵势，竟把醉酒的男人的气势给压了下去。那男人外强中干地喊道："你知道我是谁吗？知道我表哥是干什么的吗？你敢跟我动手，小心着你。"东方晓说："你也就是一个无赖，这饭店的酒与菜都明码标价，吃不起饭喝不起酒就不要到饭店来，在女人面前耍威风，算什么东西。把钱付了。"那个男人说："老子在自己的地盘吃饭，还没人敢问我要钱呢，知道我干什么的吗？"东方晓说："我管你干什么的，把钱付了。"那男人说："我是物价所的，专门管这一片的，这饭店的价格太高，我要处罚它，你等着。"东方晓松开了手，那个男人试着站起来，东方晓又按了他的双肩一下，他又跪下了。东方晓说："先把钱付了。至于饭店的价格是否违反物价法，不是你说了算，要有证据来证实。"那个男人看东方晓义正词严的气势，忽然软了下来，说："这位大哥，我今天和几个伙计出来喝酒，有些匆忙，没有带钱，先记账，改天我来付。"东方晓还想不依不饶。但那个被打的女人说："算了，大哥，让他走吧。"跟过来的李俊杰说："他说他是物价所的，如果属实，也可以打个条的。"和他一块儿的一个人说："他就是物价所的，叫皮自辉，不信你可以打电话问问。"李俊杰对柜台里的那个吓得直哭的小姑娘说："拿张纸让他打个条。"那个小姑娘正准备拿纸时，不知道是谁报的警，一辆警车停在了饭店门前，下来两个警察。一看到这两个警察，那醉酒男人就喊道："小吴、小马，你们来得正好，我今天来这儿吃饭，被宰了，你们先取个证，回头看我不罚死他们。"两个警察听到他这样说，有些尴尬，没有回答他，对店里的人说："有人报警，说有人在这儿闹事，到底是怎么回事儿？"那个被打的女人说："我是这儿的老板，这位哥喝醉了，刚才有些误会，没事儿了，不好意思，麻烦你们了。"那两个警察说："要是没事儿，我们就走了。"东方晓想说话，被李俊杰拉了一下，东方晓忍住了。那个男人喊道："哎，你们俩别走啊，这可是个宰人的店，你们得取个证啊！"那两个警察没有理会他，急急地发动警车离开了。

离开了饭店，东方晓闷闷不乐，李俊杰说："那个老板挨了一耳光，还想息事宁人，我们如果再不依不饶，我们走了，这个饭店以后可能会不安宁的。"东方晓说："一个无赖，竟能在政府的物价部门混下去，看他对那两个警察说话的语气，好像他们之间很熟，这样的情景，真的让人无语。"李俊杰说："有些赖人，之所以在一个单位能生存下去，一方面是单位的管理有问题，怕处理一个人，影响一个单位，另一方面，也是整体的社会环境给了无赖生存空间。社会的文明，有赖于多方面的推进，整体文明素养的提高，也是一个漫长的过程。唉，不说了，我很好奇，你刚才在那家伙肩上轻轻一按，他就起不来了，到底是什么招数？不会是在学校学的吧？"东方晓苦笑了一下，说："这一招，不好意思，是一个大哥传授的，每个人的肩上都有一个穴位，找准了，就能四两拨千斤。"李俊杰狡黠地笑了一下说："不会是过去审讯贪官时，用过的吧？"东方晓没有正面回答，将话题转到了王君卓的案件上，说："我们不会再节外生枝，为王君辉翻案吧？"李俊杰说："不好说，或许有可能吧。"

52

上午，东方晓和李俊杰早早地来到颖州市看守所会见王君卓。

这次会见，虽然与上次会见相隔时间不长，但明显感觉王君卓更加憔悴且虚弱。东方晓有些担心，问王君卓是不是病了。王君卓说："有时右上腹部有隐痛，按按会有所减轻。"东方晓说："不会是肝脏出什么问题了吧？检查了吗？"王君卓说："看守所的医生给看过了，说没什么大问题，给开的有止痛片。"东方晓说："如果你觉得有必要，可以申请到外面的医院去检查一下，有什么困难，我可以帮助你。"王君卓说："有时，感觉活着还不如死了轻松，要是真有什么癌症之类的病，对于我或许是一种解脱。"

一种难言的悲凉涌上东方晓的心头，东方晓一时竟无言以答。

李俊杰说："不管你犯了多大的罪，若是生了重病，人道主义的救治还是必需的。这是你的权利。"王君卓苦笑了一下，说："听你的口气，我好像已病入膏肓了。"李俊杰说："人吃五谷杂粮，生病也是一种正常的现象。有病了治，也没什么大不了的。"王君卓说："不说这些了，自从你们上次走后，我想了许多，也反思了许多，有些事儿，我觉得还是说出来好。"李俊杰说："关于你贪污300万元科技创新扶持资金的事儿，若是你不知道这笔钱具体的用途，别人只是通过王君辉的公司将这笔钱套出来，虽然你们起了帮助作用，但并不必然构成贪污犯罪。"

王君卓沉默许久，过了一会儿，他说："我对不起君辉。有些事儿，我认为是帮他，其实是害他。当有些祸事儿来临时，我为了自保，却没有帮他。在那暗无天日的留置室里，在生不如死的状态下，我一方面想快些解脱，另一方面还对组织抱有幻想，将有些东西应承下来。我本身就是学法律的，我应当知道这样做的后果，可是，我却选择性地将有些东西屏蔽，将有些东西突显。在这里这么久了，加上近段时间身体的原因，我也想了许多。走到今天，我已别无他求，但我想请你们帮帮君辉。他还年轻，毕竟有经商的经验，我希望他能早些出来，一切从头再来，或许还有机会。"

听到这里，东方晓的心中忽然一震：王君卓的想法，怎么会和李俊杰对案件的看法有相通的地方？李俊杰不愧是做过法官的人，他对案件内在的敏锐，是有其职业缘由的。东方晓没有说话，他在等李俊杰与王君卓沟通。

李俊杰说："因为这300万元，我们在调查的基础上，也调阅了王君辉的案卷，其中也涉及了他行贿与伤害的有关问题。行贿的许多事实，其实更多的应是索贿，且没有谋取到不正当利益，在没有对其立案前，他在纪委已将相关情况作了说明，或许无法构成行贿犯罪。其故意伤害犯罪，有紧急避让的性质，其中的有些事实也不是太清楚。君辉不懂法，或许是在配合纪委调查其他人的受贿犯罪时，其形成了一定的思维定式，认为按照办案机关的要求，说明相关情况，就没事儿了。但他没想到会是与过去不同的结果。如果有可能，我们愿意代理他的申诉。"

王君卓的眼中有了急切的期待，他看着东方晓，希望东方晓能有所表示。东方晓说："申诉成功与否，需要天时与人事，我们尽力吧。"

王君卓将戴着手铐的双手抱了一下，以示感激。他说："我没有看错，你这个师弟，我们王家的一切，全靠你了。"

东方晓说："许多事情，作为律师来说，虽然不能只是听天命尽人事，但追求一种真相，也是一个艰辛的过程。你也需要振作起来，一切向前看，或许会有一个相对好的结果。"

王君卓点了点头，忽然又陷入了极度的痛苦之中，他用肘部使劲地顶在自己的右腹上，脸上有汗珠流淌。过了一会儿，他说："我一直怀疑，君辉也是被陷害的。"李俊杰看着痛苦的王君卓，尽量用平淡的语气说："你是从哪些地方怀疑的？"王君卓说："是从他干亲家那里怀疑的。他的干亲家是公安局的高建伟，高建伟的父亲是东方的老领导高卫国。"李俊杰啊了一声，疑惑地问："何以见得是他的干亲家？"王君卓说："官商勾结，一旦平衡被打破，要么官死，要么商亡，自古以来皆然，君辉也没有逃出这样的宿命。"

东方晓说："看你今天身体很虚弱，要不你先休息一下，我们下午再说。"王君卓说："我不想等下午，有些事儿，我想早一点儿给你们说，这样，我或许会早些轻松。"

东方晓有些不忍，李俊杰说："如果你能坚持，那你就将相关的情况给我们说一下吧。"

53

君辉集团属下的君辉酒店开业后，公安、消防、卫生等一个又一个部门，走马灯似的前来检查，让王君辉很厌烦，但又很无奈。通过别人介绍，王君辉认识了颖州市公安局主管治安与消防的副局长高建伟。在又一次的觥筹交错、醉眼蒙眬后，高建伟说："王总，赚钱的生意，要学会和大家分享。假如拿10%的股份是公正的，拿11%也可以，但是如果只拿9%的股份，就会财源滚滚来。一个篱笆三个桩，一个好汉三个帮。自己的利润能让60%给对方，这个活动就可以很快进行下去。"

王君辉恭敬地将一杯酒捧到高建伟的面前，谦卑地说："王局长，您虽说是公安局的局长，但对生意，却比我还懂门道，以后，君辉的生意，还望您多指导。"

高建伟说："我哪能跟你这大老板比呢，一个月也就几千大毛，能顾好温饱就不错了。哈哈哈。"

王君辉说："以后，要是有您帮衬，我的生意也是高局长的生意，就像您刚才说的，有钱大家赚，才会财源滚滚。我想高局长能把我当成自己人。"

高建伟斜视了一眼王君辉，似笑非笑地说："你叫我咋帮你呢？我其实没有多大能耐，我家老爷子，那才是能办事的人。"

王君辉赶紧讨好地接上话茬："高局长，给我个机会，我去拜望拜望咱家老爷子。"

高建伟用不屑的口吻说："老爷子是你想见就能见的？他忙得我十天半月都见不了他一次。"

王君辉说:"麻烦高局长给个面子,找个机会,你工作忙,以后,老爷子那儿有啥跑腿的活儿,让我来。"

酒局结束后,王君辉陪高建伟到一个会所先是洗浴,后是唱歌,之后,亲自送高建伟回家。在路上,王君辉说:"高局长,以后,君辉集团的事儿还要多仰仗您,和您打了这么多次交道,我认为,您也是很实在的人,听您对我的教导,那是真心想帮我的人,咱亲兄弟,明算账。我想变更一下君辉集团的股份,您占六,我占四,生意大家做,有钱大家赚。"

高建伟没有推辞:"你小子识时务啊!就这么说定了。不过,我不可能挂名你的股东,我给你推荐个人吧,我的妻妹做建材生意,也赚了不少钱,你们合伙吧。"

王君辉说:"那行,让她替你代持公司的股份。我和她私下签订一个协议。"

以后的日子里,高建伟的妻妹,其实也是高建伟的情妇,就成了君辉集团名义上的副总经理。有了高建伟的加入,一切都顺畅起来。更重要的是,王君辉通过高建伟,与高建伟的父亲,也就是颖州市检察院的检察长高卫国,成了莫逆之交。再进一步,高建伟与其妻妹的私生子,又认王君辉为干爹,这样的关系,使王君辉的商业版图有了更大的扩张。通过高卫国,王君辉的房地产生意更是一日千里,有些地块,王君辉不用掏一分钱,将地拍下后,抵押给银行,再转给其他地产商,真正实现了财源滚滚。但滚滚的钱财,更多的时候,并不属于王君辉,高卫国的归高卫国,高建伟的归高建伟。高卫国与高建伟父子,都养有情妇,那些由高卫国、高建伟牵线搭桥的生意挣的钱,王君辉常常一分不留,全部交给了高家父子。

说到这里,王君卓已很累了,加上不停地出汗,王君卓的嗓子有些发哑。东方晓不忍心让他再说下去。就说:"你先休息一下,喝点水,说话太累,你看,你能不能趁方便的时候,写下来,我们下次会见你时,你交给我们。"

王君卓同意了东方晓的建议。会见结束了。

在回宾馆的路上,李俊杰的心情有些沉重。他对东方晓说:"王君卓

153

应该是有重病了。看他的案卷，他的自白书中说，他的父亲是因为肝癌去世的。有些病，是有家族遗传的，看他的神情，他的病应该在肝上。我们还是劝他，让他早些治疗。"

东方晓说："我也这样认为，今天，他说的王君辉的事儿，其实也是老生常谈，生意场上，官商勾结，自古有之。高卫国能帮他，更多的应是检察院的"两反"对一些官员有威慑作用，从而让高卫国能要风得风，要雨得雨。有些钱，不该得的强行得到了，最后也会失去。据传，高卫国为摆平上级纪委对他的审查，就花了近千万元，仅就这一点儿，王君辉的行贿犯罪，就不冤枉。只是，如果高卫国父子为遮人耳目，真的以入股的形式分取利润，法律上是奈何不了他的。王君辉别看外表老实，其实也是很刚硬的。即使高卫国父子从他这儿空手套白狼，估计他也不会说的。那小子，听说有渣滓洞的红岩精神。许多行贿的事儿，都是受贿人交代清楚了，他在被逼无奈时才说的。即使说了，也会避重就轻。虽然很多官员的行受贿都牵涉他，但他在官场人缘一直很好，也与他在纪委配合调查的传闻有关。越是能扛的人，越让贪官信赖。"

李俊杰说："你说得有道理，高卫国现在平安着陆，或许就与王君辉的口严有关。我发现你对王君卓讲的王君辉的事儿竟一点不奇怪，是你过去办案中见多了这样的事儿吧？"

东方晓说："好汉不提当年事，走，吃饭去。今天，咱俩喝一杯。"

54

东方晓和李俊杰回到宾馆，正准备上楼，两个警察迎了上来。

出示警官证后，说："东方晓，麻烦你到锦绣派出所一趟，我们找你了解一件事儿。"

东方晓和李俊杰有些疑惑。这两个警察正是那天在饭馆出警的警察，一个叫吴力，一个叫马清明。李俊杰问："找我们有什么事儿吗？"

马清明苦笑了一下说："唉，没办法，还是前天饭馆那档子破事儿，检察院给我们下了立案监督建议书，认为那天在饭馆里，你殴打了物价所的工作人员，涉嫌妨害公务犯罪或寻衅滋事，让我们立案。"

李俊杰说："那天你们出警时，情况应该都很清楚，那个物价所的人，吃霸王餐，醉酒辱骂殴打饭馆的服务人员和老板，损坏饭馆的物品，他的行为才是酒后滋事，即使构不上犯罪，依据《治安管理处罚法》，也应该给予相应的处罚。你们怎么能这样颠倒黑白？"

那个叫吴力的警察说："你知道吃霸王餐的那个人是谁吗？他叫皮自辉，在他管辖的范围内，吃什么，要什么，拿什么，谁敢问他要钱？那个饭馆的服务员是新招的，不认识他，他吃完饭要走时，那个服务员追着要他结账，才发生了那天的事儿。原本这事儿就过去了，谁知道他表哥非要监督我们立案，他表哥是锦绣区检察院的胡大伟，人家有权监督我们，我们也没办法啊！"

东方晓有些恼怒，说："这事儿，我还跟他杠到底了，能不能立案，他也只是要求你们说明不立案的理由。事实这样清楚，相信你们也不会徇私枉法。俊杰，走，我们跟他们到派出所去。"

东方晓和李俊杰跟着两个警察上了警车,来到了派出所。在派出所,两个警察并不急于询问,先是做了一系列的所谓准备,让李俊杰在外面等,带东方晓穿过一个铁门,进了一个询问室。两个警察指着和办公桌对着的一把凳子让东方晓坐下,将手机关闭,准备接受询问,接着就出去了。过了一会儿,两个警察各自将自己泡好茶的杯子端到办公桌上,又出去了。又过了一会儿,两个人再次进来,吴力从裤子兜里摸出一盒烟,自己从里面抽出一支,将烟盒放在了桌子上,问东方晓抽不抽,东方晓说不抽。吴力将烟点上,吸了两口,又和马清明出去了。又等了许久,两人又进来了。东方晓明白了,这是在磨时间。但这种做法有些愚蠢。按照东方晓过去审人的方法,想磨时间,有许多更好的方法,根本不用这样。于是,东方晓对他们说:"不管你们出于什么目的,这样的方式,总不合适。这样吧,我将事情经过给你们写一下,一切不就明白了?"

马清明又苦笑了一下,说:"真是律师,连我们想干什么,你都清楚,有些事儿,真是迫不得已,人家交代让我们好好问问,问得详细点儿,我们只能照办,谁叫你多管闲事,惹了不该惹的人。"

东方晓生气地说:"什么叫惹了不该惹的人?! 屁大点儿地方,胡大伟多大的官?! 皮自辉家有势力也不会只在一个小物价所混吃混喝。我只是奇怪,你们是怎么找到我的? 按照相关规定,在没有立案之前,且不是什么大要案,你们是不能动用技侦手段的。这样的事儿,若传扬出去,估计对你们也不会好到那里。"

听到这里,两个警察相互交换了一下眼神,又出去了。

又过了许久,吴力进来了,拿来了几张白纸和一支笔放在东方晓的面前,说:"你将那天的事情经过写一下吧。"说完,就又出去了。门口站着两个辅警看着东方晓,东方晓出于愤怒,将那天的事情及刚发生的事情,一并写了下来。

李俊杰正在派出所的大门外等东方晓,这时,电话响了,是徐洋打来的。徐洋说:"为了将有些情况直接反映给锦绣区检察院的检察长,我和李教授到颍州市了,东方律师的电话打不通,就只能打给你了,李教授说,你们已阅过卷,了解具体情况,最好我们一起去见万检察长。"

156

李俊杰说："东方律师现在正在派出所接受询问呢，我在外面等他。"

徐洋问："出什么事儿了吗？东方律师怎么会在派出所接受询问？"

李俊杰将事情的来龙去脉在电话中简单给徐洋讲了一下。过了一会儿，徐洋说："那怎么办呢？东方律师接受询问需要多长时间？"

李俊杰说："事情原本不复杂，但从我们到派出所来，现在已4个小时了。我过去找办案人员问一下。"

徐洋说："最好能让东方律师快点出来，李教授也很忙的，和万检也是约好时间的。"

李俊杰说："你稍等一下，我进去问一下。"

李俊杰到派出所找吴力和马清明，问什么时候询问可以结束，吴力说："12个小时以内吧。这是程序。"

李俊杰有些焦急地说："什么？东方又不是犯罪嫌疑人，你们怎么可以拿讯问犯罪嫌疑人的规定来约束东方呢？东方律师的委托人要见他，你们先让他出来，办完事儿再接着询问。"

吴力说："你怎么知道他不是犯罪嫌疑人？有人控告他在公共场所随意殴打他人，妨害公务，你等着他被拘留吧。"

李俊杰说："你们还有没有王法，办案有这么随意的吗？你们这是滥用职权。你们马上让东方出来。"

吴力说："有本事你去告我们。"

李俊杰无奈，只得将情况给徐洋说了。之后，他与徐洋约好，共同到检察院去见万检察长。

55

正在对东方晓进行车轮战询问的吴力和马清明，被一个电话叫了出去。很快，他们就又进了询问室。和刚才询问时的样子截然不同，两人的脸上堆满了讨好，连声说："东方律师，对不起，我们这也是没办法，也是执行公务，请你一定要理解，检察院的万检要见您，要我们马上送您过去。"东方晓明白，这一定是李俊杰在外面做了什么工作，估计是托人找到了检察院的检察长。东方晓的心中，充满了莫名的悲哀。两个警察对他所谓的询问，其实是滥用职权，就是为了耗他，办他丢人和难堪。但是，有那么多以法律的名义，行使着违背公理与人情人性的所谓执法，表面上又无法用违法来界定。这是人性的悲哀，更是道德的沦丧。法律不是万能的，有时，法律甚至是恶人用来伤害好人的工具。对此，东方晓除了愤怒，就是无奈。职业生涯中，就因为有太多类似的无奈，才使他脱下检察服，披上律师袍。今天，他依然处在被伤害的位置上，作为一个能在法庭上与公诉人唇枪舌剑、据理力争的对手，面对两个小警察以法律之名对他东拉西扯拖延时间，阴一套阳一套进行询问的嘴脸，他竟无能为力。此刻，他只有接受两个警察的讨好，跟着他们，再次上了警车，一路风驰电掣，来到了锦绣区检察院。

李俊杰和检察院的一名工作人员站在大门口接东方晓，一见到东方晓，李俊杰为了舒缓东方晓的情绪，开玩笑道："东方，想不到你也有今天，坐老虎凳了吧？辣椒水喝了没有？"东方晓苦笑了一下："要是那样就好了，至少我可以告他们非法拘禁，可面对软刀子，我只有被宰割的份儿。"说着，两个人来到了万检察长的办公室。

徐洋和李教授看到东方晓进来，连忙站了起来打招呼，万检也从沙发上站起来，握着东方晓的手说："东方律师，不好意思，让你受委屈了。来，坐，茶已经给你泡好了。"东方晓刚坐下，李教授就说："早就听徐洋说起过你，今天见到真人了，有大律师的范儿。"经历了过山车一般的时空变换，在万检的办公室，见到了几个熟悉亲切的面孔，东方晓的心中掠过一阵暖意。他走到李教授面前，双手紧紧地握住她的手，真诚地表示感谢。李教授年近半百，举手投足间，有着中年知识女性的韵味，白皙的瓜子脸，一双丹凤眼透着慈性的光，鼻梁挺直秀气，脖颈如天鹅一般优美，波浪一样的头发，柔顺地披在肩上，妆容得体，笑容亲切自然，犹如邻家大姐一样。

东方晓坐下，呷了一口叶片已舒展开的碧螺春，仿佛是和李教授一起来的一样，丝毫没有曾受过屈辱的表情流露。

万检说："刚才我同学已将赖教授的案件作了简单的介绍，我想听听你的意见。"

东方晓将赖明生的案件情况，作了客观的介绍，并将与胡大伟的不同认识也作了分析。

听完东方晓从法律从人情的不同办案角度对赖明生案件的分析与论证，万检沉思了一会儿，说："赖教授的行为，其实也是沿着法律的边缘在走。不管哪个部门办的案，把案件办正确，才是最大的讲政治。综合分析这个案件，赖教授构不成犯罪。我们检察院是法律监督机关，自己正确适用法律和执行法律，才能更好地监督其他部门。这样，我召开一个检委会，让委员们讨论一下，也让检委会的委员们，通过这个案件，再好好地学习一下罪与非罪，此罪与彼罪的概念。通过这个事情，我要感谢我的老同学，出于对公平正义的追求，你亲自从省城到我们这里来，你还像当年在学校时一样，虽是巾帼，却有着大丈夫的胸怀，有你这样的教授，我们依法治国的道路，虽然漫长，却充满希望。"万检的话，竟让李教授的脸上泛起了红晕。

走出检察院的大门，东方晓对李教授说："我在检察院工作时，最讨厌说情和以权以势压人，今天，多亏了您，我才没有继续在派出所煎熬。

从某种意义上讲，这何尝不是一种变相的权力与人性的较量。假若今天不是这么凑巧，看那两个警察的架势，把我拘留的可能都有。我想，若是老百姓遇到了这样的事情，他们又该怎么办？就如赖明生的案件，胡大伟也是软硬不吃的，他的案件能有转机，何尝不是因为您这个外力的作用。"

听了东方晓的话，李教授叹息了一下，说："你说的情况，也是我一直思索的问题。一个社会的良性运转，需要依法依规，可现实却有许多障碍，司法的腐败，是最大的腐败，归根结底，还是要不断地提升执法人员的职业素养与职业道德，法治的进程，任重而道远啊！"

东方晓和李俊杰虽是第一次与李教授见面，但相同的理念，共同的忧思，让他们的心一下子拉得很近，以至于分别时，竟有依依不舍之情。

56

　　与李教授、徐洋分手后，东方晓和李俊杰走在回宾馆的路上，想到一天中发生的事情，东方晓的心情再次抑郁起来，不想说话。和东方晓有相似感受的李俊杰，默默地陪着。

　　到了宾馆，李俊杰将水烧上，问东方晓泡什么茶。东方晓有些歉疚地说："不好意思，坏情绪影响了你。今天这一折腾，打乱了咱的行程。准备一下，有必要到监狱去见一下王君辉，权当完成王君卓的心愿吧。对王君卓，我感觉很不好，看他的情况，身体若有隐患，估计很快就会垮下来。原本不该揽这许多事儿的，但是，总有一种说不清的感觉，是同门之谊，抑或是曾同在体制内的经历，或者是真的想探究一种真相，不想辜负王君卓的期许。"

　　李俊杰说："咱这是做自己愿意的事儿，比单一的案件有意思。仅凭王君卓的只言片语，王君辉也应该是权力斗争或是利益纷争的牺牲品。按照人之常情，遇到一些坏的事情时，本能的反应是自保，王君辉案件一审判决后，他表示认罪服判，既不上诉也不申诉，这里面一定有很深的原因。有些情况，王君卓也应该是感觉到的，但他并不一定完全知道。你看我们什么时候去呢？"

　　东方晓说："等再会见过王君卓再去吧。他说相关情况会用文字写给我们，多掌握一些资料，会更有利于案件的办理。"

　　金丝皇菊在杯子里绽放，氤氲的茶雾里，东方晓的心情也有些许的舒缓。他忽然想起了什么，对李俊杰说："老弟，我是个心粗的人，我带老婆孩子离开颍州后，在这里已没有什么很亲近的人，你家就在这里，总是这样陪我住宾馆，让我很过意不去。别总是陪我，你还是回家陪弟妹吧。"

李俊杰不自然地笑了一下，说："还是陪你吧，我真的不想回家，家里还没有宾馆自在呢。"

东方晓怔了一下，眉毛向上皱起来，说："问一句不该问的话，你和弟妹是不是感情出了什么问题？"

李俊杰说："唉！每个人的心里，都有看不见的伤。总听你说起嫂子的贤惠、豁达、自立，我都满是羡慕。好的婚姻，有时也是修来的。在这方面，我修行不够。但也看淡了许多，为了孩子，我虽然和老婆离婚了，但也要装作没有离婚的样子，还要生活在一个屋檐下，就这样凑合一辈子吧。"

东方晓说："别嫌我八卦，能不能说说你的不如意？"

李俊杰慢慢涮着杯中的那朵金丝皇，眼里浮现出少有的惆怅、甜蜜与苦涩，那朵菊花，仿佛幻化成了一个美丽的黄衫女子，缓缓地走到了李俊杰的面前。

工人家庭出身的李俊杰，大学毕业后，面临着找工作的困难。先是在街道工厂里做办公室的工作，后是借调到街道办事处做综治工作。在街道办事处工作时，办事处的主任将自己的表妹介绍给了李俊杰。那个表妹叫煜慧，有较为优渥的家境，自学大专毕业，在一个大型国企的后勤部门工作，主要负责饭票与洗澡票的发放。不同工作环境、不同教育背景的两个人，因着双方父母催促的原因，加上李俊杰看不到明天与希望的底层打工般的状态，抱着完成人生任务的心理，与煜慧结为了夫妇。结婚后，煜慧的家人，托关系将李俊杰安排到了法院工作，每天早出晚归，李俊杰在全新的环境里，追逐自己的法律梦。

婚后的日子，原本很平静，女儿出生后，煜慧将主要精力都放在了女儿身上。那个如花般的女儿，承载了李俊杰的责任与希望，努力工作，有一个体面的职务，让妻子女儿在社会上能因自己而生活得有地位和尊严。日子原本如平静的湖水一样，不泛涟漪，忽然有那么一天，湖水里投进了一颗小小的石子，打破了原有的状态，一切，就此发生了难以逆转的变化。

听到这里，东方晓狡黠地笑着说："那只有一种可能，你遇到了让你心动的女人。说说，那是怎样一个女人，会让你惊涛骇浪后，还能心如止水。"

李俊杰说："哪里是心如止水，是心如死水。时间不早了，走，咱先吃饭，吃完饭再继续给你讲，满足一下你的好奇心，只当安慰一下你今天受伤的小心灵。"

东方晓一天阴霾的心情，因着李俊杰的诙谐豁然开朗，说："走，还到前几天出事儿那个饭馆去。看看人家是否还认得咱。"

57

　　东方晓和李俊杰一进饭馆的门口，柜台的小姑娘就迎了上来。她惊喜地说："两位大哥没事吧？看见你们，我就放心了。"

　　李俊杰假装什么都没有发生过一样，表情惊讶地问："怎么，来你这儿吃饭，我们有什么事儿吗？"

　　小姑娘拍了拍左边的胸口说："唉，你们不知道，那天出事儿后的第二天，出警的那两个警察和一个大肚子男的来了，那个大肚子男的，叫什么胡局长，说是检察院的。他们反复问我们你们是否打了物价所的那个人，还非要逼我们说你们打了他，说什么要是不如实作证，要我们承担法律责任。因为我们店里安装的有摄像头，一切都很清楚，我们就照实说了当天的情况，他们还把我们的录像给调走了。他们走后，我很担心他们会找你们的事儿，又没有你们的联系方式，吓死我了。"

　　李俊杰调侃说："光天化日，朗朗乾坤，谁敢对你这样漂亮的小姑娘动粗，我们该出手时就出手。"

　　李俊杰将小姑娘逗笑得前仰后合，连声说："今天我请客，你们尝尝我们店里的特色菜。"

　　李俊杰阻止时，小姑娘已进到里面去安排了。

　　小姑娘和李俊杰的对话，让东方晓的心头五味杂陈，尽管真相已很明白，他们也知道真实的情况，但为了一己之私，就敢动用公权，若不是今天偶然与李教授的交集，东方晓在被"合法拘禁"8或12小时后，有可能被释放，有可能被刑拘，有可能被治安拘留。在一切皆有可能的现实环境里，让人固守多一事不如少一事的心态，形成了人与人之间的壁垒，这种壁垒，若都相安无事还好，若是自身遭到了侵害，竟无人伸出援手，那样的社会，将是多么可怕。

想到这里，东方晓的心中忽然生出了一种疑虑。关于赖明生的案件，万检说要召开检察委员会讨论，召开检察委员会，需要做准备，况且万检已被市委组织部门考察过，马上就要交流到外地任职，胡大伟会不会利用时间差，将赖明生的案件起诉法院呢？若是那样，在新旧交替之时，况且法院有时也不敢违拗纪委监察委，赖明生难道真的要经历完整的诉讼过程——侦查、审查起诉、起诉、判决、上诉、申诉……东方晓的心，如针扎一般痛楚，不只为单一的案件，更是为了案件背后折射的人性的幽微与阴暗。

东方晓在沉思之时，饭菜已一盘一盘端上了桌。那盘造型如蟠龙一样的鳝鱼，鱼头在烹制后竟还能摆出昂扬向上的姿势；那盘油亮的红烧肉，一层层摆在盘中，红白分明的肉块，如凝胶一般层次明晰；虽然还不是吃蟹的最佳季节，但四只蒸红的螃蟹趴在盘中，旁边放着肢解它们的精致的工具，散发着诱人的冲动；一只完整的猪肚子将一只鸡包裹起来，盘边配着白的竹笋，衬着红绿菜椒，荤素搭配得赏心悦目；另有精致的时蔬；蒸熟后挖空的梨心盛放的牛奶蜂蜜，虫草参汤上漂浮着碧绿的小葱花。菜一道道上，李俊杰一次次赞叹，面对满桌的佳肴，东方晓竟生不出丝毫食欲。但为着小姑娘的盛情，为着李俊杰的情绪，东方晓强迫自己，象征性地用蟹八件肢解一只螃蟹。

吃完饭，趁小姑娘不注意时，东方晓在柜台的 POS 机上，按照菜单上的价格刷卡付了钱，告知小姑娘之后，东方晓和李俊杰不等小姑娘追出来，就快速地离开了饭馆。

回到了宾馆，东方晓担心胡大伟会打时间差，将案件提前移送法院，就将心中的疑虑说给了李俊杰。李俊杰说："有些人就是没有底线，有些事，也只能尽人事听天命。但愿赖明生不会如此倒霉吧。今天刚和万检交流过意见，我们也不好意思再打扰他，不行就等两天我再过去问问吧。"

东方晓说："现在不是再等两天的事儿，若是听说要开检察委员会，胡大伟可能今天就会把案件送走。这样，你托人打听一下，看案件是否已送法院。"

李俊杰毕竟在法院系统工作多年，相关的关系还是有的。李俊杰立即给锦绣区法院的一个主管刑事的副院长打了电话，让他问一下情况。一会儿，信息反馈了过来。就在东方晓结束在派出所的询问，被警车送到检察院的路上，赖明生的案件已送法院，法院已受理了该案。

东方晓长叹了一声，说："这或许是赖明生的宿命。有时，我真的相信一种因果。我在检察院时，对赖明生之类是那样痛恨，今天，面对他遭遇的不公，我一样同情。俊杰，既然你认识锦绣区法院主管刑事的副院长，我们这次，也说情加说理，为赖明生做最好的争取吧。"

东方晓的心憋闷得透不过气来，他对李俊杰说："走，咱出去走走吧。"

东方晓和李俊杰再次来到了河堤上，虽然心中烦躁，但轻微的风从河面吹来，东方晓的忧郁一点点化解开来。为了调节两人之间的沉闷，东方晓对李俊杰说："吃饭前你的八卦说了个开头，现在，续播吧。"

58

　　河畔的杨柳像垂着长长发辫的羞涩少女，轻轻摆动发梢；三三两两的人在河畔上悠闲地散步；水边上有许多专注垂钓的人；河里有龙形、鸭形等形状的脚踏船在自由地漂荡；远处是起伏的山峦。此情此景，莫名地将李俊杰的情绪触动。多少年过去，有时梦里依稀还有所谓的青春浪漫，那脚踏船上，曾留下过短暂的欢娱与美妙。只是，斯人远去，杳如黄鹤，遗憾永留，无人言说。

　　望着远去的河流，怅惘之感让李俊杰陷入了沉默。有些东西，可以与人分享，有些东西，想与人分享，却不能分享。李俊杰的微表情，让东方晓更加好奇。原本不愿打听别人隐私的东方晓，此刻，有一种想与李俊杰深入交流的渴望。他陪着李俊杰漫无目的地沿着河走了许久，浮云片片掠过，花草经过了一天的招摇，也异常安静。许久，李俊杰说："有些东西，想着屏蔽了就不会痛苦，但这种屏蔽，却会因不经意的人和事，情和景，再次触动心灵。在古希腊的神话中，万神与人之父的宙斯，曾多次悲悯，人是造物中最苦难最可怜的，这种苦难与可怜，就源于人的情感。越压抑就越膨胀，有时，这种膨胀想让人发疯。"

　　东方晓静静地听着，不知道该如何接李俊杰的话。东方晓的两性感情，只有妻子王佳蕙一人，王佳蕙的独立与自信，善良与宽厚，让东方晓有强烈的归属感。这种归属感，是东方晓在其他女人身上找不到看不到的。此时，东方晓感受着李俊杰欲说还止的情绪变化，对李俊杰有了一种同情与怜惜。

　　说到这里，李俊杰苦笑了一下，说："说给你，就不怕你笑话我，我有男人的通病，面对美色，我难抵诱惑，只是，诱惑过后，自己很受伤。"

东方晓说："'色'字头上一把刀嘛。"

李俊杰说："这把刀，不是让别人砍的，是我自己给自己划的。"

东方晓说："情深不寿，不会是你用情太深，自己伤自己吧？"

李俊杰说："是自责与愧疚，总是让我无法释怀。"

东方晓说："我们学习的心理学虽然是犯罪心理学，但心理学都是相通的。你说出来，或许也是一种释放，我真怕你膨胀得爆炸啊！"

李俊杰说："在你这样的兄长面前，我只想做一个透明的人，还是跟你讲一下我曾经的故事吧。"

东方晓看着他笑了一下，没有回答，静等李俊杰讲述。

在法院当办公室主任时，负责后勤保障、各种会议安排、文字材料等，常常让李俊杰夜以继日，废寝忘食。尤其是遇到大的会议，文字材料是写了又写，改了又改。让打字室的小姑娘也跟着加班加点，怨声载道。为了减轻打字员的负担，办公室新招了一名临时工，这名临时工，叫石婉玉，是从部队复员的。因为在部队受过专门的训练，行走坐卧，举手投足间，都有一种特别的气质。172厘米的身高，体重却只有62公斤。标准的黄金分割的脸形，弯眉如黛，眼波似水，红唇方正，鼻梁挺直，肤如凝脂。柔顺的短发天生卷曲。虽是东方的女子，却有西方美女的神韵。容貌秀丽只是一项，更重要的是，石婉玉吃苦耐劳，善解人意。有时加班到凌晨，她会为李俊杰准备小点心或夜宵。有时李俊杰累得歪在打字室的沙发上睡着了，她会为李俊杰盖上一件衣服。她自己则将材料打好校对好。默契的配合，温柔的相待，让原本枯燥的文字材料的写作与打印竟成了李俊杰的一种享受。慢慢地，李俊杰发现，自己对石婉玉从喜欢和感激，竟发展成了一刻都不想分开的爱。办公室的工作若是不忙，李俊杰会带石婉玉到周边去放松。一同爬山，划船，开车兜风。只要石婉玉在自己身边，李俊杰就有无穷的活力。虽然喜欢得发疯，但李俊杰不敢跨越雷池。因为，那是十多岁的年龄差，还有婚姻的责任，家庭的牵绊。为了分担石婉玉打字的辛苦，李俊杰打字由一指禅熟练到了十指如飞。多面手的李俊杰，在涉世不深的石婉玉眼里，应该也有着一定的魅力。又是一天深夜，为了赶写在人大会上的法院工作报告，打字室里，石婉玉在快速地敲击键盘，李俊杰盯着电脑在斟酌修改。终于，最后一个字敲完，石婉玉放松地将两臂伸展，其中一只胳膊竟落在了李俊杰的脸上。距离那样近，少女特有的体香，让李俊杰迷醉，李俊杰接过石婉玉的手臂，不由自主地在上面亲了一下。石婉玉也如触电一般，回过身来，抱住了李俊杰。李俊杰的头被石婉玉抱在怀里，李俊杰难以自持，他也感到了石婉玉身子的战栗。李俊杰颤抖着双手，掀开了石婉玉的上衣……

　　自从有了两性关系，李俊杰和石婉玉更多了一份彼此的爱怜与关切。一次又一次，肌肤相亲，灵肉相交，缠绵缱绻。即使在人群里，两人的目光相遇，难掩的都是宠溺。恋爱中的李俊杰不想回家，只想与石婉玉在一起。他甚至想到了与煜慧离婚。煜慧是无辜的，但煜慧又是有手段的。她跟踪李俊杰，查李俊杰的电话记录，旁敲侧击地了解李俊杰在单位的情况。那个一向平庸的女人，为了捍卫婚姻，竟变得无比聪明。过去婆媳关系一直不好，在李俊杰出轨的时间，她用自己的真诚，打动了一向对她厌恶和恐惧的婆婆。那个从李俊杰结婚后，在李俊杰家吃饭的次数都可以用个位数数过来的婆婆，竟被接到了李俊杰的家中长住。很少到李俊杰单位的煜慧，在李俊杰即将下班时，会带女儿到李俊杰的办公室，等李俊杰回家。煜慧甚至多次请石婉玉到家中吃饭，当着石婉玉的面，与婆婆亲昵，吃饭时为李俊杰夹菜，李俊杰出门时，为李俊杰整理衣领，叮嘱李俊杰不要加班太累。李俊杰知道，这都是表演，那个在外人眼中秀恩爱，在家里对李俊杰冷嘲热讽，好像没有她就没有李俊杰到法院的工作，李俊杰一辈子都欠她的女人，好像忽然发现了李俊杰的价值。一方面，煜慧是抱定了宁死也不离婚的态度，一方面侮辱打击石婉玉脆弱而敏感的心。李俊杰痛苦极了，但他更担心石婉玉的感受。石婉玉是年轻的，但石婉玉又是坚强的。她从没有在李俊杰面前流露过什么，也从没有要求过李俊杰什么，工作与生活一如往昔。看起来平静的石婉玉，更加瘦弱了。原本柔和的脸部线条，因消瘦而现出了刚毅的轮廓。一天天过去，李俊杰无力解决婚姻与恋爱带给他的矛盾，平时对喝酒很节制，从不吸烟的李俊杰，竟一次次酩酊大醉，烟雾常在手指间与脸上缭绕。当又一周开始的时候，李俊杰发现石婉玉没有来上班，电话也打不通。李俊杰发了疯一样，到处寻找，但没有石婉玉的消息。无奈，李俊杰通过法院院长找到了介绍石婉玉来做临时工的一个亲戚，得知的消息却是，石婉玉出国了。出国，这么大的事儿，李俊杰竟没有发现蛛丝马迹。石婉玉走得坚定而决绝，没有给李俊杰留一个字。李俊杰甚至打听不到石婉玉具体到了哪个国家。以后的日子，李俊杰的生活一如既往，李俊杰的母亲在孙女上高中后，再次离开了李俊杰的家，煜慧又回归到了原来的状态。除了工作，李俊杰的心，一如死灰一样。

59

　　李俊杰尘封的记忆打开，美好如昙花一样短暂，苦痛如丝一般绵长。

　　东方晓说："托尔斯泰说，幸福的家庭都是相似的，不幸的家庭各有各的不幸。作为男人，虽然没有你的出轨经历，但我理解你的感受。婚姻中，虽然有道德的约束，但不能共同成长，那种无法交流与沟通的痛苦，比在一个单位中受的打压与委屈有过之而无不及。在单位里，虽然有人情世故的负累，但可壮士断腕，大不了辞职。而婚姻，即使离了，也还有太多扯不断的东西。凑合的婚姻，尤其是那些带有附加条件的婚姻，像一个人欠了另一个的情，那种债，可能像无法打开的枷锁一样。这样，也为出轨找到了一个相对合理的理由。所谓的廊桥遗梦，太唯美，作为凡人，很少能真正把持得住的。王君卓对文一帆的包养，何尝不是一种失却的代偿。今天，你说给我的内容虽然沉重，但也让我对你有了更多了解。女人比男人更长寿的原因之一，估计与之倾诉有一定的关系，其实男人也需要倾诉的，只不过更多时候用烟与酒麻醉替代了。人生有太多的因缘际遇，命运这东西，很难说真的就没有，你心里对石婉玉应该是一直没有放下的，这种痴情，说不定能感动上天，在某一个不经意的日子，你可能还会与石婉玉重逢。"

　　李俊杰说："唐朝时，我的本家李义山有句诗写得好，此情可待成追忆，只是当时已惘然。现在，我与煜慧，一个在颖州，一个在深圳，天南地北，就像山重水复难相往来一样，多年的冷战与争斗，彼此已麻木了。这一生，若能与石婉玉重逢，我一定要对她好好忏悔，不为求得她的原谅，只为自己当年的患得患失赎罪。唉，若不是明天要到锦绣区法院见李副院长，今天真想与你一醉方休。"

东方晓与李俊杰沿着河岸又走了一会儿，月亮已升到头顶，疏星在远处眨眼，季节在悄悄变换，似有一丝西风吹来，夜凉了。两人回到宾馆休息。

第二天吃过早饭，李俊杰和东方晓早早来到锦绣区法院。在李副院长的办公室，李俊杰和李副院长寒暄后，关于赖明生的案件切入了正题。李俊杰说了有关赖明生案件的情况，希望李副院长关注一下，看能不能尽快审理，依据事实和法律，作出公正的判决。

听了李俊杰的话，李副院长说："老弟，你也是自己人，过去我们开会总坐在一起，法院的情况，你我都是了解的。有时，要兼顾太多的因素：政治因素、社会效果、大局意识等。赖明生的案件，在没有过来前，我们和检察院在监察委已开过碰头会，检察院和监察委坚持赖明生有罪，但根据我们掌握的案件情况，我认为这个案件存在太多的疑问。我们坚持等开庭审理后再作决定。若相关的证据不能支撑赖明生有罪，我会坚持作无罪判决的。我们是法律人，要有法律人的底线，虽然要兼顾许多东西，但公平与正义是我们应当恪守的原则。昨天，案件过来前，检察院的万检也专门打了电话，让我们尽快受理。其他案件还要 7 天的审查期限，这个案件，在到的当天已立案了。"

听了李副院长的话，东方晓和李俊杰都有些诧异，有些不太相信。李俊杰问："万检什么时候打的电话？"

李副院长说："昨天中午，我正在食堂吃饭时，接到了万检的电话，因为已经下班了，上系统的内勤回家了，下午一上班，案件就送过来了。"

东方晓好像自言自语地说："啊，是这样。明白了。"

李副院长说："东方，我早就听说过你，你可能不记得我了，我们还在一起吃过饭呢。有一次我们邀请中原大学法律系的王培林教授到我们院讲课，我亲自到中原大学接的他，一路上，他给我说起了你，你可是王教授得意的门生呢。上完课，我们请王教授吃饭，王教授提出要见见你，也是我派司机去接的你。"

东方晓应答道："咋会不记得呢？能陪王教授吃饭，那也是一种荣耀呢。"

李俊杰说："真巧，你们俩还有这样的缘分，只是，过去，他是检察院的检察官，我是法院的法官。今天，错位为我们都站到了检察官和法官的对立面了。"

李副院长说："老弟，话不能这样说，我们都是国家的法律工作者，只不过是分工不同罢了。现在，很多人更羡慕你们当律师的呢！"

与李副院长的沟通，让东方晓和李俊杰知道，赖明生一案，李副院长要想依法办理，将会面临什么样的压力。李副院长虽然年轻，但言谈话语的成熟，都让东方晓和李俊杰望尘莫及。

李副院长身材标准，穿着得体，形象儒雅，言语温和。他口口声声叫李俊杰老弟，其实他的外表看起来要比李俊杰小许多，瘦削的脸上两道佛眉，眼睛看你时，满是真诚。让人感觉很亲切。与李副院长的短暂沟通，有一种久违的情愫在东方晓的心中掠过。他离开检察院时，那些与他同风雨共命运并肩作战过的反贪局的战友，是那样的不舍。他们送了东方晓一个画有明月图案的笔记本，扉页上写的是"青山一道同云雨，明月何曾是两乡"，里面有大家的祝福，更有他们办理案件时的一些照片。东方晓也有太多的不舍，但为着心中的追求，他作了壮士断腕的选择……

寒暄中，李副院长接到一个要他去区里开会的电话，东方晓和李俊杰告辞了。

出了法院的大门，东方晓和李俊杰相视苦笑了一下，心中都像五味瓶打翻一样。人心如此幽微，人性如此多面，他们早已知道，赖明生的案件，让他们又一次真切地体味到了。

东方晓说："既然赖明生的案件已到了法院，我们还是告诉徐洋，让她有些心理准备。明天，我们继续会见王君卓。"

60

东方晓和李俊杰正准备出发到看守所会见王君卓时，东方晓接到了东方依然的电话："爸爸，不好意思，我和妈妈想你了。你如果不开庭，如果非必要会见你的当事人，咱俩，不，咱仨能否团聚一下？告诉你，机不可失，失不再来。你若抽不出时间，后果与结果你就自己负责吧。"

几天来发生的一些事儿，让东方晓心中布满阴霾，因为是和李俊杰共同经历的，两个人的感觉应该也相似。多年来养成的习惯，使东方晓不管多纠结，都不会让情绪影响工作。将工作放在第一位的忙碌，是电话都很少往家里打了。此刻，东方依然通牒似的电话，东方晓一下子就听懂了，这源于对女儿的了解与爱，更缘于和女儿的心有灵犀。东方依然的机灵古怪总让东方晓开心不已，女儿是自己人生的意义，更是快乐的动力，也是忧愁与烦恼的化解剂。东方晓来颖州市前，东方依然自己申请的加拿大的学校已落实，正在办签证。签证是个复杂的过程，东方晓原以为不会很快就办好的。但今天这个电话，蕴含的信息应是一切就绪，女儿可能很快就要出国了。男孩儿性格的东方依然，有很强的独立性，在申请好加拿大的学校后，就明确对东方晓和王佳蕙说，出发时，不要让他们送，还调皮地引用梁实秋老先生的名言："你走，我不送你，你来，无论多大风多大雨，我要去接你。"在东方晓和王佳蕙的心中，虽然明白父母子女的关系，就是不断地离别与目送，但是，父母天性，依然有太多的不舍和依恋。未成年的东方依然，已跟着不同的团队以夏令营或交流学习或旅游的方式，去过许多国家，但都是一种短期的行动。这次，和许多次的远行不同，这是出国求学，一个小姑娘，要独自面对许多的问题，东方晓和王佳蕙有太多的失落与怅惘。过去的日子，总说养孩子是社会责任，是为国家养孩子，现在，孩子却不再只属于一个狭小的地域，孩子目光所及的是整个世界。一想到即将面临的分别，东方晓忽然伤感起来。东方晓感觉，东方依然可能已订好了出国的机票，这一别，不再是只有寒暑的假期，而是以年来论的。在东方晓出差或工作中，东方依然一般是不会给东方晓打电话的，独立的她，总是以己推人，怕打扰东方晓。在学校申请与签证过程中，东方依然在深圳与北京之间往返，都是独自一人，从不要东方晓和王佳蕙陪伴。这次能打电话给东方晓，不排除也是王佳蕙的意思。想到这里，东方晓决定，无论如何，都要回家一趟的，且这种回家，竟有一种归心似箭的感觉。

想到这里，东方晓将东方依然打电话及可能马上要出国的情况对李俊杰说了。李俊杰说：“无情未必真豪杰，怜子如何不丈夫。这是大事儿，你得赶紧回去。我判断，有些事情，只靠会见，王君卓也未必能完全给我们说清楚，已经经过了这几天，王君卓可能已将材料写好了。在材料中，可能会将有些情况隐晦地表达出来，因为王君卓的性格中，有太多自尊自傲，更多的是虚荣和自卑，我这次过去，也可能只是取一下材料。你放心，我收到后，会认真研究的。”

东方晓说：“别忘了跟徐洋通个电话，将赖明生的情况给她说一下，徐洋的个性太急躁，思想又太简单，这样的情况给她反馈过去，她可能会孤注一掷，说不定会通过媒体引发舆论，一定要叮嘱她，在审理阶段，案件的许多情况还属于保密的内容，以妨引起不必要的节外生枝。若想采取相应的行动，也要等开庭和判决之后，那时，一切都公开了，受到的束缚就少了。”

李俊杰说：“你放心吧，我会处理好这件事儿的，虽然我们已知道了结果，那我就催催李副院长，让他们尽快开庭。”

东方晓又对李俊杰说：“上次会见时，王君卓的脸色很不好，这次你留心一下，不要让他有破罐破摔的思想，要让他看到希望，因为王君辉的事情也需要他。王君辉太硬气，又很内向，且戒备心很强，没有王君卓的配合，即使见到了王君辉，有些情况他也不会轻易开口的。”

李俊杰笑着说："东方，多大的事儿，怎么变得婆婆妈妈起来，你快走吧。最好坐飞机，这样快些。"

东方晓正要走时，又想起什么似的，叫住李俊杰，语重心长地说："老弟，抽空回家看看，感情的东西太难一下子转过弯来，但亲情，还要放得重一些。"

李俊杰逗东方晓说："东方，这么不放心，要不，你别回去了。"

东方晓有些不好意思，与李俊杰分别，向车站方向走去。

看着东方晓走远了，李俊杰给徐洋打电话，听到结果，徐洋在电话中哭了起来。李俊杰又是一通安慰与开导，最后，李俊杰说："事情还没有到最后，说不定还会有转机，我们再想想办法，你要照顾好自己。"

打完电话，李俊杰独自向颖州市看守所走去。

61

　　李俊杰的电话让徐洋一时陷入一种绝望。自从赖明生被羁押后，一向虚荣、简单、潇洒、不爱操心的徐洋，像许多家里出事儿的人一样，病急乱投医，想方设法找了许多也许能帮忙的人。在找人的过程中，她看过许多世态的炎凉，人情的淡漠，感受了许多屈辱，但也看到了许多人对她真诚的帮助与关爱。忽然之间，她感觉自己长大了。长大了的她，要学会坚强，学会面对，学会思考问题、分析问题、解决问题。李俊杰怕她承受不了打击，电话中，反复劝慰与叮嘱，让她冷静，让她耐心等待，错案只是一时，最终会得到纠正。但李俊杰无法体谅徐洋的感觉。所谓的感同身受，只是轻飘飘的语言安慰，不是当事人，无法真正理解个中辛酸焦虑与苦痛。无数个不眠之夜，徐洋想的都是赖明生的现实处境。一向养尊处优，习惯觥筹交错，游走在商人与官员之间的赖明生，在看守所的每一分每一秒估计都度日如年。李俊杰的叮嘱虽然有道理，但徐洋也是学法律的，有些界限，她还是能把握的。徐洋将切切的盼望，化作每一项的行动。经过了许多奔走，不就是希望赖明生早日出来吗？为此，徐洋已无法再等，那种等待，从调查到公诉到审判到上诉到申诉，不仅仅是繁杂的程序过程，更是一种折磨。如果赖明生真的有罪，徐洋也能接受，但事实上无罪的赖明生，要接受这样的命运安排，徐洋却无法接受。哭过之后，擦干泪水，徐洋决定，她要通过媒体求助，希望能将赖明生的案件摊开来进行媒体的讨论，形成舆论的压力，为赖明生早日出来做最后的一搏。徐洋知道，本地的媒体是不会帮助她的，为了赖明生的案件，很少关注新闻与实事的徐洋，却关注了许多有正义感的媒体，在心中已打了无数次稿的媒体求助内容，今天，徐洋决定，要将其变为现实。

徐洋电话中的痛哭，让李俊杰的心情变得很沉重。他对徐洋能否听他劝说，竟没有一点自信。在纠结中，他来到了看守所会见王君卓。

才几天时间，王君卓更加苍老与消瘦了。见只有李俊杰一个人来，王君卓有些疑惑，他问："我师弟怎么没有来，有什么事儿吗？"李俊杰将东方晓赶回深圳的原因说了一下。王君卓流露出一种复杂的表情，他叹息了一下，说："好人有好报，我师弟是个有正义感、有责任心且很善良的人，他工作中像拼命三郎，现实中却很顾家。和佳蕙总是夫唱妇随，他离开让许多人趋之若鹜的体制，就是得到了佳蕙的支持。他的孩子又争气。我师弟的家庭幸福，也是上天对他的恩赐与回报。"

李俊杰没有接他的话，问："你身体感觉怎么样？"

王君卓说："一时半会儿还死不了，我得好好坚持住，不是为我自己，我想为君辉做些事情，权当是我对君辉亏欠的补偿吧。"

李俊杰又问："你也要照顾好自己，有什么需要的，你尽管说，我和东方会力所能及地帮助你的。材料写好了吗？"

王君卓说："已写好了。刚开始我想让我师弟给我辩护，其实也不是真正需要什么辩护，我只是认为，他是有正义感的人，我想将有些问题，通过会见的方式向他倾诉。我走到今天，一是咎由自取，罪有应得；二是想通过我的事儿，让我师弟能更进一步思考一些社会现状，为法治的建设提供些理论的研究，也算是我不惘在大学里学了法律一场。随着时间的推移，我的思想也发生了许多变化，现在，我真的希望，你们能尽自己所能，为我作全面的辩护。更希望，你们帮助一下君辉，让他能早日回归社会。君辉本就草根出身，是靠吃苦创业才有了一定的成就，我们这个家族，不管明天怎样，都离不开君辉的。"

李俊杰说："听东方说过君辉的一些事情，我们担心君辉太内向，贸然去找他，他不一定向我们敞开心扉。"

王君卓说："这些我也考虑到了，我给君辉写了一封信，你们给他带去。他的故意伤害，其实应是一场意外，但现实是人死就有理。他也明白

178

他的问题出在哪里，因此他只有接受。现在，事情毕竟发生了变化，一切已过去了。所有的人情世故，随着时间的流逝，都会变淡。他的问题，该是纠正的时候了。"

　　和过去的会见不同，李俊杰感觉，王君卓的态度，有了前所未有的变化。这是一个什么信号呢？李俊杰有些迷惑。

　　李俊杰将过去已列好的辩护提纲再次给王君卓作了说明。王君卓淡然地说："我相信你和东方，你们就按自己的思路辩护吧。"

　　会见完王君卓，走出看守所的大门，李俊杰的心再次沉重起来。从春天到夏天，现在已是秋天，案件在审查起诉阶段经过了两次延期与退查，仍没有起诉到法院。李俊杰有一种不好的预感。他又返回到看守所，给王君卓的账上交了一笔钱，并交代看守所的人，王君卓的身体不太好，这些钱，及时用作买药的费用。若不够，他会再交的。

　　返回宾馆的路上，起风了。李俊杰感觉，该为自己买件衣服了。

62

　　东方晓想给王佳蕙与东方依然一个惊喜。因此，没有告诉她们自己回家的消息。中午一点时，东方晓在花店买了一束花，悄悄来到了家门口。他不知道，当他走在小区的路上时，楼上有一双眼睛就跟着他的脚步移动。当他把钥匙准备插入门锁时，门忽然开了，吓了东方晓一跳。东方依然在楼上看到东方晓走进大楼时，就等在门口，准备等东方晓开门时吓吓东方晓。东方晓开玩笑说："你这个臭丫头，想把老爹吓死，到国外再找个干爹吗？"边说边进屋，东方依然接过东方晓抱着的花和包，边嗅边连声说："这花好香啊，老爸太可爱了，给我买的这束花好漂亮啊！"东方晓边换鞋子边说："哪是给你买的，那是给俺的夫人买的，你要花，将来会有人给你买的。"王佳蕙笑着看他们爷俩斗嘴，说："快洗手，准备吃饭。"虽然已过了午饭时间，但餐桌上摆好了满桌的菜，东方晓知道，那是特意等他的。东方晓幸福地问："你们怎么知道我今天会回来？不怕满桌佳肴白做了？"王佳蕙说："这对恁闺女还不是小菜一碟儿，她跟我打赌，一接到她的信息，你今天准会回来，她查了你可能乘坐的飞机，将你进家的时间都掐好了，今天的菜，是我打下手，全都是她做的。"

　　吃着女儿亲手做的菜，东方晓既幸福又失落。他问了东方依然办理签证的情况，知道东方依然已买好了3天后从北京飞往加拿大的机票。他提出，要和王佳蕙一同送她到北京，但被东方依然拒绝了。她说："我又不是没出过国，哪里需要你们形式上的依依惜别，你们只需把我送到深圳机场就行了。这两天，你要多陪陪我和我妈，让我多给你们尽尽孝心。"东方依然给东方晓说了自己到加拿大后的打算，尤其说到，自己到加拿大后，要边打工边学习，要真正自立。王佳蕙听着女儿滔滔宏论，有泪水在眼中打转，她说："咱家能供得起你在国外的开销，哪里需要你辛苦地打工求学。你只把学习搞好就行了。"东方依然假装严肃地说："我受的红色教育中，老一辈革命家，当年可都是到国外勤工俭学。妈，你这话可是要拖我的后腿，不让我将来成为国之栋梁啊！我要是听你的话，耽误了大好前程，你可是赔不起啊！"东方依然的话，说得王佳蕙边流泪边笑。

　　李俊杰会见完王君卓，回到宾馆，有一种莫名的惆怅。无论多么不情愿，多么想逃避，家，总是家。他决定回去一趟。

　　李俊杰给煜慧打了一个电话，说自己要回家一趟。煜慧说："腿长在你身上，你爱回不回，不用给我说。"李俊杰心中像被泼了一盆冷水一样，仅存的一点回家的念头，因煜慧的一句话而被打消了。因此，他决定上街去给自己买一件衣服。

　　李俊杰茫然地在街上转了一圈，给自己买了两件春秋天穿的衣服。又给王君卓买了两件衣服，郁郁地回到了宾馆，开始看王君卓写的材料。

　　一看王君卓写的材料的开头，李俊杰原本冰凉的心，有些揪紧了。

　　"人之将死，其言也善，鸟之将亡，其鸣也哀。生命对我来说，已是倒计时。由于贫困，我家中三代，爷爷、父亲、姑姑、姐姐、堂兄，都因肝病去世。贫困，如达摩克斯剑一样，悬在家族的头上，现在，我已走近这一魔咒。当一切即将成为云烟之时，我想真实地做回我自己。"

　　王君卓出于真情实感的文字，忧伤而凄美，李俊杰想，以王君卓的才情，若不是走进官场，一直从教或者研究，命运会否是另外一种模样。可人生真的没有如果。

　　王君卓在材料中，坦露了自己曾经的心路历程。是贫困，是自卑，是自尊，让他有出人头地的渴望，这种渴望，驱使他想方设法，多方钻营，跻身官场。当他拼却全力挤进后，才发现，官场如万花筒一般让人眼花缭乱，更有或明或暗的森严等级。就像一群爬树的猴子，上面的猴子向下看，都是讨好与谄媚，下面的猴子向上看，都是红红的屁股。王君卓一边自欺欺人地向下看，一边艰辛又屈辱地往上爬。向下看时，他一个眼神，一个动作，都会有人心领神会，百般对他巴结，满足他的虚荣与骄傲。向上爬时，别人的一个眼神，一个动作，他都要用心揣摩，小心翼翼，敏感周全。为此，他一方面收受下面人的孝敬，一方面孝敬上面的人。在这个过程中，他的性格与人格是分裂的。分裂的性格，让他独自一人时狂躁暴戾，面对他人时，疑似游刃有余。即使在家庭中，他的这种分裂，也不时地展现。他曾经爱的女儿，让他越看越不顺眼，那个小时候原本像花朵一般的女儿，竟越长越像她的母亲，小眼睛，肿眼泡，龅牙，高颧骨，短粗身材。尤其在出国后，向他索取财物的贪婪，就像不共戴天的债权人与债务人。王君卓的虚荣，使他越来越不愿意面对黄脸婆的妻子与容貌丑陋的女儿，但对妻子曾经的给予，他又有深深的愧疚。很多时候，他只有在主动投怀送抱的女人那里，才能有短暂的平和与宁静。他厌恶妻子女儿，但又无法摆脱。所幸的是，那对和他一样虚荣的母女，竟也闹着要出国了。他就像瞌睡的人，有人送上枕头一般，满足了她们，将她们送到了眼不见但心依然烦的地方。没有了小家的羁绊，他更加全身心地投入官场。他希望，上苍能垂青他辛苦的付出，不辜负他一次次对有些官员孙子一样的孝敬与奉承。

王君卓送礼的名单，一个个跳进李俊杰的眼中，那些人，虽然和李俊杰没有交集，但李俊杰耳熟能详。因为，那些人，都是可以左右颖州市许多人命运的人。

看到这里，李俊杰起来给自己倒了一杯水，陷入了思索。

63

李俊杰散步回来，接到了东方晓的电话。

"俊杰，你看一下今天的《南水法治》，一个叫萧剑的人，发了一篇文章《法学博导无法保护自己，被冤枉身陷囹圄》。文章的点击量已过 10 万，许多媒体正在转载，写的就是赖明生的事儿。"

李俊杰吃了一惊，赶紧打开手机，立即从网上搜索东方晓说的文章。文章用语激烈，逻辑严谨。说的是案件，但内容拿捏得恰到好处。文章读罢，李俊杰由衷地佩服这位叫萧剑的写手。李俊杰知道，这是徐洋孤注一掷地在做最后一搏。他原先所担心的案件秘密的泄露，在这篇文章中并没有出现。有些女人，看似柔弱，但面对一些变故时，竟能性烈如刚。徐洋这一做法，刷新了李俊杰对她的看法。

看完，李俊杰给东方晓回电话，说："这篇文章写得太好了，深刻、辛辣、定位精准，对赖明生的案件，将会起到意想不到的推动作用。"

东方晓说："这正是我感觉的悲哀之处，一个案件，原本应该沿着程序的轨道前行，错了纠正，对了维持，法治应该有法治的样子，但法律的天平倾斜了，不是由执法者来扶正，却要借助于外力来推动。这样的公平正义，实在太沉重了。"

李俊杰说："不管如何，只要结果是好的，我们还是应该感到高兴的。"

东方晓说："事情发展到这一步，你是否感觉到了潜在的危险？对媒体的求助，虽然不是我们所为，但会让办案机关怀疑是我们所为，他们会从鸡蛋中挑骨头，想方设法找我们律师的事儿，就像泼皮无赖皮自辉诬陷我妨害公务和寻衅滋事一样。这个案件，原本我们也没有做太多的工作，你通知徐洋，给她解释一下，让她和我们解除委托。"

李俊杰说："不会吧，你是否太敏感了？媒体介入后，迫于舆论的压力，说不定此案会被撤销的。那样，这个案件就彻底结束了，我们的任务也就完成了。没有必要再解除委托吧？"

东方晓说："你还是听我的，人心难测，尽管有媒体的介入，但此篇文章还没有触及真正核心的内容。办案机关会给自己一个台阶先下来，说不定会将赖明生取保候审，并不会给他一个最终的结论。他们可能会用其他方法转移媒体的注意力。我们的主要任务是王君卓的案件，尽量不要被赖明生已成定局的事情搅进去。"

李俊杰说："好，听你的。我马上通知徐洋。"

李俊杰将与赖明生解除委托的理由委婉地告诉了徐洋。经过了赖明生案件周折，徐洋已不是当初的徐洋。她问："难道还会有什么节外生枝的事情吗？案件下面会怎么走？"

李俊杰分析道："可能很快会被取保候审。取保候审后，法院可能会作无罪判决，也有可能被检察院将案件撤回去。总之，不可能一步到位。"

徐洋说："我明白了，只要明生能先出来，其他就看情况吧。关于解除委托的事儿，就按你们的意思办吧。近段时间真的很辛苦你们，不管结果如何，我都非常感激。"

在深圳的东方晓很快就接到了胡大伟的电话："东方律师，你能否尽快过来一下，关于赖明生的案件，我们沟通一下。"

东方晓说："我现在在深圳，我女儿马上要出国。我正在给她办相关手续，近期可能过不去了。我的助手现在在颖州市，有什么情况，你可以和他联系。"

东方晓将李俊杰的电话给了胡大伟。很快，李俊杰也接到了胡大伟的电话。"李律师，你过来一下，关于赖明生的案件，我们想和你沟通一下。"

李俊杰说："我们代理的赖明生案件，因为案件没有朝着委托人的意愿发展，委托人可能不满意我们的代理，已与我们解除了委托。现在，我们已不是他的代理人。再沟通他的案件，不合适。"

胡大伟有些生气了："你们律师最会耍花招，报纸上的事儿，不是你们捅出去的还能有谁？别想着用舆论来绑架法律，也别想着用媒体来给司法机关施加压力，你们做的事情，我们会查清楚的。"

李俊杰倒吸了一口冷气，冷笑道："作为法律人，我希望你能用证据说话，不要动不动就用居高临下的姿态来对待他人。即使是犯罪嫌疑人，在人格上，地位和你也是平等的。"说完，李俊杰挂断了胡大伟的电话。

李俊杰将与胡大伟的通话内容告诉了东方晓，东方晓说："这已不仅是公权力的傲慢，更是职业道德与人品的问题。以我对赖明生的了解，他出来后，事情可能会进一步发酵，我们不蹚这样的浑水。你这段时间，将王君卓的材料好好梳理一下，我把依然送走后，咱抽时间去监狱会见一下王君辉，将和王君卓牵扯的东西进一步弄清楚，为下一步的辩护做准备。对王君辉犯罪的情况，做一下核实，如果他同意，我们就帮他申诉。"

李俊杰说："我正在看材料，王君卓材料中写的有些情况和案卷中的有一些出入，你回来后我们探讨一下。"

64

　　打完电话，李俊杰正准备写东西时，发现水笔没有墨水了。他又走出去准备买支笔。走到一家卖文具的商店门口时，他发现胡大伟和一群人醉醺醺地在一饭店前争执到哪里去唱歌或洗脚。胡大伟说："唱什么歌儿，还是去洗脚，金足浴有个88号的小妮儿，手肉乎乎的，胸挺得鼓鼓的，捏得心里痒痒的。"旁边一疑似请客的老板模样的人附和说："还是胡检有趣儿，走，咱听胡检的，都到金足浴去洗脚，享受享受肉乎乎的手，让咱心里也感觉感觉痒痒的是啥滋味。"旁边另一个好像是胡大伟的同事说："还是去唱歌吧，捏脚没意思。"胡大伟说："你算老几，跟着我混吃混喝，在这儿哪有你插嘴的份儿?!"那个人好像自尊受了伤害，有些赌气地说："那你们去吧，我回家睡觉了。"胡大伟说："滚，爱去哪儿去哪儿!"那人好像生气了："你啥东西，喝两杯酒不认识自己是谁了? 你不就是会巴结万检，万检才许诺你个空头的检察院专职检察委员会委员吗? 多大的派头，万检马上调走了，他许诺你的官帽儿还算数吗?"胡大伟一下子被激怒了，指着那个人的鼻子骂道："不服气咋的，老子现在是院领导，老子在院党组会上有发言权，你算什么东西?"骂着，就往那个人身边冲，好像要打架的样子，被一群人拉住了，但胡大伟依然骂骂咧咧的。老板模样的人有些为难，他给那个人使了个眼色，让那个人走，一边推着胡大伟说："走，走，听胡检的，洗脚去。"

　　那个被胡大伟骂的人愤愤地向相反方向独自走了。胡大伟被簇拥着也走了。

　　胡大伟的形象，是李俊杰在法院时见多了的形象。在四线小城市，稍

186

微有点职权的人，差不多是天天在酒场上泡。一是求其办事儿的人请喝，二是有些单位用公款请喝，更有甚者，是主动要求请托人请喝。无论哪种酒场，常常是一请一群。酒场上，勾七扯八，你是我的同学，他是你的朋友，或者朋友的朋友。就这样，通过酒这个媒介，让一些没有关系的人，有了关系。有了关系，日后，可能就相互利用了。

李俊杰买过笔往回走，头脑中一直回想刚才那一幕。胡大伟原来是被万检空头许诺的专职检察委员会委员。所谓的空头，应该是没有经过正常的组织程序考核和任命的。这样的许诺，一是造势，二是为以后的考核做铺垫。作为一个检察长，应该有基本的组织观念，怎么会许诺一个让大家都知道且未来不一定能实现的准班子成员的职务呢？这样许诺的原因，无外乎是胡大伟确实表现好，是后备领导干部的人选，或者是极力巴结讨好的结果，或者是有什么把柄被胡大伟抓到了，怕受什么威胁，因此，才利用一把手的权威，作出违反组织原则的事儿。听刚才胡大伟被骂的情形，加上赖明生案件中胡大伟的嘴脸，胡大伟肯定不是一个德才兼备的人。那万检又是一个什么样的人呢？人前表现得义正词严，人后却狠劲踢上一脚的人，又有什么可信度呢？

李俊杰翻飞的思绪，仿佛又回到了曾经工作的法院。有个号称"老油条"的副院长，与他交谈简直是一场绕口令游戏。这个"老油条"是个军转，初中毕业去当兵，到营长级别转业到地方，对院长，表面上总是奉迎。有一次开班子会，他为了强调对院长的拥护，全然不顾有女同志在场，说："我们要团结在以院长为核心的班长身边，就像鸡巴毛围绕鸡巴一样。"在背后却这样议论院长："这货整天说到某地去干某事，出某差，带着财务人员，出啥差呀！"同事在他那里，就像在天平上称过一样，三六九分得很清，哪些人是他任意嘲讽的，哪些人是他小心翼翼关心的，都表现得淋漓尽致。当某件事合他的心意时，是一套说辞，同样的事情，若不合他的心意，又是另一套说辞。在审判委员会上，他发表的观点特接地气，明明是证据与事实有很大分歧的案件，他一开口就是："刚才听了汇报，这货是个赖种，就不是个东西，不判他不足以平民愤，这要在古代，剥皮都中。"就是这样的人，在副院长的位置上，混得如鱼得水。每天串几场酒场，第二天在单位炫耀似的说昨天喝酒又多了，这个人酒风不行，那个人多灌了他两杯。就因他是副院长，许多人对他说的话，也就附和。当组织部门对年龄到站的他谈话时，他一边去申诉，说自己为了当兵，年龄改大了，要纠正；一边说法院是专业性很强的单位，不能适用组织部门年龄一刀切的规定。说到动情处，竟不顾体面，在比他年轻十几岁的组织部部长面前，哇哇大哭。

想到那个副院长的样子，李俊杰竟不由自主地笑了出来，惹得路人都对他侧目。

回到宾馆，李俊杰继续翻看王君卓写的材料。

65

　　在机场，东方晓、王佳蕙与东方依然告别。在过安检之前，东方依然又飞快地跑了回来，抱着两人各亲了一下。东方晓注意到，那个美丽活泼、不知忧愁的女儿，在与他们吻别时，虽然笑着，眼中却有泪。天底下的父母子女，心都应是相通的。东方晓其实是希望有这么一个吻别的，但真的面对时，心中却有难言的失落，与王佳蕙返回的路上，两人的心情都有些伤感。

　　送走了东方依然，东方晓感觉，感性的王佳蕙比自己更失落。常年为案件奔忙，东方依然更多的是由王佳蕙教育陪伴。女儿的优秀，离不开王佳蕙的付出。东方晓想在家多陪陪王佳蕙。却被王佳蕙催着去颖州了。善良、贤惠、温婉、知性的王佳蕙，让东方晓如此满足与依恋。近 20 年过去，工作几经变动，人生几度变迁，但爱，却依然如昔。

　　东方晓再次踏上了回颖州的路途。

　　东方晓不在颖州的日子，李俊杰一个人吃饭，会见，看材料，也倍感孤独。法律人，虽然从事的是理性的工作，但内心深处，却充满了感性。就是这份感性，让冰冷的法律变得有了温度，有了温情。法律对平安的守护，因着法律人的慈悲而被信仰，但现实中，却有如胡大伟一样的司法人员，将法律用作个人牟利的工具。

　　通过赖明生的案件，李俊杰与徐洋有了交集，通过徐洋的行为，李俊杰进一步看到了女人的坚强。因此，李俊杰和徐洋似乎成了可以说话的朋友。

　　赖明生的案件，法院建议检察院撤回起诉，否则，有可能作无罪判决。但胡大伟认为，这是对法律认识的不同，坚决不同意撤回。法院对赖明生作了取保决定。赖明生被取保的消息，徐洋第一时间就告诉了李俊杰。作为赖明生曾经的律师，李俊杰决定和徐洋一起接赖明生出看守所。

经过了侦查，起诉，延期，退查，再起诉，延期，退查，赖明生被取保候审时，已历时将近一年。一年中，法学教授赖明生用自己的实践，真切地感受到了人治的悲哀，他看人的目光不再像过去那样睥睨，看守所的教育，让他变得有些诚惶诚恐。

李俊杰在东方晓遭遇诬陷的那个小饭馆招待了赖明生。几杯酒饮下，赖明生竟失声痛哭。李俊杰默默地陪着，没有问询，也不劝阻。等赖明生平静下来，李俊杰开始了与赖明生的交流。

法学教授的赖明生，曾是颖州市公检法一把手的座上客，但成为囚徒的赖明生，每一个人都唯恐避之不及。胡大伟那样的办案人员，在过去，赖明生是不会放进眼里的，就是这样不被放进眼里的胡大伟，却左右了赖明生近一年的命运。

在饭桌上，赖明生给李俊杰讲了他在看守所听其他人说的关于胡大伟的事情。

胡大伟初中毕业就当兵去了。在部队，其父亲通过关系让他上了军校。军校毕业后，他转业到了地方。原本被安排到企业的胡大伟，其父亲再次通过关系给他安排到了锦绣区检察院。在检察院工作中，胡大伟又通过所谓的培训，弄了一张自考大学法律本科的文凭。有了法律文凭的胡大伟，自认为比别人强，是官宦子弟，又是军校毕业，且自学获得了大学法律的本科文凭，在单位理应受到重用。奈何其当官的父亲因男女关系，被组织调整到了一个单位做无权势的闲官。胡大伟也少了一个靠山。胡大伟崇奉的信条是老子英雄儿好汉。其父亲的级别做到了正处级，自己的目标也应是处级干部。于是，单位每次选拔提升副科级干部时，胡大伟削尖了脑袋，给能左右自己升迁的人送礼。但群众投票总过不了关。胡大伟在单位20多年了，依然是个科员级别。胡大伟是不甘心的，胡大伟是充满欲望的。当万检到了锦绣区检察院后，胡大伟利用多方关系，成了万检的嫡系。万检的一个亲戚，参与非法集资，在一个房地产公司放了200万元吃

3分的利息，因该房地产公司资金链断裂，无法再兑付本金和利息。胡大伟知道后，暗示和要挟公安的办案人员，强行将该200万元给兑付了。这样，又加深了一层和万检的关系。万检投桃报李，在没有获得组织部门批准前，就迫不及待地在院班子会上给胡大伟任命了所谓的专职检察委员会委员。有了这样的官帽，胡大伟更加不可一世，凡事都想自己说了算。在锦绣区检察院，形成了万检不听其他副职说的话，唯听胡大伟的汇报与报告的局面。胡大伟利用自己受万检重用的优势，在所辖区域，动辄要脱公安办案人员的警服，或是威胁说要监委查处行政执法人员。利用检察机关的法律监督权，让一些不该立的案件，强令公安立案，立案后，当事人给其送礼，他再作不予批捕的决定。这样的事情，让辖区的公安机关怨声载道，但又无可奈何。赖明生在看守所认识的几个犯罪嫌疑人，差不多是二进宫的，这些人，都与胡大伟打过交道，都领教过胡大伟的厉害。有时候，胡大伟会收受案件当事人双方的好处，最后，胡大伟会对送礼少的一方，威逼利诱，让案件能做一个和解或谅解的折中处理。更有甚者，一起因要债而引起的非法拘禁案，胡大伟在收受了债务人20万元的好处后，不惜将债权人全家一网打尽，连债权人还在上大学没有参与该案的儿子，胡大伟也利用所谓的法律监督权，让公安机关立案抓捕，债权人为了破财消灾，和债务人达成了放弃130万元债权的谅解协议。案件经过一波三折后，最终做了不诉处理。经过胡大伟的"秉公执法"，债权人一家近乎倾家荡产，生活由小康陷入了困顿。

听着赖明生的讲述，李俊杰也充满了愤怒，他气愤地问："这样不守职业底线的人，怎么能在检察院这个冠以'人民'二字的机关作威作福？"

赖明生叹了一口气，说："有时候，领导未必不知道胡大伟的德行，但牵一发动全貌，如果处理一个干警，那受影响的不只是一个人，更是一个单位，许多干警的福利也会因此而受影响。况且，那些得了他好处的人，哪里会去告发他，被他祸害的人，又因害怕而不敢告发他。"

李俊杰说："我相信，在法制日益健全的过程中，这样的人，会受到应有的惩处的。"

在一旁的徐洋一直没有插话，听了李俊杰的话，她幽幽地说了一句：

"等着吧，快了。"

徐洋的话，让李俊杰好像明白了什么。他没有接着问下去，而是继续吃饭。

吃完饭与徐洋和赖明生告别，李俊杰回到了宾馆，等即将回到颖州的东方晓。

66

在宾馆，坐在电脑桌前，李俊杰对照王君卓的卷宗，一边分析王君卓的案件，一边比对王君卓写的材料。谚语说："人之将死，其言也善，鸟之将亡，其鸣也哀。"卷宗里的王君卓，其忏悔中有强烈的求生欲望，对有些问题，尽可能地迎合办案人员的调查与讯问，这些迎合，有些甚至违背常识与逻辑。像礼金问题与真正的行贿问题，不同的人应该是有区别的，可是，最终的结果，都达到了相对的统一与一致。有些行贿人开始的证言数额较小，而王君卓的供述数额较大，最后统一为数额较大的。有些行贿人开始的证言数额较大，但王君卓的供述数额较小，最后也统一为数额较大的，这些，有指供或指证的嫌疑。多年的刑事法官经历，让李俊杰知道，这些写在纸上的言辞证据，有一定程度上的不可靠性，但这些证人是不会出庭的，缺少了当庭质证的机会，最终的不利结果，在反腐的大形势下，只能由被告人承担。律师虽然有找当事人核对证据的权利，但相对于公权力的取证，很大程度上，法官是不会采信的。尽管如此，相对于某件事来说，有供有证，或有证有供，大方向上，对案件事实的认定与定性，应该不会有大的出入。因为，当犯罪数额达到一定标准时，多与少，其实没有多大的差别。死刑虽然写在职务犯罪的条款里，但比照国际社会的司法惯例，一般也就是体现在文字上，基本上已处于休眠状态了。千万元与一亿和两亿或者更多亿的受贿结果，只要认罪真诚，积极退赃，一般就死不了。可被告人在巨额的犯罪数额面前，对那条虽然沉睡但依然如达摩克利斯剑一样悬在头顶的条款，依然畏惧。因此，迎合办案与真正或假装的忏悔，就成了贪官求生表演的一个重要部分。这个表演，不管演技水平如何，无不掏肺剖心，读着恶心，看着痛心，想着费心。往昔的颐指气使与阶下囚的可怜万端，让贪官做人的尊严几乎丧失殆尽。王君卓的性格好像分裂了一样，或许其也认识到了自己的身心变化，他写给东方晓与李俊杰的材料，字里行间，不再有迎合，不再有卑微的乞求，不再有生的欲望，有的，是真实的反省与内心感受。李俊杰看得心隐隐有些酸楚。他从电脑前站起来，为自己泡上了一杯浓得发苦的毛尖，看着茶叶在杯中的浮沉，眉头凝结起来。

一杯茶还没有喝下去，他听到了敲门声，东方晓回来了。

或许还没有从送走东方依然的失落中调整过来，或许是旅途奔波的原因，东方晓看起来有些疲惫。

接过东方晓的包，李俊杰问："喝什么茶?"

虽然疲惫，东方晓依然想保持风趣，对李俊杰说："看你杯中的茶这么浓，肯定有什么让你需要提神与思索的问题，来，给我也如法炮制一杯。"

李俊杰给东方晓也泡了一杯浓得发苦的毛尖，递到了东方晓的手中。东方晓呷了一口说："好家伙，好苦!"

李俊杰说："苦若恰到好处，还有变甜的可能，若是苦得化不开了，那只有苦下去了。"

东方晓说："嗬，我不在的这几天，你是不是也不办案，改读哲学了?"

李俊杰说："猜得真准，读了两本现实版的哲学，一本是赖明生的，一本是王君卓的。"

东方晓说："估计都差不多，人们常说的感同身受，其实不真正身处其境，所谓的感同身受，也就是一句骗人的好听词语。赖明生与王君卓，都经历了失去自由甚至做人尊严的过程，有些感受，应该相通。只是赖明生作为一个做学问的人，还有许多不确定的选择，而当官的王君卓，即使出了监狱，其选择估计也很有限。相比而言，老实做学问，更有出路。因此，赖明生的苦茶或许会变甜，而王君卓的苦茶，不好变甜了。"

李俊杰说："咱俩读的一样的版本，不过，我比你还多看了几页，赖明生这家伙，在对徐洋的选择上，绝对有先见的眼光。这次，要是依咱俩的方法，估计赖明生到现在还出不来，徐洋这女人，我真要刮目相看了。这次，她真正做到了智慧与容貌相统一，赖明生有她，也算三生有幸了。"

东方晓说："你过奖了吧，人的潜能，在某种程度上会被最大限度地激发。兔子被逼急了会咬人，狗被逼急了还会跳墙，徐洋这次可能是置之死地而后生，那是为了救赖明生，不惜孤注一掷了，和智慧，还是有差别的。"

李俊杰说："东方，你是戴着有色眼镜看徐洋的吧？这次，真的不一样。"

东方晓好像扫去了疲惫，听李俊杰这样说，一下子来了精神："说说，有什么不一样？"

李俊杰将杯中的茶又冲了一泡，将赖明生取保候审后，他请赖明生吃饭的过程与吃饭中徐洋的表现给东方晓叙述了一遍。听完李俊杰的讲述，东方晓挑了挑眉毛，开玩笑说："不会是和石婉玉联想起来了吧。"

李俊杰说："你这思维跳跃得如火箭了。不说了，你休息一下，然后看看王君卓写的材料。"

东方晓说："这么浓的茶，能让我休息吗？拿来，我还是看材料吧。"

67

放下王君卓在看守所写的材料，东方晓的头脑中开始回放王君卓从阳春到暮秋的情绪变化过程。

初次收到王君卓的委托信，里面的内容有无奈与对现实的不满，有通过东方晓的辩护给自己找一个在同学与老师面前挽回些许面子的托词，有对改变现实的以身说法，有对未来的希望。这次的材料，让东方晓意识到，王君卓应该是万念俱灰，生命对他只是一个暂时的过程，他已接受了被他竭力贴近服务的组织抛弃的现实，他已接受命运对他的安排，他已看开了人情对他、他对人情冷暖的因果，他想利用这个过程，为王君辉做一些力所能及的事儿，以表达自己对手足亲情的忏悔。

东方晓明白，这前后变化的人，都是真实的王君卓。真实的王君卓，何尝不是现实中许多人的翻版。那受贿行贿的事实，那插手许多事情的事实，那男女关系的事实，如果换作他人是否能做得更好？

立体的王君卓再一次在东方晓的眼前呈现。

早已在官场游走的王君卓，遇到了其上任正处级管委会主任后的第一次尴尬和屈辱。

主管城建的朱副市长生病了，在市医院一个特殊的家庭病房里治疗和办公。

那间宽大的病房里，冰箱、彩电、洗衣机、办公桌、健身器、厨房、卫生间一应俱全。因是病房，房间里堆满了各种鲜花、水果和饮料。王君卓带领管委会的班子成员前来探望，办公室主任精心挑选的鲜花捧进房间立即就淹没在众花中间了，王君卓点首哈腰上前问候，朱副市长躺在宽大舒适的双人床上，一边挂着吊瓶一边翻阅一份文件，看到王君卓一行人进来，眼睛只抬了一下，继续看文件，一群人围在床前，朱副市长有些不耐烦。王君卓说："朱市长，我们区的拆迁工作让您受累了，这次生病，与我们有一定的关系，您可一定要保重自己的身体啊！"朱副市长说："你来干什么？你做好自己的工作比来看我强多了，大王村的农民阻挡拆迁，要是拆迁不能如期完成，影响了外商企业的进驻，你的官帽能否保住都难说。"王君卓说："是，我回去马上办，我会立即组织公检法，研判一下，拿出一个切实可行的解决方案。"朱副市长有些愠怒，说："那还不快走，这里不需要你。"正说着，绿城房地产公司的老板李宏推门进来了，径直走到朱副市长的床前，开玩笑说："哥哥，你躲到这里来享清闲了，革命事业正需要你，你可不能装病啊！"朱副市长一改对王君卓的严肃，也随即换上了一副笑脸，也用开玩笑的口吻说："还不都是因为你嘛，我这次生病的费用，你可要给我报销了。"李宏说："哥哥，你们厅级干部的医疗费要是能让我报销，那可是太给我长脸了，你让我一下子高大上到国家公立医院的位置了。好，听哥哥的，这拆迁一完成，咱立即启动医院大楼的项目，以后，咱建的医院，就是哥哥的医院。"朱副市长说："你这小子，狗嘴里吐不出象牙，你这是咒我生病呀！"王君卓插话说："李老板，刚才朱市长还在批评我拆迁的情况呢。"李宏这时好像才注意到王君卓一行似的，抱拳作揖说："啊，王主任，那就拜托您了。"朱副市长又催促道："王主任，你们快走吧。"王君卓只好告辞，说："那，我们走了，您多保重。"

王君卓本想趁大家出门后，将准备的红包掏出来送给朱副市长，可被李宏一掺和，就没有机会拿出来了。

走出医院的大门，坐在车上，王君卓为刚才的事儿闷闷不乐，心想，李宏只不过是个挂羊头卖狗肉的房地产公司，只因为公司里面聘用的总经理是出口转内销的新加坡人，且这个人占有了一部分股份，据说这部分股份还是李宏个人出的，哪里是什么外商企业，因要在龙山新区搞开发，就算做了招商引资项目。按照拆迁的相关规定，李宏的开发应当先缴纳一定的保证金，用作前期的拆迁费用，但因其是外商企业，一切就特事特办了。龙山新区也没有那么多钱，因此，无法对拆迁户补偿到位，那些拆迁户因拿不到钱，就一直闹着不搬离。前期动员搬走的搬迁户，又再次搬了回来。政府没有钱，办什么事儿都难。看李宏与朱副市长的关系，应该非同一般。这拆迁的事儿，只得硬着头皮做了。

看王君卓心情不好，坐在副驾驶位上的秘书说："主任，你看，我们是否需要按照朱副市长说的，让公检法抓几个人，震震那些闹事儿的人？"

王君卓骂道："奶奶的，什么事儿都用抓人来解决，还讲不讲王法了？"

虽然这样骂，但还是对秘书说："你让办公室通知公检法的人，下午一上班，就开联席会，你先拟定一个方案。"

秘书说："好，我马上办。"

司机小王说："你们开会时，我和李宏的司机在一块儿聊天，听说朱副市长的小舅子也在绿城公司工作。"

王君卓说："啊，有这事儿。怪不得他们那么熟呢。"

68

　　在管委会会议室，由主管城建的副主任主持，公检法就拆迁的推进工作召开联席会议。公检法参加的不仅有主管刑事案件的领导，还各自带了一名办案人员。

　　副主任将外资企业绿城房地产需要在大王村开发，大王村村民阻挡拆迁的情况讲了一下。之后，各参会部门发言。公安的人说，村民阻挡拆迁，又是聚众，可以按聚众扰乱公共秩序罪来刑拘他们。副主任说："对，可以将那些阻挡拆迁跳得高的，带头的给抓起来。你们去摸排一下，将目标锁定几个。"检察院的人说："若是事出有因，拆迁补偿不到位，群众维护自己的利益，即使聚众，估计也不一定能达到犯罪的标准，聚众扰乱社会秩序或生产秩序，是对社会秩序的破坏，若不是破坏社会秩序，很难界定为犯罪。"副主任一听，有些恼火："政府搞拆迁，是为了群众的利益，搞开发，是为经济发展，这些刁民，为了多得些补偿款，就闹着不拆迁，这不是扰乱社会秩序是什么，难道是维护社会秩序不成？公检法的首要任务是什么？是讲政治，讲大局。"检察院那个人还想说话，被旁边的检察长用眼神给制止了。接着，法院的人发言，法院的人说："如果涉嫌犯罪，起诉到我们法院，我们一定会判。拆迁群众维权，如果方法不当，可能涉嫌寻衅滋事罪、聚众扰乱社会秩序罪、聚众扰乱交通秩序罪等罪名。公安在侦查的过程中，可以围绕罪名取证。"公安的人说："他们是自发组织的，哪块儿要拆迁，他们就阻挡哪块儿，聚众的首要分子很难找到，没有首要分子，那积极参加者也不好弄，还是法院提醒得对，我们可以考虑用寻衅滋事罪来立案。"检察院那个发言的人说："寻衅滋事罪，作为一个口袋罪，虽然可以装许多东西，但一定要按两高司法解释的条款来执行，否则，即使刑拘了，也很难达到逮捕起诉的标准。刑法有谦抑的原则，打击的手段与方法不止一种，刑法是最严厉的，也是最后的保障线，在处理拆迁问题时，一定还要考虑法律效果与社会效果的统一……"检察院的发言很快被副主任打断了："你不要说那么多了，这次就是要抓几个人，杀鸡儆猴，拆迁任务一定要保证如期完成，具体怎么办，你们运用自己的智慧来解决。"检察长发现副主任对检察院的发言很不满，就打了一个圆场："我们一定会配合好区里的中心工作，要依法打击阻挡拆迁的违法犯罪，刚才公安与法院已表态了，我也表个态，只要法院能判有罪，公安将案件送过来，我们一定会快捕快诉。"副主任笑了："还是检察长站位高，你们三家再一起研究一下，看下步如何抓人。"

王君卓坐在主位上，看着公检法的表态，心中有一种不屑掠过。寻衅滋事罪，这个从流氓罪继承过来的犯罪，是公权力打击不听话人的一种有力工具。披着外资企业外衣的绿城公司空手套白狼，在没有一分钱的情况下，把农民赖以生存的家园拆迁，拆迁后，以地做抵押向银行贷款。近年来，国家对银行向地产方面的贷款正在收缩，若是国家政策有变化，银行贷款不能及时跟上，那时，失却家园的农民将该何去何从？现在的情况是，补偿款一分没有，租房的房租也没有着落，假若置换一下位置，在座的人又能比农民高尚到哪里？又能采用什么样的措施来维护自己的利益？可是，在座的许多人，没有一个人论证到这一层，那个副主任的态度，已不是一个政府工作人员来协调解决问题，面对专业的公检法，他简直就是在行使强权，享受政府权力对公检法作为工具利用的快感。虽然从事多年的行政工作，与法律专业渐行渐远，王君卓很清楚，法律工作作为一项专业性很强的工作，远不是副主任让公检法怎么办公检法就应该怎么办的，法无明文规定不为罪，罪刑法定，是刑事法律的基本原则，遇到问题，就用寻衅滋事这顶帽子给扣上，那不仅是法治的悲哀，更是法律人的悲哀。今天的会议上，王君卓看到了公检法在副主任面前的低头，他无奈地好像不经意一般轻微皱了一下眉头。但是，作为主政一方的官员，他又能怎么做？于是，他就用官场惯用的官腔，对在座的人员讲了几点冠冕堂皇的意见，无外乎是要大家讲政治，顾大局，依法合规地做好拆迁工作，为绿城这个外资企业的进驻，创造良好的法律环境与营商环境。

公检法在颐指气使的副主任面前的样子，让王君卓想到自己在朱副市长面前的孙子模样，悲哀再次在王君卓的心头涌起。

会议结束后不久，副主任就向他汇报，说有几个参与上访的大王村的农民，已被公安机关以寻衅滋事罪刑事拘留，检察院已提前介入。拆迁队已拆除了几处房屋。王君卓听后，假装很高兴地说："有力度，下步就快速推进吧。"

绿城的拆迁事件，让王君卓想到君辉的公司，在房地产开发中，是否也是这样？于是，王君卓在下班后，约上王君辉到外面走走。

69

王君卓坐在副驾驶上，王君辉开着车，漫无目的地向城外驶去。

虽然是亲兄弟，但兄弟俩有很大的不同。王君卓的个性肆意张扬，王君辉的个性内敛木讷。王君卓的外貌精明油滑，王君辉的外貌憨厚老实。即使在只有两个人的场合，王君辉也很少开口说话。

王君卓给王君辉讲了绿城公司开发大王村的情况，讲述中，王君卓气愤地说："什么外资企业，还不是挂羊头卖狗肉的中国人开的公司，一分钱都不拿，仗着有关系，就空手套白狼，简直是坏良心。"

王君辉说："这几年，到处搞招商引资，能引进外商企业，是任务，听说要考核的。招商引资有许多优惠政策，很多公司都在利用这一优惠政策，将自己的公司注册成了外资公司。你刚来，可能有些情况还不太清楚，慢慢地，你也会这样做的。"

王君卓说："既然招商引资，那就得引实力雄厚的外资，引一个假外资，这不是自己坑自己吗？"

王君辉说："外来的和尚好念经啊！我就有一家外资公司，注册在太平洋的一家小岛上，那个注册地的名字，我总是记不全，是高建伟运作的。"

王君卓问："那钱是谁出的？"

王君辉说："这还不明白嘛。高建伟的妻妹任丽娟是法人代表，任丽娟现在是外籍华人。涉及高卫国与高建伟这一块儿，都是以这个外资公司来进行的。"

王君卓说："你能赚到钱吗？"

王君辉说:"少贴一些就非常好了,哪里会指这个赚钱。他父子俩的胃口都比较大。现在做生意,没有靠山,什么都做不了。一个项目一旦启动,五花八门的单位就会来找事儿,仅是环保、消防、质检、人防等,就让人应付得头痛,有了高卫国父子,很多事儿一个电话就搞定了。但是,涉及大额资金的事儿,那是真金白银,还要操许多心。仅银行贷款这一项,就要经过许多环节,即使给一把手打招呼了,因为具体事儿是下面办的,哪个门少进了,你找他们时,他们就说有事儿,就会让你损失很多,因此,很难的。"

王君卓沉默了一下,问:"你为什么不开发大王村的项目?"

王君辉说:"帽子下面扣个头,有时,狗都得当人。大王村的人不太好惹,那个村里曾出过一个将军,虽说这个将军从出去后就没回来过,但是,也是一个对外的招牌,要是真出什么事儿了,不太好摆平的。再说,那又是你的地盘,我不想给你惹麻烦。很多事儿,人在做,天在看。兔子急了还咬人,不要将别人逼得太狠。"

王君卓问:"你了解绿城公司的情况吗?"

王君辉说:"都干这一行的,底细差不多都知道。李宏在颖州市主要靠的是朱副市长,听说朱副市长有个哥很有实权,因此,李宏敢在大王村动土。"

王君卓将去医院见朱副市长的事儿给王君辉说了一下。王君辉说:"人都势利,我与朱副市长的关系也可以。要是不跟他搞好关系,项目上的事儿,给你使绊子,也是很难受的。你虽然在官场上混,还是不太了解他。一般人他根本不放眼里,你今天去,又带了一群人,你可能认为是人多了好看,其实,朱副市长根本就不需要这样的虚荣,他需要的是硬货。你今天就是拿东西给他,他也不会看到眼里,你不要太在意了。我们去看他,都是给他的银行卡,银行卡上的名字,都是找的公司里不起眼的员工或员工亲戚的身份证办的,给他时,背面用铅笔写上密码就行了。"

听王君辉这么一说,王君卓对探望朱副市长一事有些释然了。晚上,王君辉带王君卓在深山一处温泉泡了一个澡,当天住在了山里。

晚上,躺在山间一别墅式的宾馆里,听着外面的阵阵山风,王君卓陷入了沉思。王君辉是他一母同胞的兄弟，可是，他对这个兄弟的了解却太少了。

第二天，天还没亮，王君辉接到一个电话，是任丽娟打来的，说有重要的事儿与他商量。于是，弟兄俩在上班前回到了市内。

忙过一段时间之后，王君卓想到了任丽娟打给王君辉的电话。于是，打电话问情况。王君辉在电话里说："没事儿，任丽娟近期要到国外生孩子，有些事情需要交接一下。"

大王村的几个村民在被刑事拘留一个月后，很快就被检察院批准逮捕了。起诉到法院后，没有一个认罪的。法院对他们作了有罪判决，上诉后，中级人民法院维持了一审判决。王君卓悬着的心放了下来。可让王君卓没有想到的是，这些被判刑的农民，竟像打不死的小强一样，刑满释放后，竟又开始了新的上访。且这上访，也是导致王君卓被查的因素之一。

任丽娟在国外生了孩子后，开始通过地下钱庄，将一部分资产转移到国外，还有一部分资产，通过在国外设立的公司，进行了转移。

就在任丽娟将资产转移得差不多的情况下，有传言，高卫国被举报，可能要接受省纪委的调查。于是，王君辉很多时候，不是带着高卫国住在省城，就是和高卫国走在去省城的路上。

在高卫国接受调查期间，王君辉的一些项目，流动资金出现了困难。无奈，王君辉开始了高息融资。

70

王君卓猜测，王君辉流动资金出现困难的情况，应与高卫国有一定的关系。但王君辉在王君卓面前从不提起。王君卓有一种不祥的预感，觉得王君辉陷入了一口深井中，想爬出来，除了井壁的湿滑，还有人蹲在井口，看着他。

王君卓想编织自己的网，这个网，不仅要有助于自己的仕途，更是为了王君辉不再更多地受制于高卫国父子与任丽娟。

网的编织，太难了，需要的不仅是一根根用钱打通的线，每扩大一圈儿，都要付出代价。原本还想坚守些什么的王君卓，没有了坚守，收钱，送钱，成了一个循环的怪圈儿。仅有这些还不够，还要有所谓的政绩工程，面子工程。于是，王君卓的身边，开始有了商贾的环绕。前途，如幻梦一般，在眼前展开，切近模糊，遥远现实。王君卓仿佛也掉进了一口井里。

因为帮李宏的绿城房地产公司完成了带血的拆迁，李宏为表示感谢，在颖州市一豪华大酒店请龙山新区班子吃燕翅鲍，用高脚杯将一瓶瓶茅台灌下。王君卓发现，那些平时钩心斗角的班子成员，假装喝兴奋的样子，在酒桌上疑似前世的同胞兄弟一般，相互敬酒，好像要彼此掏心窝子一般，说体己的话。其中一个副主任敬酒时，对另一个委员说："兄弟，恁哥敬你一杯，也跟你说说心里话，你和恁哥有一个共同的毛病，就是太直，太较真。这样好不好呢？也好，也不好，来，干了这一杯。"那个委员，感激地端起杯子，说："我一直把您当成亲哥，是您栽培了兄弟，您教会了我许多做人做事儿的道理，包括我曾经的手下都感谢您，您的严格要求，让他们都受益匪浅。"王君卓笑着看着，觉得这好像是演戏一般。全区的人都知道，因为这个委员好告状，前任的主任为了安抚他，就给他宣布了一个委员的职务。让他协助副主任主管城建。区里大大小小的领导，没有不被他以这样那样的方式举报的。作为一个男人，活得像一条狗一样，见到对他有用的上级就极尽巴结之能事儿，一旦他觉得他巴结的人没有用处了，就会无中生有或夸大其词地诋毁。他为了表明自己的正直，在一次饭桌上，对大家说，前任的党支部书记，在他入党的问题上卡他，不送礼就不让他入党，有一次，过春节时，这个党支部书记向他索要许多挂历，说老家的亲戚多，过节了，没什么东西送，想送十几幅挂历，他就施舍一样送给那个党支部书记 500 元钱。那个党支部书记接到他的 500 元钱，就笑逐颜开地说："你入党的事儿，包在我身上了。"大家听后像听笑话一样，哈哈大笑。他曾为解决副科级的事儿，给前任的党工委书记送了一台净水机，最终没有解决，他很生气，就找这个党工委书记要退还。这个党工委书记无奈，就以多出净水机几百元的价格以现金形式退还给他了。就是给他敬酒的这个副主任，也是被他举报过的。这个副主任气得曾骂他祖宗十八代，但今天，却要借酒冰释前嫌一样。王君卓看到过许多官场的嘴脸，但这样的表演，还是让王君卓开了眼界。因为这是条恶狗一般的男人，王君卓对他也有些小心，尽管如此，王君卓还是听到了他在背后对自己的诽谤。酒桌上的气氛好极了。王君卓也难得在全体班子成员面前如此地尽兴一次。每人的敬酒都从他开始，每人到他面前都极尽奉承之能事。夸他领导有方，夸他以诚待人，夸他开拓创新，夸他恪守原则，说在他的领导下，弟兄们一定会团结一心，让龙山新区的工作再上新台阶，争取各项指标都走在全市的前列。

　　酒席结束了，办公室主任在王君卓耳边小声说："李董事长说这段时间大家辛苦了，有些小礼物给大家表示一下，您看行不行？"趁着酒劲，王君卓也发现有些人在侧耳想听些什么，就大声说："好啊，那你得好好谢谢人家。"于是，在散场时，李宏的司机从自己的车上给大家每人搬了两件茅台酒，送了一个信封。李宏用手遮着车门的上框，送王君卓上车，王君卓一上车，就立即催促司机快走。在车上，司机告诉他，李宏的司机给他的车里装了四箱酒，其中一箱说是老酒，让王君卓自己喝，千万不要送给他人。回到家里，司机将酒给搬了进来。司机走后，王君卓打开了那箱老酒，发现那是满满一箱的钱。这一箱钱，让王君卓欣喜，但也充满了忧虑。这一箱钱，是大王村被拆迁百姓的牢狱与血泪，以后，为这一箱钱，王君卓也成了一条被李宏喂过的狗。不收，驳的不仅是李宏的面子，更是副市长的面子，收了，也许会通过这样的方式，加深与李宏的关系，进而拉近和副市长的关系，李宏有背景与实力，说不定也会为自己的升迁提供一些关系的支持。关系要联结，但编织关系网的每一根丝，没有钱，是编不起来的。矛盾的王君卓，无法入睡。于是，他打开了一瓶茅台，仰头灌了几口。

71

　　大王村那个少小离家的将军，数十载不曾回过这片生他养他的故土了。这次，在颖州市老促会的努力下，大王村南面的山上那座建了数年的抗战纪念碑终于落成了。老将军受邀回来参加落成奠礼。

　　抗战的后期，李先念领导的新五师，在大王村附近的山上，曾与日军展开了一次激战，那场战斗，异常惨烈，七天七夜，整整一个营的主力，牺牲在了大王村的山头，许多战士，还未成年，其中一个战士，年仅 13 岁。为了弘扬抗战精神，传承红色基因，老促会经过多方协调，在大王村抗战的遗址上，建起了这座纪念碑。

　　作为主政一方的官员，王君卓放下一切工作，全力陪同将军视察故土的山山水水角角落落。将军每走一步，抚今追昔，都会由衷地发出感慨。变化太大了，过去贫瘠的故土，竟被打造成了现代化的都市。

　　将军是平易的，在视察中，不要警车开道，不要前呼后拥，不要打扰群众的生活。说这是自己的家，他要随意地走走、看看。让王君卓他们忙自己的事儿，不要为他耽误时间。

　　一天早上，王君卓到办公室安排好自己的工作，匆匆赶往将军下榻的酒店，发现房门锁着。一问，将军带着自己的随行人员一大早就出去了。王君卓久等不见将军回来，分析将军可能是回他村里去了。

　　王君卓急急地赶往大王村。村里静悄悄的，村里的年轻人大多外出打工了，在家的大多是老人和孩子，孩子们也大多上学去了。王君卓在接到将军要回故土的通知后，就做足了功课。在村里，将军家早已没有直系亲属了。仅有的几个近族，也早已出了五服。将军会到谁家去呢？王君卓和秘书、司机开着车漫无目的地在村里逡巡。终于，在房子最破的一家，王君卓看到院子里围了许多人。王君卓赶紧下车跑了过去。是将军，将军正坐在一张矮小的凳子上，和乡亲们拉家常。

　　将军是和蔼的，坐在许多年老的乡亲中间，没有违和感。说着久违的乡音，疑似在摆龙门阵。在穿着土气，满脸皱纹，面色黝黑的村人面前，童颜鹤发、穿着干净的将军又是那样与众不同。岁月的沧桑带给将军的是外在的高贵与内在的通透，没有虚浮，不饰容止。看到王君卓进来，将军招呼他在身边坐下来，给大家介绍："这是咱这儿的王君卓主任，大家有什么心里话，可以给他说说。"在座的人当中，有认得王君卓的，说："我们在电视上见过王主任，可就是没有见过真人，今天可算见到了。"紧接着就有人说："王主任啊，今天你也来到了我们村里，俺村里的拆迁，至今没有补偿，几个村民代表到区里上访，还被抓起来判刑了，这事儿你可得管管。"将军依旧亲切地看着王君卓，像是鼓励，也像是期待。王君卓说："近年来，由于政府财政困难，本来该由政府主导的拆迁补偿，都由开发商来做了。绿城房地产公司是市里招商引进的外资企业，在开发中，市里给了许多优惠政策，允许他们先拿地，后补偿。这事儿，我一定要给市里反映一下，他们的土地已摘牌儿，可以到银行贷款了。款项一到，我立即督促他们将拆迁补偿款到位。"村民说："王主任，你说话可要算数啊，我们的房子拆了，现在在外面租房子，地也没有了，只能靠打工维持生活，要是银行贷款到了，你可要尽快给我们落实啊！"王君卓连声答复好好好。

　　将军是亲切的。走出村子，和王君卓坐在车的后排座位上，将军语重心长地说："小王主任啊，你看，这些百姓多质朴啊，明明是我们政府工作不到位，他们的权益受到了损害，但还是表示相信政府，理解政府，等开发商的贷款到位，你可不能辜负他们啊！"王君卓有些心虚，但还是硬着头皮表态，一定会为老百姓主持公道的。将军说："法律的事儿，我虽然不懂，但是，我知道，法律也是世道人心的反映，群众的权益得不到维护，他们去上访，可能方式不对，但怎么就被抓起来判刑了呢？我们党提倡依法治国，但依法治国，绝不是治老百姓，而是党要管党，党员干部都要在法律的约束下行事，要做守法的榜样和表率，这样，才能做到依法治国，才能使国家长治久安，也才能告慰用鲜血换来今天幸福生活的先烈。"听着将军的话，王君卓的心头有热血涌动，不知不觉中，泪水竟爬满了脸颊。

将军完成了既定的行程。在与将军分别时，将军拉着王君卓的手，再次叮咛："小王主任啊，那个事儿，你可要记在心上啊！"

在高大威严的抗战纪念碑注视下，将军的车缓缓地驶离了大王村，将军的车走远了，而将军的嘱托，却也如那渐行渐远的车影，模糊且遥远了。绿城的项目早已拔地而起，而村民的拆迁补偿款，却还在王君卓与李宏的扯皮里。王君卓对李宏说了将军的嘱托，并说了自己的忧虑，怕处理不好，会引起将军的关注，那样事情就大了。李宏满不在乎地说："管他做什么，大王村又没有他的家人，一个过气的将军，他还能管得了现任的领导？你放心吧，等房子卖完了，就将补偿款给他们。"

李宏的话，让王君卓有一种不祥的预感。

72

在日日觥筹交错的虚伪应酬中，王君卓越来越烦躁。那些像苍蝇一样围在他身边的商人，带给他愉悦享受的同时，也带给他上当受骗的感觉。一次，李宏让他参加一个北京来的朋友的宴请。那个说着南腔北调蹩脚普通话的刘主任，说是来自国务院某部门，曾是领导的司机，现在专门负责领导的后勤保障工作，和差不多的大领导都能说上话，他认识的中组部的一个哥们儿，专门负责中部省份的干部考察与任免。酒桌上，李宏对他极尽巴结讨好之能事，反复讲他去北京时，刘主任对他招待的隆重。李宏说："乖乖，走南闯北，哥哥我也算见过世面的人了，但在北京，你对我的招待，那可真是让我最长见识开眼界了，陪坐的最小的官儿，就是国务院那个正处级的小秘书，才 28 岁啊，将来，肯定能做封疆大吏。"刘主任说："他是我的铁哥们儿，你要是想找国务院哪个部门办事儿，给他打一个电话，都是小事儿。"王君卓谦卑地坐在他的旁边，听他高谈阔论，不时给他夹菜，倒酒。他对王君卓说："王主任，听说你是正牌大学毕业的，有正规学历相对来说好提升，但是，没有人不行啊，我中组部那个哥们儿，下次来了，我给你引见一下。你要是有什么要求，给我写一下你的简历，我先让他熟悉一下。"王君卓将信将疑。正说话间，他接了一个电话，说是中原省澧源市的一个副书记的母亲要到北京 301 医院去看病，麻烦他安排一下。电话是免提，酒桌上的人听得很清楚。他说："没问题，你看哪一天去，我安排我的司机全程接送，我马上给 301 医院的主管副院长打电话，让他做好安排。"那个副书记王君卓是知道，因为王君卓上大学时的辅导员后来调到了澧源市给市委书记当秘书，他去澧源市看望辅导员时，见过这个副书记，只是当时这个副书记还只是组织部部长。这个电话，让王君卓打消了疑虑。刘主任虽然说话的口气很大，但人家确实是有实力的。这次酒后，他和刘主任互留了电话，以后，就也成了哥们儿。王君卓对他说了自己想升迁的愿望，他打包票说，没问题，他去打点。王君卓与他交流中，知道办这事儿，不是十万八万就行的。为此，王君卓亲自到北京找了刘主任，也见到了刘主任中组部那个哥们儿，王君卓临走时，将一个密码箱交给了刘主任。密码箱交给刘主任后，迟迟没有下文。王君卓再次产生了怀疑。正当王君卓为送出去的密码箱懊恼时，刘主任给他打了一个电话，说让他帮个忙。说是一个国家级领导的小舅子要到平原来，麻烦他接待一下。王君卓本想拒绝，但抱着好奇的心理，真的做了一次接待。那个领导的小舅子很低调，到平原省来是为了一个矿产项目，说平原省作为一个资源大省，尤其是贵金属的储量很丰富，国家现在鼓励个人开采，若是王君卓有这方面的资源，可以介入一下。王君卓从网络中知道这个小舅子是真的小舅子。能和他拉上关系，也不枉给刘主任送的那个密码箱了。为此，王君卓为了进一步跟刘主任加强联系，又给刘主任送了几幅名画和限量版的米芾写的字的拓片，让他带给那个小舅子，可最终的结果，王君卓只得听天由命了。

王君卓无以排解自己的苦恼。于是，他就有了一种堤内损失堤外补的心理。在单位，有些女干部看他一个人在颖州市，就不时地以汇报工作为由，表达对领导的关心。那种关心，有物质的，有肉体的。王君卓投桃报李，在两情缱绻中，各取所需。只是这样的事情过后，王君卓如饮鸩止渴一样，更加不安和忧虑。与此同时，他不时地收到在国外的女儿的催债信息，他所收受的各种关心，最终有一部分流到了国外。

王君卓常做一个掉进深井里的梦，看着上面的天，他无力爬上来，又没有人来救他。这时，他想拥有一种真正的属于家的温暖与真情。女儿的疏离，让他想要一个能传宗接代的儿子。于是，涉世未深的文一帆，成了他笼中的金丝雀。只有在文一帆面前，他觉得他才是真正的自己。

奈何命运的给予，都是有代价的。王君卓在自己的一方天地里，外表趿扈，内在苦闷。那一头承载着他青春与梦想的乌发在染霜的同时，竟大把大把地掉落，原本还可以地方支援中央，后来，竟变成了一个如长了一圈儿毛的瓢。那曾在篮球场上灵活驰骋的矫健身躯，也如孕妇一般挺起了肚皮。更让他梦魇一般的事情发生了。王君辉进了监狱，他也不时地风闻组织上要对他动手的消息。因为，大王村的村民在没有得到他承诺的补偿后，竟以不屈不挠的精神进行上访。后来，朱副市长在北京做副部级高官的哥哥因贪腐入狱，失却上层护佑的朱副市长，在高升一级后随即落马。王君卓真正感到了多米诺骨牌的效应，而推倒第一张牌的人，也许就是那个被李宏不放在眼里的将军。

73

　　东方晓通过材料看到的王君卓，是许许多多底层成长起来的王君卓的缩影。一个人没有发自内心的悲悯与善良，没有崇高理想信念的坚守，在监督形同虚设的环境里，边贪腐边升迁，就成为一种正常的现象。材料中的这些东西，在案卷中并没有反映。东方晓知道，当一个人两害相遇之时，权衡利弊，避重就轻作出最有利于自己的选择，是一种现实的思维。一般人尚且如此，更何况王君卓是受过专门法学教育的官员。这些东西，就王君卓的个性来看，那是烂在心里估计都不会对人讲的。现在，他通过材料的方式，交给东方晓，是否也是因为在羁押期间，身心遭到了极大摧残，是留给后来人反思的警醒。这些材料，是不能用来作辩护用的，律师的职责是为当事人作从轻减轻免除刑事处罚的辩护，而不是将掌握的不利于当事人的证据提交司法部门。王君卓收受与送出的钱与物，监委如果下大功夫，查清其中的有些情况应该不会有什么问题，因为，钱这东西，少了也许不好查，多了，就像人走过的路一样，是有痕迹的。与其肌肤相亲过的女人，虽说属道德层面，若是"日后提拔"，也是对干部任免规则的破坏，但这些女人，又何尝不是悲哀与无奈的。正在东方晓边看边思考时，李俊杰敲门进来，说到了吃饭时间。

　　吃过饭，坐在宾馆里，李俊杰将列好的询问王君辉的提纲交给了东方晓，东方晓只略微看了一眼，放在了桌子上。他将水烧上，准备给李俊杰泡茶。

　　李俊杰用很舒服的样子，歪在沙发上，问："王君卓写的材料你看完了吗?"

东方晓说:"看了一部分,后边的内容还没有看。"

李俊杰说:"王君卓通过北京来的刘主任,给相关的人员送的钱与物,若是查证属实,那就是立功了。"

东方晓说:"你是做过审判的,王君卓涉嫌的犯罪事实与相关情节,即使有重大的立功表现,按以往的司法经验,也只不过能减少一到两年的刑期,但也有可能会加重他的罪行,这样做岂不是得不偿失?更何况,他若知无不言,说不定会面临更可怕的后果。"

李俊杰说:"那他写这些材料的目的是什么?"

东方晓说:"伟大的人物,可以将其著述,放置高阁,等待传世,卑微的王君卓没有这么高尚,但作为一个小人物,他还是有情怀的。他这样做的目的,或许也有警示后人的目的,想为社会的文明与向好做些什么。"

李俊杰说:"若不作为立功用,那可就便宜了像刘主任那样的官场掮客与有些能打招呼、能左右一些人命运的大官了。"

东方晓说:"很多东西,是一个由量变到质变的过程,到了一定的程度,有些人会膨胀得自动爆炸的。天地不仁,以万物为刍狗,一切都会有报应的。"

李俊杰说:"东方啊,你还没有像有些科学家那样,科学研究到最后进入玄学或者宗教的地步,现在怎么竟这样感叹?"

东方晓苦笑了一下,摇了摇头,没有回答。

李俊杰说:"王君卓的材料中说,他为了和中组部的人拉上关系,不惜花费重金,那成箱子的钱,你说,刘主任会给他运作关系吗?"

东方晓说:"骗子是分层级的,越是水平差、能力低的人,没有直接关系的人,越爱炫耀。许多智商高的官员,之所以被他们忽悠,有时可能是抱着试一试、万一能办成事儿的心态来与他们交往的。且这些官员,钱来得容易,花出去,虽然心疼,但和老百姓靠血汗挣来的钱,还是有天地的区别。我相信,刘主任收到的钱,也不会全部都归为己有,他也要维系自己所谓的关系圈,肯定会花出去一部分的。只不过有些像瞎猫碰到死耗子一样,靠运气了。运气好了,也许能帮上忙,运气不好了,那钱也就白送了。"

李俊杰说："官位对王君卓竟有这样大的吸引力，他当一个手握实权主政一方的县官不是很好吗？"

东方晓说："在一个官本位的社会，官员的等级太分明了，有些人在死后的讣告上，都要强调自己是享受什么级别待遇的干部。许多人也许认为，这真是到死都想不开。其实，有谁明白，这张讣告，也是对他家人社会定位的满足。更何况人的骨子里的虚荣？我曾见过一个花了许多钱，终于享受到所谓副科级虚职待遇的小官，虽然是虚职，因享受了副科的待遇，那是到处炫耀，唯恐别人不知。有一次在请客时，因把他安排在了一个退二线的正科级干部的下手，他竟气得拂袖而去。在官场上，有些人有天然的优势，像那些二代三代，路早已被父辈或祖辈铺好了，这虽然不公平，但改变起来，实在太难了。王君卓没有天然的优势，他所做的选择，何尝不是在寻求通往罗马的捷径。这种现象的改变，需要社会的进步，文明的提升。"

李俊杰听到这里，说："你说得让我也悲观起来。你送女儿到国外留学，是否也有远离酱缸文化的考虑？"

东方晓说："是，也不是，走万里路，读万卷书，只是为了增进她的知识，开阔她的眼界。"

李俊杰说："孩子在那儿情况咋样？咱只顾忙案件，都忘了问她的情况了。"

东方晓说："已安顿好了，她现在租住的房子是一个中国人的，那个房东对她非常好，她还发了房东请她吃饭的照片，来，你看看。"

东方晓打开手机，让李俊杰看照片，李俊杰一下子惊叫起来。

74

李俊杰的惊叫让东方晓吓了一跳。东方晓急切地问："怎么了，看到了什么可怕的情况吗？"

李俊杰的脸忽然涨得有些红："不是，你看，照片中这个女人。"

东方晓更疑惑了："这个女人怎么了？你认识她？"

李俊杰说："她是石婉玉。"

东方晓揪着的心一下子放了下来："唉！你可是真吓住我了，我还以为是什么危险情况呢。你说的石婉玉已离开你快 20 年了，20 年，人会发生多大的变化，你怎么凭一张照片就确定她是石婉玉？"

李俊杰说："那是刻在骨子里的印记。不管离得有多远，时间有多长，她只要一出现，我就能立即认出是她，哪怕是在千万人的人流中，我也能一眼认出她。她的脸、眼睛、眉毛、鼻子、嘴，她的表情，她唇边的痣，她天鹅一样的脖子，她举手投足的样子。她就是石婉玉。老天有眼，竟让我以这样的方式找到了她。"

东方晓的心里忽然掠过一股醋味。一个经历过爱情的男人，竟能说诗一般的语言。东方晓生命中只经历过王佳蕙一个女人，时光流逝中，芳华时的激情与浪漫，经过柴米油盐酱醋茶的长期调和，早已成为浓得化不开的亲情，不再有情感的跌宕，只有静如止水的日常。虽然有小别胜新婚的快乐，但也成了一种习惯。李俊杰看到照片时的惊讶，对着照片的激动叙说，那是东方晓不曾体会过的。

"我不相信一个女人 20 年都没有变化。她毕竟也到了徐娘半老的中年，即便风韵犹存，也难抵挡时光那把杀猪刀的蹂躏。"东方晓依然想理性地将李俊杰从照片中拉回现实。

"你不相信，她真的没变，还那么年轻，那么苗条，一点儿不像一个中年的女人，要不，你打个电话问问你家依然，看她是不是石婉玉。"

东方晓笑了："老弟，加拿大此时可是黑夜，你是不想让我女儿睡觉了？能不能等外国的天亮了，我再帮你打听？"

李俊杰一拍自己的脑袋："嗨，你看，我有些晕了。对不起啊！你算着时间，等依然起床了，你打电话问问。"

东方晓认真地说："要真的是石婉玉，你该做些什么呢？你不会跑到加拿大去找她吧？人家要是成家立业了，你去找人家情何以堪？"

李俊杰如从梦中醒来一样，一下子有些犹豫了。东方晓说："老天保佑，石婉玉最好为你守身如玉，等着你前去找她呢。"

李俊杰深深地叹了一口气："唉！"

东方晓说："或许好事多磨，我们暂时不说石婉玉了，说说下一步去监狱会见王君辉的事情吧。"

李俊杰将情绪从对石婉玉的思念中拉了回来，慢慢喝了一杯水，说："我已列好了会见的内容，主要问他这几方面的问题。一是那个农民工用头顶他，他在后退时，是否想到满地的钢筋会扎到那个农民工。二是那300万元的科技创新扶持资金，他是否问过惠东干什么用了。三是高卫国从检察长的位置上调整到市政协任副主席，他的安稳着陆，是不是真的通过关系摆平的。他能否以此揭发一下，争取一个立功的表现。四是王君卓的妻子和女儿在美国的生活，具体靠什么，是不是全部由王君卓供给。五是君辉集团还能否东山再起。"

听了李俊杰的会见提纲，东方晓思考了一会儿，分析道："王君卓让我们介入王君辉的案件，目的应是将故意伤害的认定纠正过来，让王君辉早日出狱，让家族企业重新振兴。其他的估计不好说，那300万元的事儿，若他兄弟俩都没有占有的意图，且不知道那笔款的具体用途，法律不惩罚思想犯，这里也不能用概括的故意来证明王君辉的行为，因此，可以重点落实一下。至于其他的，以王君辉的个性，估计不会配合的。他经历了那么多人的贿赂案件，没有一件是他主动交代的，都是被动地去当污点证人，他是一个很讲江湖义气的人。让他揭发和立功的事儿，就是王君卓交代，他也未必会听的。"

李俊杰说："试试吧，说不定会有意外呢。"

东方晓说："那你准备一下，明天我们出发，去第一监狱会见王君辉。"

说完正事儿，李俊杰正准备回自己的房间休息，这时，手机响了，是徐洋打来的。

电话中，徐洋的声音有些兴奋，李俊杰将手机的免提打开，和东方晓一块儿听徐洋的电话内容。

"我家明生的案件准备作不起诉处理呢，让明生这周三过去，说要宣布不起诉决定。"

李俊杰说："是什么样的不起诉？是绝对不起诉还是相对不起诉，还是存疑不起诉？"

徐洋说："还不知道呢。不管如何，案子总算有结果了。"

李俊杰说："虽然有结果了，但结果与结果不一样，这个案件本身就是一个无罪案件，要是绝对不起诉，那才是正确地适用了法律，要是其他不起诉，可真的要让赖明生背负一个赖名声了。"

原本兴奋的徐洋，忽然有了忧虑，说："如果检察院给明生作了相对不起诉和存疑不起诉，那我只好再用媒体让检察院的决定热一热了。"

李俊杰说："看情况吧，对不起诉决定，被不起诉人若不服不起诉决定，可以自收到不起诉决定书后 7 日内向作出决定的检察院申诉。这也是一条救济渠道。"

徐洋说："申诉只是一方面，明生的案件，在检察院审查，延期，退卷，审查再延期再退卷，起诉撤回起诉，快把人折腾死了，还是走媒体好。"

李俊杰说："还不一定呢，到时看看吧。"

挂断了电话，东方晓说："我这小师妹，通过这件事儿，总结出经验了。现在动不动会用媒体这样的工具了。唉，这叫不叫逼上媒体呢？"

李俊杰说："我倒希望检察院作存疑不起诉或相对不起诉，看看热闹呢。不说了，我回房间休息了，你也休息吧，明天出发到监狱去。"

75

早上起来，李俊杰就迫不及待地敲东方晓的门。东方晓理解李俊杰的急切，他刚结束与东方依然的交流，他也有一种其名的兴奋，他原本想逗逗李俊杰的，可此刻，他不想这样做了。他打开门让李俊杰进来，把手机交给李俊杰，让李俊杰自己看与东方依然的微信聊天内容。李俊杰看着看着，竟泪流满面。

远在大西洋岸边，那个叫珍妮特的女子，真的是石婉玉。当年，她决绝地离开生她养她的故土，以曾经的军人的坚毅，漂泊于异国他乡，靠着自己的吃苦耐劳，打拼出了自己的天地。现在，她在加拿大拥有了自己的贸易公司，做玩具与妇婴用品的进出口。虽然知道的内容仅有这些，但李俊杰明白，石婉玉有今天的成就，肯定付出了比他人更多的辛苦。一个坚强的人，无论走到哪里，都能用自己的意志活出尊贵的模样。李俊杰在一个狭小的体制圈子里兜兜转转，曾为了一个所谓的党组成员的身份纠结愤慨，也曾为现实中看不惯的人和事牢骚满腹，更为一纸婚约将石婉玉辜负，若不是极度的自尊，他是不会跳出体制的圈子的，让他壮士断腕，辞职做律师的原因，并不高大上。此刻，与石婉玉相比，他有一种无比渺小的自卑与可怜。他的泪水中有对石婉玉的忏悔，更有对自己命运的唏嘘。

东方晓没有劝说，只是默默地抽出一张纸，递到李俊杰的手中，任由他起伏平静。擦干泪，李俊杰不好意思地说："我是不是特不像男人？"东方晓说："无情未必真豪杰。有些人和事，错过了，可能就永远失去了。但因缘际遇，有些错过，还可以找回。一个真性情的人，才是一个真正的人。因为和然然有13个小时的时差，这次聊天的时间有些紧，等然然空闲时，我再让她详细了解一下石婉玉的情况。"

李俊杰说："只要知道她过得好，我就放心了。其他我已不敢奢求，当年，毕竟是我对不起她。"

东方晓说："万一她也对你心存一份极深的爱恋，说不定还能廊桥重逢，梦想成真呢。"

李俊杰苦笑了一下："我真希望做这样的黄粱一梦，可是，不现实啊！唉，不说她了，我们吃过饭，出发吧。去第一监狱要 3 个小时呢。"

经过了烦琐的手续，终于在第一监狱见到了王君辉。那个曾经拥有巨额财富的集团公司的老板，身穿囚服走过来坐在玻璃窗后面，已完全没有了昔日意气风发的模样。见到东方晓来看他，他有些惊讶，拿起对讲的话筒，他说："东方哥，谢谢你来看我，是有什么事儿需要找我了解吗？"

东方晓说："这是我的助手李俊杰律师，我们来探视你，是想帮你申诉一下你那起故意伤害案。"

王君辉眼中闪过一丝光亮，随即又黯淡了，他摇了摇头说："谢谢哥哥的好意，我不想申诉。当年，我曾想找你为我辩护，经过反复思考，我放弃了。一切，或许是天意，我认命。"

东方晓说："命，有时可以认，有时，是可以改变的。就像我们当年，若是认命，君卓、你和我，现在可能都是一个脸朝黄土背朝天的农民，是我们不认命，君卓和我靠读书走出了农村，而你，一把砌刀闯天下，有了君辉集团。凡事，都不绝对。"

王君辉说："家里人来看我，说我哥也犯事了，你知道我哥的情况吗？"

东方晓说："这次我们来，也是受你哥的委托，我和俊杰是你哥的辩护律师，他的情况不太好，我们会为他尽力辩护的。"

王君辉问："他能判多少年？"

东方晓说："起诉他涉嫌的犯罪金额 7000 多万元，可经我们调查了解，实际上不到 200 万元，有些事实，按照法律规定是不能认到他头上的。这样，将来可能会判得轻一点的。"

王君辉说："怎么出入这么大？"

东方晓说："其中有几千万的受贿款，实际是工程的利润，他没有自己占有的故意，这些款项，都用作对群众的拆迁补偿与景区道路修建上了。他实际收受的钱，更多的是逢年过节的礼金与有些人谋求提拔或调动的钱，这样，数额就大幅度降下来了。"

李俊杰插话说："还有，你们集团公司的那300万元科技创新扶持资金，他也没有贪污，实际是惠东取走了。你知道那300万元的情况吗？"

王君辉的眉头皱了起来，说："怎么会是我哥贪污了呢？那钱惠东说是财政局有些公费支出不好走账，让我们公司帮忙套出来的，钱一到账，惠东就取走了。这事儿怎么会牵涉我哥呢？"

东方晓说："这事儿，我们也调查清楚了。你哥在你们项目审核时，签过字，但这无法证明他就是为了贪污这笔钱。如果他贪污这笔钱，那你不也成了共犯了吗？"

王君辉说："是这个理。我哥的事儿，就拜托你们了。"

东方晓说："你哥的事儿，我们会尽力的。你哥说，你们家族的振兴，还要靠你，你要是能早一点出去，一切都还可东山再起。你行贿犯罪，按照法律规定，只判了3年，而故意伤害，却判了15年。我们翻阅了你的卷宗，卷宗中的证据，不能证明是你故意伤害了吴来安，当时是他用头顶你，你只是本能地后退，他的死，不是你造成的，你不应承担他死亡的责任。"

王君辉叹了一口气："唉，是我自己交代的，说我知道吴来安来顶我，我身边满是钢筋，我后退，他就会被钢筋扎伤的。"

李俊杰说："吴来安天天在工地上，且他是一个钢筋工，他不知道这样做的后果吗？若是你被他顶倒，那后果会是怎么样呢？"

因为会见有时间限制，东方晓暂时结束了会见。

76

　　与东方晓的会见，再次勾起王君辉假装屏蔽的过往。

　　在生意场上，王君辉见多了有职务不如有实权的形形色色的官场。为了盖一个章，王君辉找主管的领导审批过，但负责盖章的人却会以各种各样的理由推三阻四，因为，这些小人物原本就缺少晋升的空间，也无所谓领导的批评与要求，手中仅有的权力若不使用，好像就没有存在感一样。对此，需用些许的小钱打发才能打通最后的那道关节。逢年过节，王君辉都会安排手下的人，按照不同的分工往大大小小的部门去上供。因为年年如此，一切都已习惯成了自然，送的人没有不好意思，收的人也不做推辞。但和高卫国一道的送礼，却让王君辉感受到了另外一层悲哀。那个在颖州市倍受大大小小局委巴结的检察长，为了摆平上面的风声、下面的窃议，竟也卑微而谄媚。每次到省里，为了见某个上面的领导，先是让王君辉一次次前往领导的办公室门口窥探，之后，抓住领导办公室无人的瞬间，如小偷一般，将王君辉包里的真金白银小心地奉上。领导没有拒绝，而是很顺势将办公桌的抽屉拉开合上。王君辉从高卫国的神色中知道，高卫国拜访的人，有的是白送，有的应该能起作用。每当一份厚礼送出，高卫国会像孩子一样有如释重负地爽朗大笑，但之后又会感慨和痛骂，说有的人心太黑手太狠，礼收了，却不透一个字。高卫国会自我安慰："权当喂狗了。只希望这只狗关键时候不咬人。"正当高卫国为自己的事情多方奔走时，遇到了工地上发生的吴来安事件。王君辉原本认为，这是吴来安伤害自己造成的。吴来安虽然死了，但自己是没有责任的。虽如此，从道义上，给吴来安一些赔偿也是应该的。他将此事告诉了高卫国，高卫国刚开始时，对吴来安这样的无赖是破口大骂，并且告诉王君辉，不用理他，一分钱也不要赔偿。可停了不久，因吴来安的老乡扯横幅上访告状，高卫国的态度却来了一百八十度的大转变，说让王君辉接受法律的惩处。因为告状有理，这事儿若不处理王君辉，估计会牵涉更多的人。因为，有人已扯上了王君辉与高家的关系。

从高卫国家走出来，王君辉一时陷入绝望的境地。王君辉原本不害怕农民工的告状，但高卫国的暗示，让他出了一身冷汗。他很怕自己的事儿会影响到王君卓。虽然在他的生意中，王君卓的官位不足以给他帮忙，但他依然希望这个读过大学的哥哥能在仕途上爬得更高一些，他也希望他的哥哥不要像其他当官的那样，颐指气使，不要太贪。他为了不让这个哥哥因他而让人议论，他转让或撤出了在新区的一些项目。为了王君卓能安心做官，他在暗中也多次接济王君卓在国外的妻子和女儿，甚至帮王君卓妻子娘家的七大姑八大姨。在王君卓的政绩工程中，他也为工程的进展拆借过大量的资金。他只想给他的哥哥做一个坚强的后盾。

国家反腐力度的加大，多次配合纪委调查，也让他心力交瘁。不管世事如何变迁，他还保有质朴善良的本性。那些因贪腐进去的官员，他只是因他们的交代而被动作证，但每次作完证，他都有说不出的内疚与愧疚。很多次，纪委的人声色俱厉地威胁他，要把他送进监狱，最终因积极配合而没有被送进去，他从没有因此而感到轻松，心里反而更加沉重。有时候，他甚至想，干脆进去算了。那些官员，虽然收受的贿赂不只是他一个人的，但他也为自己的行为而痛悔。王君辉的内向与内敛，敦厚的长相，都给人踏实的感觉。这也是许多官员愿意和他打交道的原因之一。很多时候，他不敢想象自己是否还是当初那个吃不饱饭穿不起新衣从穷乡僻壤来的，被村人叫"四儿"的王君辉。他很累，身体的累，精神的累，他想停下来，但集团那么多事情，那么多人需要他来操心。现在，高卫国让他做好进监狱的准备，他好像找到了可以休息的绝好地方。想到此，他有了一种莫名的轻松，原本就是一个靠下力气过日子的人，只不过是换一个地方干活儿而已，他觉得自己生意赚的许多钱，都有罪，只是做慈善还不足以赎罪，进监狱，何尝不是一种最好的赎罪方式。那种赎罪，也如进寺庙修行，修好了，或许会有一个好的来世。

当公安的人以诱导的方式问他，是否知道后退一步，是有意让吴来安倒地受伤时，他就顺着公安的诱导作了回答。他看到了公安人员问话后那掩饰不住的喜悦，心想，他或许成全了问他话的人。

他被刑事拘留后，晚上在看守所看电视新闻时，他看到了正在接受采访的高卫国，高卫国在镜头前侃侃而谈，说这次刑事拘留君辉集团的董事长王君辉，再次彰显了检察机关履行法律监督职责，维护公平正义，打击犯罪的决心与信心。不管他是谁，不管他的官有多大，钱有多少，头上有多少桂冠，在法律面前人人平等。按照记者的提问，他解释了在办理该案中，检察机关是如何提前介入引导侦查的，更表态，要进一步深挖王君辉的其他犯罪，一定会给关心关注此案的颖州市人民一个满意的交代。看完电视，王君辉没有愤怒，而是微微笑了一下。也因这个节目，让号里的人认识了他，他竟被推做了号头。

77

在看守所的日子，是王君辉生命中最轻松的日子。他账户上的钱大多用作号里的弟兄们的伙食改善。每天的活儿，大家争着帮他做，晚上，有人为他捶腿，有人为他捏背。王君辉本不让号里人为他做这些的，奈何那些人说这是号里的规矩，谁当大哥，谁就是爷，就应该享受这样的"待遇"。恭敬不如从命，王君辉任由他们百般讨好与服务。王君辉虽然不懂法，但认为，吴来安不是他打死的，纵有罪，也不会判死刑。他的案件先后经过了多次汇报后，终于开庭了。检察院对其犯罪认定的不只是故意伤害，还有行贿犯罪。案件到法院后，经过合议庭合议，经过审委会讨论，多数人的意见认为其行贿行为可以认定为单位犯罪，其作为法定代表人追究其刑事责任可以判三年有期徒刑。故意伤害罪构不成，因为法不能强人所难，当别人来侵犯你时，你不防卫已不符合人之常情，躲避的自保是本能的反应，王君辉既没有伤害吴来安的故意，也没有伤害吴来安的行为，虽然王君辉自认有罪，但综合全案证据，法律无法惩罚别人内心的想法，因此无法认定其犯故意伤害罪。当法院审委会的意见反馈给检察院时，市检察院反渎职侵权局立即启动了对该案办案法官的调查。法院妥协后，按照检察院的意见，数罪并罚，对王君辉做了有期徒刑 18 年的判决。王君辉没有上诉，认为这是自己的报应。太多的焦头烂额的事儿，因为他的犯罪，一切都放下了。

王君辉被送到第一监狱服刑后，家人来探望他，告知他，有块地被高建伟强行转让，钱全部被高建伟转走了。王君辉知道，即使他没有犯罪进入监狱，这些钱也可能被高建伟逼走，只是这块地转让后，给村民的补偿不知道能否兑现。王君辉不在乎这块地能赚多少，但他在乎村民啥时间能住上承诺给他们的房子。这块地原本就是通过高卫国将国有的划拨土地变更为商业用地的。在银行对房地产贷款政策收紧的情况下，王君辉其实已无力再将此地块开发建设了，如果他不进监狱，也会和高卫国商量找人合作开发的。只是那样赚的钱有些慢，而高卫国父子用钱的地方不只是上下打点摆平自己的被举报，还有国外的情妇与孩子，高卫国的情妇看中的一幢别墅，售价800万美元，高卫国已多次催促王君辉筹措。王君辉已实在捉襟见肘了。这些都让高卫国恼怒。王君辉知道，恼怒的高卫国还有对王君辉的担心，那就是王君辉了解他的事情太多，王君辉在他眼里，有时不啻是一个定时炸弹。但多年的交往，高卫国父子太清楚王君辉与王君卓兄弟的软肋。在与高卫国的交往中，高卫国无数次给王君辉灌输一些要想整死一个人，会让他怎么死的都不知道的威胁。虽然王君辉是一个成功的商人，但他的商，离不开官。王君辉被逮捕后，王君卓曾为他请了一个律师，律师给他反馈的情况却是，认罪或许是最好的选择。王君辉明白，王君卓这样做，肯定有自己的苦衷与无奈，他只有接受。王君辉进监狱了，王君卓会更加小心自己的乌纱，有些事儿他也只能打落牙齿咽进肚子里，更何况王君辉的行贿，也是板上钉钉子的事儿。颍州市那么多当官的贪腐入狱，与他都有相应的牵连，这些事儿，让王君辉时常做梦都会惊醒。一切都是命运，一切都是烟云，王君辉认了。但是，王君卓的出事儿，让王君辉原本放下的心，再次被搅动。这个家，难道就这样，如呼啦啦倾倒的大厦吗？作为老乡，又是王君卓师弟的东方晓，王君辉是熟悉的，只是很少有来往。东方晓2014年辞去那让人羡慕的公职，远到深圳做律师，曾在颍州市的许多人中引起过震动，王君辉也是知道的。今天，东方晓受王君卓的委托，来探视他，并提出要给他申诉，那一定是王君卓万念俱灰的最后决定。

作为一母同胞的兄弟，王君卓与王君辉除了眉眼相似外，其他很少有相似的地方。王君卓肥硕圆滑，王君辉瘦削方正。王君卓外向霸气，王君辉内敛怯懦。很多时候，王君辉对王君卓有隐隐的担心，有时也看不惯他的张扬，但更多的是对他的理解与同情，大哥也不容易，若不是家里穷，大哥也不会受大嫂家的恩惠，生活中有太多的不如意，经过了几多周折，才拼搏到了一个县级的实权位置，但各方面又受许多掣肘。每个人有每个人的活法，大哥愿意怎样活，是大哥的事儿，大哥的开心比什么都重要。现在，王氏家族能支撑门面的两根柱子都倒了，这让王君辉不得不重新思考关于自己、关于家族、关于东山再起的问题。

　　王君辉已服刑4年了，高卫国也已退休了。在监狱里日复一日做冥币，早已成为王君辉麻木机械性劳动的一部分，对金钱的渴求，已不仅是现世人的梦想，甚至已延续到了阴曹地府。现在，王君辉不想再为阴间的人制作钞票了，他要回归到那早已远离的现实。他也曾想过走出监狱的条件，他也担心诉讼的未知与漫长。东方晓的到来，犹如为他灰暗的道路照起了一盏前行的灯，他祈祷老天的保佑，让一切都重新开始。

　　经过了辗转反侧，王君辉决定，把自己的想法告诉东方晓。原本佛系的王君辉，有了莫名的期待。

78

　　东方晓与王君辉再次透过厚重的玻璃开始通话。与第一次见王君辉不同的是，经过了一夜的思考，王君辉好像变了一个人，神情中有了期待，眼睛里有了光亮。他对东方晓说："我进来之前，生意已进入了低谷，千头万绪，我理不出一个清晰的思路，心情极度忧郁，总想找一个像壳一样的地方，将自己包裹起来。太累了，又加上高卫国对我的打压，我一度想到了自杀。进到监狱，或许也不是最坏的结果。我原本想在这里老老实实地干活儿，争取多减刑出去的。这中间，有许多次，我也想到了我的案件，我更担心纠正起来太难。现在，大哥也出事儿了，一切都坏到底了，我要是再不出去，整个家族都彻底完了。东方哥，这么多年，我相信的人不多，包括我哥，但我相信你的人品、你的才能。在监狱这几年，虽然与外界隔绝了，但通过电视里的新闻，我知道，国家一直在反腐，一切都正在向好的方向发展。我们监狱里已有好几个人的案件得到了纠正，他们的冤枉，比我的更离奇，其中一个人因杀人被判了死缓，可被害人的家属都认为他不是杀人凶手，是被害人的家属一直在努力查找真凶，他的案件才得到纠正的，但毕竟被纠正了。还有一个人因贪污被判处有期徒刑14年，他贪污的钱，是经过单位研究决定，完成一个重大技改项目任务后，节约的经费全部归他，作为对他的奖励，他最后硬是被当作贪污犯给判刑了。进监狱后，他一直不服，经过了5年的申诉，他的案件也被纠正了。他出去那天，给帮助他纠正此案的驻第一监狱的检察官重重地磕了3个头。他们案件的纠正，虽然经过了几年的时间，但让我相信，法律终究是公平的。东方哥，你是真正有才能的人，能离开检察院做律师，你是为自己做事儿。你的正直，一直是我佩服的。我哥活得也很窝囊，可他就没有你的勇气与胆识，一心只想当官，可这官当得像孙子一样。我们经商要处处事事讨好别人，那是为了挣钱，因为有些当官的人，要通过我们捞钱，有时也会供我们使唤，让我们用钱买到了所谓的尊严。我哥为了当大官，那是将自己的尊严都彻底牺牲了。他在下属面前的耀武扬威，并没有给他的形象加分，他走到今天，或许与他平时的做派有关。他对上级领导巴结与讨好，让他自己都觉得屈辱。"

东方晓没有打断他的话，握着话筒静静地听，王君辉看着东方晓一直听自己说，忽然觉得自己是不是离题了。他有些不好意思，停了一下，说："东方哥，我平时很少与别人说这么多话的，今天见到了你，就想给你说说心里话，你看，我是不是扯远了？"

东方晓微笑着说："没有，我愿意听你这样说话，不矫情，很现实。等你出去后，我们好好喝一场酒，我再多听听你对一些事情的看法和认识，今天，我们还是要回到正题上，你说一下，当时公检法在讯问你时，你为什么说你知道吴来安用头顶你，你往后躲，他就会被钢筋扎伤？"

王君辉说："是个正常的人也许都不会那样说，刚才我说了，当时我连死的心都有，进监狱或许比外面还要好一些，我就顺着公安上办案的人问我的话说了。啊，对了，当时公安问话时，旁边坐着检察院的人，公安的人问过情况后，会征求检察院人的意见，笔录也要让检察院的人过目，我想知道，公安讯问，检察院的人为什么要在场？"

东方晓说："那是提前介入，检察院的人在公安机关侦查案件时，可以引导侦查，目的是保证公安机关将证据取得规范、到位，将来顺利诉讼。"

王君辉说："啊，明白了，我一直觉得哪儿不对劲儿。原来是这样。"

东方晓又进一步给王君辉讲了检察院提前介入的相关规定。但东方晓明白，检察院对王君辉案件的提前介入，王君辉的感觉是正确的。东方晓无法告诉王君辉这些打着合法的幌子其实是在滥用权力的真相，他更多的是想让王君辉看到光明与希望。王君辉将内心的真实想法与案发时的情况和高卫国对他的暗示，一一讲给了东方晓，东方晓的心情压抑而沉重。纠正王君辉的案件，远不像卷宗中那些漏洞百出一眼可以看穿的证据一样，他感觉，他无形中好像卷入了一个旋涡。搅动这个旋涡的人，像是高卫国，又不全是高卫国。

会见结束，东方晓拿着王君辉的委托，和李俊杰走出了那写着"失足不是千古恨，回头便是满眼春"的铁网高墙。李俊杰说："每一起错案，都有这样那样的理由，但归根结底，还是人的问题。就像王君辉的案件，好像是一场阴谋一样。越是这样，我们越要揭开真相，还王君辉一个公平与正义。"

东方晓的嘴角抿了一下，苦笑着对李俊杰说："我早已不是检察官，你也不是法官了，这兄弟俩的案件，啃着难啊！"

79

　　东方晓在和李俊杰一起回颖州市的路上，接到了徐洋的电话，徐洋告诉他们，锦绣区检察院对赖明生作的决定是存疑不起诉。

　　徐洋给东方晓说这个事儿时，声音异常平静，这个结果，应是预料之中的。电话中，徐洋还告诉东方晓，赖明生经过了近一年看守所的生活，对很多事情有些麻木了，这样的结果他已接受，不想申诉。徐洋不同意赖明生的意见，徐洋认为，既然已经过了那么多的波折，已不在乎再折腾折腾。她已和萧剑联系过，萧剑近期会到平原省来。若是有时间，她希望东方晓、李俊杰和萧剑见一下面。萧剑是很有正义感的一个记者，他原本供职于一个大媒体做调查记者，曾调查过矿难，让许多瞒报的官员丢官卸职，也让黑心的矿主受到了法律的制裁；他还调查过河道非法采砂案，让官商勾结破坏生态环境的恶行暴露于阳光之下；他曾调查过食品药品安全，维护了老百姓舌尖上的安全，打击了不法商贩，追责了相关领导。萧剑的如椽之笔，像利剑一样直刺现实，揭露阴暗。这样也打破了多方利益的平衡，最终，萧剑离开了他曾引以为荣的东家，开办了自媒体，为弱者呐喊，向强权声讨，成为拥有许多粉丝的网络"大V"。徐洋的渲染，引发了东方晓的兴趣，东方晓答应见一见萧剑。

　　李俊杰说："徐洋肯定会这样做的。这就是年轻的好处，敢想也敢做。"

　　东方晓说："我理解赖明生，别说他是一个曾被许多达官富人奉若上宾的教授，就是一个普通人，遇到这样的变故，也会心有余悸。要面子的人，最怕尊严的失去。赖明生经过此变故，以后能潜心做学问，或许是中国法学教育的幸事。徐洋上次尝到了媒体的甜头，这次还想用这样的套路来折腾，我认为她已不仅仅是为了还赖明生一个所谓的公平与正义，或许与她曾受过胡大伟的侮辱有关，她也许是想和胡大伟杠一杠。女人，看似柔弱，但柔弱的只是外表，一旦强硬起来，也是很可怕的。"

李俊杰说："她会将胡大伟扳倒吗？"

东方晓说："人在做，天在看，恶积累到了一定程度，就会发生质变。胡大伟的狂妄，通过他表弟的事儿，我已领教过，相信他做这样的事儿不止一起，我们是为王君卓的案件来的，这是我们的主要任务，且有时间限制，若不是这个案件太复杂，需要集中精力，我也会和他较量的。"

李俊杰说："一个人的狂妄，除了自身权力的加持，是否也有其他因素？他敢这样有恃无恐，是否也与领导的纵容与支持有关呢？"

东方晓说："一个人若没有善良的心，没有悲悯的情怀，让这样的人来从事法律工作，他很难守住良知的底线，他就会亵渎法律。让人民群众在每一个司法案件中感受公平正义，那是要靠良知来践行的。"

李俊杰说："我发现，我们也许都不能很好地适应公权力的环境，只有出局。但我们内心，却烙下了曾经的职业的印痕。你刚才说的话，要是让别人来理解，说不定说你矫情呢。"

东方晓说："物以类聚，人以群分。正是相同的三观，才让我们走到了一起。若不是这样，在体制内过早涝保收的日子，也能顺利地混到退休的。我们走出来，何尝不是另外一种形式的抗争呢？"

李俊杰说："身在公门好修行，在现有的情况下，我们做的许多事情，也面临重重的障碍与困难。像王君辉的案件，我有一种急切的心情，但还必须按部就班地来。正义有时会迟到但一定会来，可迟到的正义还叫正义吗？像那些被冤枉致死的人，他最终得到的正义，除了对社会的警示，还能有什么更深的意义吗？"

俩人在谈论中，不觉时间已悄然溜走。回到颖州市时，已是夜色阑珊。

用过晚饭，李俊杰提议，到洗浴中心去洗个澡，按摩一下，好好放松放松疲惫的身心。

俩人驱车来到一霓虹闪烁、高端大气的洗浴中心，停下车，收拾好东西，走进了宽敞气派的洗浴中心的大厅。这时，他们又一次看到了喝得醉醺醺的胡大伟，胡大伟在几个人的簇拥下，嚷道："洗什么澡啊，找个靓点的妞，开始吧。"其中一个老板模样的人说："胡检，你先洗澡，放松一下，我马上安排。"胡大伟扛着肚子，颐指气使地说："怎么搞的，刚才你不是说安排好了吗？早知道这样，我就不来了。"那个人讨好地说："先洗澡，先洗澡。"胡大伟满脸不高兴，扛着肚子像太上皇一样，被一个人扶着一屁股坐在了沙发上，任由服务生给他脱鞋和袜子，后被搀扶着到浴区去了。

　　看到这种情形，东方晓的心情变得很糟，他看着李俊杰，摇了摇头。李俊杰说："走吧，不洗了，回宾馆睡觉。"

　　一觉醒来，天已大亮。东方晓敲开李俊杰的门，发现李俊杰睡眼惺忪，他对李俊杰说："受人之托，终人之事，我们已完成了王君卓要我们见王君辉的委托，咱今天去会见一下王君卓，给他反馈一下情况。"

　　李俊杰说："好，我马上洗漱。嗨，纠正一下，人家委托的事儿，刚刚开始，还没有终呢。"一句话说得东方晓哈哈大笑，几天奔波的辛苦，昨天晚上的不愉快见闻，都仿佛烟消云散一般。

80

再一次见到王君卓，与往昔又有了不同。王君卓的眼神充满了急切与焦虑。

东方晓没有跟他绕弯子，直截了当地告诉他，王君辉已知道了他们家族中的许多变故，也告诉了他王君辉的心路历程。王君卓听后，深深地叹息了一下，问："这样的申诉估计需要多久？"

东方晓说："我很少对申诉抱有希望的，因为那个过程太漫长还只是其中一个原因，更重要的是，一个申诉件，一次次流转，最终可能是再次回到承办人的手中，那样的结果，你可以想象。有谁愿意纠正自己呢？纠正一个错误，牵涉的不仅仅是一个人，往往是很多人。在利弊的权衡中，人内心深处的自私就会充分展现。责任的推脱是无所不用其极，有时，有些人还拍胸脯说，如果出事儿我来承担，那种底气，一是这个事儿本身不会有什么责任，是一种作秀；二是有依仗，不会触及自己根本的利益，若是触及自身的根本利益，当时信誓旦旦承诺的人，在昧着良心推脱的同时，甚至会变本加厉地伤害受害人。这样的事例，古今中外，概莫除外，在现实中太多了。就如你，可以反思一下，是否也有过这样的作为？一个平庸官员的不能承担，贻误一地一时的同时，更多的是对有才能人的打压，这种打压，会使被打压的人的命运在不经意间就转弯了。我性格虽然直，却不是一个死磕的律师。我总认为，人生有限，不能将时间花费在效率极低的地方，应做更多的事儿，让个体的曲折跟着总体趋势的前行来修正，这正如我们渴望的依法治国，那种愿景，我们也许看不到了，但人类共同的价值走向，会让这种愿景变为现实的。"

王君卓听着也陷入了沉思。他在会见椅上铐着的双手，想极力支撑起低着的头，却无法做到，他只得往后靠了靠，让铐着的双手与身体保持成了直角的样子。他说："我相信你，我的直觉告诉我，你会有办法的。因为，现在不同于我们上学的时候，有发达的媒体，且你也是有一定影响的名律师，你会让君辉尽快走出来的。在这里面，我反思了许多东西，只是一切都再也不能回到原来的样子，当我们有一种信仰，坚守一种初心，有虽千万人吾往矣的气概，那我们就是那束照亮黑暗的一束微光。只是，我现在明白这一点儿，却是在这样的地方。师弟，许多东西，是法律人不能回避的，我原本不想让你为我从轻减轻辩护的，因为我的法律功底，让我还能从证据与事实上为自己辩解，虽然已生疏太久，许多规定已更改，但法的基本原理，是不会有太大变化的。我已无法走出自己深陷的泥淖。师弟，我自己做过的一些事情，有的是对你直接的伤害，我已不敢乞求你的原谅，因为一切都过去了，但我残存的法律信仰，想通过我这个个体让你做一下剖析，也算我不枉学了一场法律，希望对后来的人有一个警示，希望当权的人，能正视存在的问题，给法治的前行，提供些许的参照。"

李俊杰听着两人的对话，好像不是会见，而是坐而论道。李俊杰想加入这个论道当中来，但他知道，这是他们师兄弟的过往，有许多东西，是自己无法感同身受的。于是，他坐在一边，只是静静地听。

会见到最后，东方晓将手贴在会见室的玻璃墙上，王君卓也将自己铐着的一只手举起来，与东方晓的那只手相对起来。二人好像达成了某种意向一样。王君卓的脸色依然很差，他对东方晓说："师弟，再麻烦你一下，给我送些布洛芬来吧。"

东方晓说："我再给你送些索拉菲尼来，可能会对你有较好的作用。"

王君卓摇了摇头，说："我们家族有肝病的遗传，我对这方面治疗还是了解的。虽然你现在的收入可以为我支付得起，但拖累你，会让我不安。那样，我估计支撑不了多久。"

东方晓说："好吧，听你的，但我还是想让你服用几盒，你放心，君辉出来后，生意运转起来，这药费，我可以找他报销。"

王君卓依然苦笑着轻轻摇了摇头，却没有再表示反对。

一走出看守所，李俊杰迫不及待地问："东方，你刚才说那什么尼的药，有多贵？"

东方晓说："索拉菲尼，你可以从网上查一下。我在深圳多年，有经常到印度的朋友，其中一个叫张建国的人，在深圳因救助过一个印度人，成了感动印度人的明星式的人物，因为他的救助，在深圳的印度商人，共同成立的了一个慈善基金，专门用来救助贫困的人。印度的仿制药，全世界闻名，价格很低的。张建国自己可以帮我带，或者托印度的人带一些过来。"

李俊杰说"这会不会触犯法律呢？"

东方晓说："人的生命永远是第一位的，托人带进口药，会涉及国家对药品管理的规定，但我们可以规避一下相关规定。我和王君卓师兄弟一场，过去虽然看不惯他的许多行事方式，但人之将死，其言也善，我不忍看他雪上加霜。"

李俊杰上网查了一下索拉菲尼，惊得说不出话来，1万多元一盒的价格，那是四线小城市一个处级干部4个多月的薪水啊！李俊杰心中更多了一份对东方晓的敬重。

81

在颖州市一家以做湘菜为主的酒店里，东方晓和李俊杰见到了萧剑。

这个以笔为剑的汉子，是大西北黄土高原一个小县城曾经的文科状元，以优异的成绩考入了首都的一所知名高校。大学毕业后，供职于国家级一家媒体做调查记者。西北黄土的厚重，铸就了萧剑大山一样的坚毅个性。中等个头，很壮实的身材。皮肤黝黑的"国"字脸上，双眉如剑，两只大眼睛、高挺的鼻梁与稍高的颧骨让他显得棱角分明。那例全国闻名的铁矿特大排土场山体垮塌事故的调查，使他险遭追杀，那些官煤勾结黑幕的揭露，让他曾有性命之危，他曾冒着生命危险到金三角与毒枭周旋……记者的良知，让他对苦难有一种感同身受的同理心，让他敢于直面丑恶，揭露现实，他还是一家旨在抚慰战争创伤、关注个体命运的大型慈善机构的创始人。东方晓随着徐洋走进房间，一见到他，就有一种似曾相识的亲切。他紧紧握着东方晓的手，爽朗地笑着说："我是久闻你的大名，我们俩应该能惺惺相惜，都是无法适应体制的另类。"东方晓指着李俊杰笑着说："这个也是我们的同类。"他又紧紧地与李俊杰握手："今天真是物以类聚了啊！"李俊杰说："从徐洋对你崇拜的介绍中，我们早已熟悉了你，今天能相见，真是荣幸啊！"徐洋招呼大家坐下来。落座后，李俊杰问："明生呢？"徐洋说："他今天去参加同学组织的一个破产法研讨会，过两天才能回来。"李俊杰开玩笑说："他是不想参加我们这次聚会，躲了吧？"徐洋的脸红了一下，半是撒娇说："看破别说破嘛，他可能有心理障碍，自从出来后，一直没有调整过来。不说他了，我就是想让咱这几个三观相近的人聚一聚。"

徐洋将大家的杯子斟满酒，四人举杯都豪爽地一饮而尽。之后，开始了边吃边喝边聊的话题。

东方晓问："兄弟，这次你的选题从何处切入？"

萧剑说："这次是扯下存疑不起诉的遮羞布。一个案件，若是既有有罪证据又有无罪证据，做存疑不起诉没有问题，若是绝对的无罪，为了面子而作存疑不起诉，那是对法律的羞辱。"

李俊杰说："看来你对不起诉做过研究啊！"

萧剑说："记者的一项重要能力，就是在开始采访前做足功课。我这次的采访，虽然做足了对不起诉法律条款学习的功课，却无法用到对胡大伟的采访上，我联系了好几次，都吃了闭门羹。"

东方晓说："我能想象得到，你不仅采访不了他，言语中，他还会对你进行侮辱。"

萧剑说："哥哥，你说得真准。刚开始还接电话，一直推拖，让找这个部门那个部门，最后一次，竟骂我是逐臭的苍蝇，不就为了钱吗？说我是不要脸的无良记者。之后，电话挂断，就再也打不进去了。"萧剑说着，哈哈大笑。

李俊杰问："那下一步你该怎么办呢？"

萧剑说："我从网上已搜了部分锦绣区检察院办的案件，我准备做一下比对，看看是否同罪不同刑，是否将应该作绝对不起诉的案件作了存疑不起诉，是否利用立案监督的权力进而侵害当事人的利益。我们做媒体的，有许多自己的渠道，我相信，这是一个好的选题。"

东方晓说："你这是在践行媒体监督的精神啊！不过，我担心你的采访，能否通过审核。"

萧剑说："我相信，只要是真实的东西，且是与群众利益相关的东西，重要的是寻求司法公平公正的东西，应该不会有太大问题。更何况我有自己的粉丝群，网络也需要流量的。"

东方晓说："我在检察院时，曾就非法占用土地的问题发过一个帖子，可就是发不出去。后来，我又到地市领导的留言板上发，还是没有回应，最后，我自己没有耐心了。现在，能求助媒体，有时也感觉像中彩票一样。"

萧剑说："我理解你说的情况，现在有些媒体，会运作，力争使自己的东西发出去。单个的没有影响力的个人，发东西确实很难的。这是传播学的内容。我之所以能将东西发出去，更多的是得益于我有大量的粉丝，有相应的影响力。很多时候，也是很小心的，稍有不慎，就会面临法律的问题。"

徐洋举起杯子，和大家碰杯，说："预祝你再次成功。"

和徐洋、萧剑告别，走出酒店，李俊杰对东方晓说："一个成熟的体制，有自己的运转规则，外部监督虽然可以纠正错误，但依靠外部的监督来纠正冤假错案，说明内在的运转机制是有问题的。现在常出现媒体对司法的绑架，这既是司法的悲哀，更是机制的僵死。只是，这样的悲哀什么时候可以更大限度地避免呢？"

东方晓看着远方，神情有些落寞和沉重。"纠错的机制，不像电脑设定的程序，一出现错误，就会自动纠正。有太多的掣肘因素，但最重要的是人心。一个司法人员，当他的良知不在，在一个牵一发会动全貌的团体里，所谓有纠错，实际上会做更多的遮掩与弥补。很多案件，即使错了，也不过用纳税人的钱来补偿，做一个无关痛痒的道歉，能真正追究责任的，却很少。除非引起了广泛的关注。你在法院工作那么多年，这方面，你的体会要比我深。赖明生的案件，从一开始，仅从法律的字面来理解，公安与检察院的人，也许知道这是一个错案，但更多时候，是骑虎难下，又加上胡大伟的无良，导致了这样的结果。胡大伟肯定不希望这个案件造成什么影响，他或许不是真正受到了什么监委的压力，更多的是他习惯了公权力的傲慢与任性。假若换作了其他人迫于压力而为之的错案，有可能希望通过媒体来纠正呢。这方面的例子太多了。"

李俊杰的眉头也凝结了。萧剑的媒体作用，能否起到上次那样的效果？据说，赖明生的案件在媒体发酵后，萧剑也受到了很大的压力，好在他所在的单位是一个有后台的媒体，顶住了许多压力，若不是这样，赖明生可能会被判刑的。

82

李俊杰将王君辉的申诉材料写好，交给东方晓。东方晓看后说："按照审判监督程序，王君辉的申诉交由平原省高级人民法院比较合适。因为在颖州市经过了两审终审，再由他们来推翻自己的决定有一定的难度。高卫国虽然已平安地退休，离开了颖州市检察院检察长的岗位，但其仍有一定的影响力。高卫国在任时，将自己的亲信下派到基层检察院任正副职，有的已升任市检察院的班子领导，那些被其提拔的人，对其应怀有感恩之心，公检法虽说是相互制约，但更多的是相互配合。此案件虽然已经过了4年，作为颖州市的首富行贿、故意伤害案件，在颖州市的群众心中，有深刻的记忆。若将材料递交中级人民法院，两家将情况互通后，近乎没有纠正的可能。"

李俊杰说："我们是不是有些悲观了，相信有正义感的人还是大多数。案件到了高级人民法院，其难度其实也很大，就像看病一样。优质的医疗资源都集中在市级以上的医院，虽然有医保的相关的规定，但群众一有病，想到的首先是往上级医院去。我们单位的一个女保安，只是一个肝囊肿，就千方百计托关系，到北京去做切除，虽然到北京也要排很长时间的队，但她宁可多花钱与时间，也不愿在本市做手术。很多群众的心理就是越往上去事情越好办。说不定有许多案件到了上面，也是积压在那里，来不及看的可能也有，这比看病还难。因为，材料递上去之后，除了等待，只有问询。我们不妨先在颖州市试试。"

东方晓笑着说："你的想法和我的想法又差多少呢？不都是怕久拖不决吗？根据以往的经验，还是从上往下比较好。"

李俊杰说："那好吧。为了快些，还是当面递交，比邮寄保险。"

二人正在商量时，宾馆的服务员敲门来送当天的《颖州日报》。打开报纸，一则任命引起了东方晓的注意。东方晓对李俊杰说："俊杰，你看，这个唐秀媛竟被任命为副市长了。她是当时向市委组织部部长行贿的领导干部之一，这样的人被重用，不是又给了她一个更好的捞钱机会吗？"

李俊杰拿过报纸看唐秀媛的简历。这个女人从澧河区计生委的科员到办事处的主任、书记，到澧河区的副区长、锦绣区的区委书记，也算是一步步走上来的。作为一个收入有限的政府官员，在一个四线小城市，年收入也就几万元，但其向市委组织部部长魏正明一次送钱就达15万元。魏正明被判刑后，一些行贿人一时成了颖州市街谈巷议最多的话题，尤其以唐秀媛最为出名。因为女人的升迁，本身就是一个敏感的话题。李俊杰粗略地看了一下，笑了起来。东方晓问他："你笑啥呢？"

李俊杰说："我想起了朱元璋那个朝代，许多官员戴着枷锁上朝办公的故事。"

东方晓哈哈大笑起来，说："俊杰，你真是人才，这都能类比。"

李俊杰说："我在法院民庭时，曾判过一个老赖给付拖欠的农民工工资，但这个老赖以各种理由不执行判决。有一次，在宪法日搞法律宣传时，我们邀请人大代表到我们院视察，这个老赖赫然坐在人大代表的位置上，对我们的审判工作品头论足。那一刻，我真想上前替可怜的农民工打他两巴掌。"

原本觉得李俊杰的类比好笑的东方晓，听到李俊杰说老赖的事儿，心情也沉重起来。在体制内办案时，东方晓何尝没有遇到这样的事情。有些原本已涉嫌行贿犯罪的人，不仅没有被追究，反而成了监督检察机关的人大代表或政协委员。很多时候，东方晓感觉愤怒，但又无可奈何。作为被监督的一员，自己的命运有时就掌握在他们的手里。更多时候，东方晓恨的是自己，为什么没有将案件查得更深更透一些，致使这些人犹如被捉后放回自由山林的猛虎，有了更多的对付猎人的办法。庆幸的是，东方晓和李俊杰走出了那方不适宜他们生存的空间，一切，随着时间的流逝，正在慢慢得以改变。

83

在省高级人民法院的大门口，东方晓和李俊杰正在登记时，忽然被叫住了："嗨，东方，你们怎么在这儿？"东方晓和李俊杰几乎同时有些惊喜地说："咦，这么巧，在这儿碰到你了。"

原来是赖明生。他今天到高院来，是找省高院审判监督厅的师弟孔惟明要一些案例，做教学用。办完事儿正准备回去，恰巧就遇到了东方晓和李俊杰。赖明生说："高院审的可是在全省有影响的大案子，你们接了什么大案件吗？"

东方晓说："哪里是什么大案件，是为王君卓的弟弟王君辉的案件申诉。"

听说是申诉，赖明生一下子有了兴趣。他简单了解了一下情况，说："我师弟正好在审监厅，走，我带你们找他。"

在孔惟明的办公室，4个原本没有交集又有可能相遇的人坐在了一起。孔惟明接过李俊杰递过的材料，很认真地一页页看了许久，说："若真是申诉材料中写的那样，法律不强人所难，吴来安的死就是一个意外事件，王君辉构不成故意伤害。这样，你们按照正常程序到立案厅去登记一下，我会关注这个案件的。"

赖明生说："外面一日，狱中一年，师弟，你们还是要尽快啊！"

孔惟明苦笑了一下说："各地的申诉案件，雪片一样多，堆积得像山一样，我们的人手也很有限，要一个个来啊！"

赖明生说："给个面子，安排得快些嘛。"

孔惟明说："师兄，还是改不了老习惯，给了你面子，那其他人的面子给不给？哪一个申诉到这儿的案件，不是认为自己苦大仇深，时间长了，人都有惰性，不管多急，还是要按程序来。"

赖明生说："我觉得你们的审判监督，有时也有些流于形式，像那些亡者归来、真凶坦白的一些冤假错案，你们要是好好履行职责，说不定已迟到的正义会来得相对早些。师弟，你们这个部门，可是一个要为民作主的部门啊！"

孔惟明笑笑说："你说得也是，现在疑罪从无案件的增多，就有我们的努力啊，有些案件，无法做到事实无罪与法律无罪的统一，按照有利于嫌疑人的原则，都进行了纠正。一切都在朝着依法规范的方向推进。"

赖明生说："王君辉的哥哥现在因贪腐还关在颖州市看守所，他的家族现在犹如树倒猴散，楼塌客远，这个案件，你就当特事特办吧，给人家这个家族一个好好生存的希望。"

赖明生与孔惟明的对话，就像讨价还价一般，东方晓打量着坐在办公桌后面的孔惟明，他身材矮墩墩，脸庞胖乎乎，眼睛小得像一条缝，光头亮得像灯泡一样，语气不紧不慢、不愠不火，东方晓心中直想笑。东方晓明白，孔惟明说的都是实情，但又觉得不太对劲，于是就插话说："孔法官，我的律所在深圳，办公的地方就在福田区，打开窗户就能看到深圳河，有时间时，让自己也放松一下，到深圳去转转，我请你喝早茶。"

孔惟明的眼神一下有了别样的笑意，说："啊，你在深圳，怎么代理了平原的案件?"

东方晓将自己的经历简要地给孔惟明介绍了一下，孔惟明将自己肥胖的身子从办公桌后面抽了出来，给东方晓和李俊杰的杯子里续了水，伸出手握住了东方晓的手说："幸会幸会，我近期正有到深圳去的行程安排，到时就叨扰东方大律师了。"

东方晓说："你到深圳时，给我打电话，不管是坐飞机或是高铁，我亲自开车去接你。"

或许是有了某种可以交换的东西，4个人的距离一下子拉近了。孔惟明答应，本周就安排人去调王君辉的案卷。若申诉的内容属实，会尽快发回重审或直接改判的。让他们放心。

与孔惟明告别，赖明生说："好不容易在这儿遇到了，走，我请你们到茶社喝茶去。"

东方晓和李俊杰不好推辞，就答应了。走在路上，赖明生给徐洋打了一个电话，因为声音很大，听出赖明生很兴奋，徐洋说："好，我马上给清风小筑打电话，我等你们。"

来到了中原大学内的清风小筑茶社，徐洋早已等在茶社的门口，说茶师早已将茶泡好了。进到精致的包间，东方晓和李俊杰见到了也等在那里的李教授，熟人相见，有一种别样的亲切。东方晓说："大姐，上次真是太感谢您了。真如雪中送炭一样，今天在这儿见您，我想和您拥抱一下。"说着，东方晓张开了双臂，与知性的李教授紧紧拥抱。

边喝边聊中，东方晓从李教授那儿知道了锦绣区的万检的一些情况。万检来自偏远的穷乡僻壤，是通过曲曲弯弯的关系，才坐上了检察长的位置，是一个树叶掉了都怕砸破头的主，但搞花架子还是有一手的。正是他搞的一些花架子创新项目，受到了市领导的肯定，原本很快就要提拔到市中级人民法院任副院长的，因省委对颖州市的巡视，暂时没有调整。

听着李教授对万检的八卦，李俊杰说："别是巡视出什么问题了，让提拔成了竹篮打水，就麻烦了。"

徐洋笑着说："呸呸呸，李大律师，别乌鸦嘴好不好，万检可是李教授的同学啊！"

整个喝茶期间，为着赖明生的面子，大家都没有提萧剑的事儿。

在返回途中，东方晓感慨："俊杰，今天咱俩干的竟是让自己最深恶痛绝的事儿，凡事儿不是找法律，而是托关系、找人。我做梦也不会想到，我最讨厌的到处说情的赖明生，今天会为我们要申诉的事情让孔惟明给他面子，世事竟是这样轮回的，你说，这是幸还是不幸？"李俊杰说："对公义是幸，对枉法或徇私是不幸。我们是为公义嘛。"东方晓说："其他人的公义若是因为没有找到人，就要延缓被追求的过程，这对他们公平吗？什么时候，能一切按照正常的轨道运行，这个社会，才能实现真正的公平与正义。今天，我们虽然得到了一种优先，但内心是悲哀的。"

84

2019 年春节前，省委巡视颖州市，发生了一件意想不到的事儿。刚开始时，到相关单位开会座谈，了解情况。虽然大家都严阵以待，但也认为将一些形式的东西做好，一般就会过关。不承想，在到颖州市锦绣区检察院座谈时，巡视组的同志提出要到各楼层走走，看看干警的作风纪律情况。像不经意似的，他们跟着万检转到了万检的办公室门口，万检说："刘组长，这是我的办公室，进来看看。"刘组长说："好，好。"刘组长一行人跟着万检等人进了办公室。进去后，刘组长说："万检，这次下来，有个小任务，领导交代，要看看领导的办公抽屉，看看有没有烟呀，红包呀一类的东西，麻烦您打开，让他们几个看看。"万检的脸色一下子有些僵，神情错愕。刘组长像开玩笑一样说："万检抽屉里不会有什么见不得人的东西吧？"万检红着脸说："哪会有啥东西，就是自己的一些私人物品。"刘组长软中有硬地说："这是办公室，私人物品一般是不允许放在办公室里的，来，打开，让他们看看。"万检看刘组长的神情，觉得违拗不过，就不情愿地打开了抽屉。巡视组的一个小姑娘拉开一看，发现一张银行卡躺在一张简历的下面，小姑娘顺手将银行卡与简历一同拿了出来。发现那张银行卡的背面用铅笔写着一组密码，下面的简历是胡大伟的。小姑娘拿给刘组长看，刘组长说："万检，密码怎么可以记在银行卡背面呢，不安全吧。这个胡大伟是谁？"说着，将银行卡递给了那个小姑娘，小姑娘立即用手机拍下了这张银行卡的卡号和密码。随即又将这张卡交给了万检。原本轻松的气氛一下子有些紧张了，大家都屏住气不出声，空气好像凝固了一般。万检的脸色更难看了。其中一个副检察长立即接话道："是我们院侦查监督科的科长。"刘组长嗯了一声，没有再继续问。

转完楼层，召开座谈会，锦绣区检察院中层以上人员都集中到了会议室，刘组长说："给我们介绍一下你们的班子成员和各科科长，等会儿我们好进行座谈。"一个副检察长逐一指着大家进行介绍，被介绍的人礼节性地站起来点头示意。介绍到胡大伟时，刘组长依然不动声色听着介绍。挺着大肚子、挂着腼腆微笑的胡大伟站起来坐下去，一切都很正常，好似什么事情都没有发生过一样。

停了不久，万检到市纪委去说明情况。原来那张银行卡是胡大伟的妻子办的。这张卡是通过一个做茶叶生意的老板，也就是胡大伟的老乡樊中良交给万检的，目的是提拔胡大伟，但胡大伟的群众基础太差，每次考核都有许多不称职票。辖区的公安与法院也对他有很强烈的反响，万检虽然也给他在区委做了许多努力，但依然没有运作成。于是，万检违反组织原则，自己决定让胡大伟以检察长助理的身份进了班子，享受班子成员待遇。

樊中良的生意做得并不大，但靠着同乡关系，在颖州市也小有名气。樊中良原本不认识万检，是通过市院办公室主任的引荐，说樊中良是高卫国检察长的朋友，进而认识了万检。樊中良在自己老乡的会所，请万检吃过几次饭，其中一次，樊中良对万检说了关于胡大伟想提拔的事儿。万检没法当场驳樊中良的面子，就答应一定要给胡大伟做一个合适的安排。宴请结束，樊中良送万检上车时，顺手将用胡大伟简历包着的一张银行卡塞给了万检。

银行卡事件，直接终止了万检升迁的仕途。市监委接着对樊中良进行了调查，监委的人找到樊中良时，樊中良正在和几个老乡喝酒，被叫到市监委时，酒还未完全醒。监委的人问他的内容倒不是他转送万检的银行卡，而是和高卫国的关系，以及与高卫国有哪些不正当往来。樊中良可能认为高卫国已退休，说他什么也没有妨碍，就醉醺醺地说："高卫国，高检，俺俩是朋友，但是高卫国不够意思，给他说了好几个事儿都没有办，那是收礼不办事儿的人。"当监委的办案人员问都给高卫国送过哪些礼时，樊中良好像一下子清醒了，说也就是烟啊，酒啊，茶啊之类的。办案人员问："这就是你送的礼？你拿这话哄幼儿园里的小朋友的吧？"樊中良发现自己说露嘴了，于是就保持沉默。任办案人员怎样做工作，就是不开口。

　　对樊中良的突破口选在了他的大额存款上面，结合樊中良的生意，他不会在短时期内一下子就存入数目不等的款项，这些存款没有合法的来源，且有些是定期。樊中良是一个初中都没有读完的小混混，十几岁时到颖州市投奔其做生意的叔叔，长大后，慢慢有了自己的生意。跟着他叔，不仅学会了经商，更重要的是学会了与官场上的人打交道。没有文化，且是法盲的樊中良，在监委办案人员的审讯技巧下，做了最有利于他的选择。监委的人将他的几笔来历不明的钱的性质进行了分析，这些钱若说不出来源有可能被定性为诈骗，那面临的将是10年以上或是无期徒刑；若是间接受贿，数额那么大，有可能面临3年以上10年以下有期徒刑；若是帮助掩饰隐瞒犯罪所得，那就比较轻了。若是有立功表现，不仅可能从轻减轻，甚至可以免除处罚。几经较量，反复权衡，原本很义气的樊中良，心理防线彻底崩溃。于是，樊中良将和胡大伟一块儿做生意，在公检法游走，做法律掮客的事情，一五一十全盘托出。一张银行卡犹如一根线头，引出了涉及多部门多人的窝串案。此事的轰动，给了萧剑绝好的媒体素材。萧剑用生花的笔触，以"一张银行卡引出的腐败"为题，进行了系列的追踪报道。萧剑的报道，使赖明生的案件、王君辉的案件得以迅速发酵。

85

锦绣区检察院被巡查出问题的事件，一时成了网络的热点，高卫国被省监委、胡大伟被市监委立案调查。在这个关口，王君辉的案件很快被高级人民法院裁定，发回颍州市中级人民法院重审。

案件重审中，主办案件的法官张瑞锋，翻阅了当年审理该案的内卷材料。当年的主审法官，对检察院公诉的行贿案件，认为王君辉在配合纪委调查多名贪官的问题中，虽然有纪委不予追究刑事责任的承诺，但是其行为已触犯刑事法律，还是应该追究刑事责任，鉴于其行贿的目的，是为君辉集团谋取利益，应定性为单位犯罪。按照其犯罪的情节和数额及坦白的情况，拟判决有期徒刑一年四个月。其故意伤害罪，全案证据不能支撑其故意伤害的故意，吴来安用头顶撞王君辉，王君辉出于本能的躲闪，导致吴来安顶空，进而头部被工地上的钢筋所扎，应属于意外事件，王君辉作为被加害方，不应负刑事责任。且案发后，王君辉给了吴来安家属 100 多万元的赔偿，于情、于理、于法，都不应该对王君辉进行刑事追究。此案也提交了审委会进行讨论。有委员提出，既然检察院公诉了，看能否改变一下定性，改为过失致人死亡。办案人员否定了这一提议。认为，在该案中，王君辉作为一个集团的领导，对工地的上情况远没有工人熟悉。他既不存在对吴来安顶他导致自己死亡的结果的疏忽大意，也不存在他本能地躲开是出于对吴来安死亡结果能够避免的过于自信，其行为不符合故意伤害或过失致人死亡的法律构成要件。第一次审委会没有形成统一的意见。最终的结论是，让检察院再补充些证据，看看王君辉的故意伤害致人死亡能不能成立。

检察院没有补充来新的证据，但办案人在内卷卷宗中做了这样的记载：2012 年 9 月 28 日 16 时 32 分，在王君院长办公室，检察院的检察长高卫国、公诉局局长李明理前来协调案件，高卫国检察长说，此案在颖州市造成了很坏的影响，若不重判，会引起上访，若引起上访，可能会造成恶劣的社会影响，到时，处理的也许不是这个案件，而是办理这个案件的干警。为了法检两家的安宁，还是要慎重、从重，况且王君辉本人也认罪。这个案件，以行贿罪、故意伤害致人死亡罪追究王君辉错不了。法院不要担心，检察院正在协同税务部门调查君辉集团，过不了多久，王君辉的其他问题，也会移送法院审判的。经过协调，王君院长严肃地说："小王，你是要检察院查你渎职吗？既然被告都认罪了，你还有什么不敢判的。就按高检的意见办。数罪并罚，都顶格判决。"承办人提出是否再开一次审委会，王君院长说，若不存在其他疑义，就不开了。

　　看到这里，张瑞峰的心情很沉重。原来的承办法官，是承受了怎样的心理压力，委曲求全，才做了违背法官良心的判决？现在，案件交到了自己的手里，自己又该何去何从？

　　王君卓的案件，几经退补与延期，终于起诉到了法院，也许是经过了与承办人员的有效沟通，起诉的数额与原来相比，已缩减为 700 万元。700 万与 7000 万元，犹如搬掉了压在王君卓头上的几重大山一样，王君卓疑似在暗黑中看到了一束生命延长的亮光。在会见中，东方晓将王君辉案件发回重审的情况告诉了他，也将高卫国被立案调查的情况告诉了他。东方晓与李俊杰就起诉书中认定的数额与王君卓交换意见，认为数额有可能进一步减少时，王君卓说："师弟，不用再费周折了，这个数额，是你们努力的结果，我认了。在这里，我常常回想起小的时候，能吃一碗面条，就像过年一样。逢年过节串亲戚，我和弟弟掂着一盒点心，走一段路，捏出一小块儿，走一段路，捏出一小块，等到亲戚家中时，原本鼓胀的盒子就塌架了。我当官后，凡是能吃的山珍与海味，凡是能喝的高端红酒白酒洋酒，我都享受了。这些，虽然无法认定为犯罪，但都是民脂民膏。这又何尝不是犯罪呢？因此，这个结果，我认了。"王君卓说起小时候的事情时，有微笑在脸上浮现。那是久违的幸福，是东方晓也曾有过的。东方晓听得心有些酸。

听王君卓讲完，李俊杰说："我想，我们要做的是，准确认定你的犯罪数额，这样，才能保证正确地适用法律，这不是你认与不认的问题。对了，想起一件事儿，关于文一帆的那套房子，你就不愧疚吗？你收的钱，是否用于这套房子上了？"

东方晓看见王君卓的眼中滚出了泪水，王君卓的喉头有些哽咽。许久，他用期待的眼神看着东方晓："师弟，我真的不想给你再添麻烦，但是，我还是想求求你，转告君辉，代我补偿文一帆。这样，我即使到了九泉，也会有些许心安。"

走出看守所，东方晓苦笑着对李俊杰说："我们现在所作的努力，恐怕最终不会再有什么意义。王君卓那样聪明的人，不可能不知道他身体的状况，案件虽然到了法院，能否等到庭审，估计也是未知数。王君辉的案件发回重审，高卫国被立案调查，对他，是个好消息，但一个人，一旦渴求的东西得到了，他原本顶着的一口气就会泄下来，这对于他的身体来说，不是一个好的征兆。"

李俊杰说："但愿老天保佑，让这不幸来得晚一些吧。命运这东西，如此让人捉摸不透，不该给你的，你得到了，它会以残酷的方法将之收回。我真希望王君辉的案子能早些有结果，给王君卓再多一些安慰。"

东方晓说："但愿吧，我们还是尽力催催，看看君辉的案件，能否快一些。"

86

　　东方依然在加拿大，除了上课、旅游，还不时为珍妮特做些小工，她朋友圈晒出的旅游、美食照片之外，就是享受一般给珍妮特修剪花草、收拾房间，帮珍妮特翻译一些产品的说明书。更让东方晓放心的是，珍妮特因喜欢东方依然，竟请求东方依然做她的干女儿。东方依然在加国的生活如鱼得水，竟有乐不思蜀的感觉。那个带给东方晓快乐，带给东方晓慰藉，带给东方晓希望，带给东方晓美好的女儿，现在在异国他乡，又做了珍妮特的女儿。东方晓在放心的同时，竟有一丝隐隐的醋意。在开放的国度与环境里，东方依然与珍妮特就像没有代沟似的无话不谈。东方依然问珍妮特为什么不结婚时，珍妮特的脸上有幸福的回忆。她告诉东方依然，她曾拥有过一份美好的爱情，虽然没有缔结婚姻，因曾拥有过，她已很满足。那份曾经的爱情，会伴她走到生命的终点。东方依然问她："那个人是谁？"她对东方依然说："是在法院工作时的一个上级。"东方依然跟她开玩笑说："不会是第三者插足吧，那可是不道德的。"珍妮特严肃地对东方依然说："没有爱情的婚姻，才是不道德的，人的生命中，爱情是可以跨越许多的，年龄、国籍、贫富、地位等等。人世间，唯爱而美好。"东方依然跟她辩论，说："爱情固然美好，若没有婚姻的保障，就不会牢靠。爱一个人的最高境界，就是执子之手，与子偕老。否则，就是镜中花水中月，这对双方都是不负责任的。"珍妮特如天真的小姑娘般，对尚没有恋爱过的东方依然老气横秋的话感到不可思议，问东方依然为什么有这样的观点。东方依然告诉她，因为自己有幸福的家庭，爸爸妈妈就是因为相爱才结婚，进而有了她，她是从爸爸妈妈那里感受到婚姻的责任与美好的。

珍妮特虽然生活在国外，但骨子里依然有中国女人的传统，除了工作，就是旅游，或在家做各种美食，很少与男人有交往。在国外，她或许是没有遇到心仪的人，或许是真的固守曾经的爱情，或许是受伤太深自欺欺人，不管是何种原因，孤身一人的现实却是真的。

当东方晓将从东方依然那里了解到的这些情况，说给李俊杰时，这个在法庭上纵横捭阖，在现实中成熟内敛的男人，竟泪流满面。

东方晓说："有些人会活在一种不真实的梦想里，石婉玉是否只是用这样的方法麻醉自己，你不可以也这样天真啊！"

李俊杰说："若她真存有对我的梦想，我想成全她，我要给她真实。我欠她太多了，我要补偿她。"

东方晓说："感情的东西，没有太多的对与错，也没有什么谁欠谁，若你愿意，你不妨试着和石婉玉联系一下，看能否重新开始。"

李俊杰的眼中升出一种渴望，东方晓拍了拍他的肩膀，李俊杰竟像小姑娘一样，有些羞涩地笑了。

通过分享东方依然与石婉玉的快乐，东方晓想王佳蕙了。但是，王君卓的案件开庭在即，东方晓暂时不能回去。因为开庭前，有许多准备工作要做，尤其是与法院沟通王君卓的病情。就王君卓的案件情况和王君卓的身体状况，判暂予监外执行还是有可能的。

正当东方晓和李俊杰为王君卓的案件做准备时，他接到了看守所和法院的电话，说王君卓在看守所忽然昏厥住院了。在医院醒来后，王君卓说要见东方晓，看守所在通知法院的同时，也通知了东方晓，东方晓和李俊杰立即赶往颖州市第一人民医院。

在医院的抢救室，东方晓和李俊杰见到了病入膏肓的王君卓，他拉着东方晓的手用微弱的声音断断续续说道："师弟，我家的一切，都拜托你了。"东方晓安慰他说："现在的医疗水平，治你的病应该不成问题，你不要有太多的心理负担，配合医院好好治疗，一切都会好起来的。"

王君卓吃力地摇了摇头："我自己的病，我自己知道。在我生命的最后阶段，能将自己的一切都交付给你，我死也会瞑目的。"

东方晓的心很沉重。这个在一方辖区一度叱咤风云的人物就要这样烟消云散了。人生，有时真如风吹雨打萍。

医生将东方晓叫到一边说："从刚做的 CT 片子来看，他肝癌晚期的癌细胞已在腹腔扩散，尤其是扩散到了肺里，现在的医疗对他已无能为力了。就看能支撑几天了。你最好通知一下他的家里人，准备后事吧。"

东方晓恳请大夫，在王君卓生命的最后阶段，能否多用些止痛的药物，让他减少一些痛苦。钱的问题，由他负责。

返回抢救室，东方晓对王君卓说："刚才和医生沟通了，你的病忽然成这个样子，与你思虑太多有关，你要放松心情，配合治疗。我和俊杰抓紧时间，催催中级人民法院，看君辉的案件能否早些结案。"

王君卓表情虽然很痛苦，但还是强撑着点了点头。他的眼中，疑似燃起一丝希望之光。他伸出手，东方晓再次紧握着他的手，他对东方晓说："我还有一件事儿放不下，能否让文一帆来看我一下，我要当面向她说声对不起。"

东方晓虽然有些为难，但也答应了他，说："我和俊杰去找找她，看她是否还在颖州，若在，我们会请她来看你的。"

因为刚经过抢救，不宜说太多话。东方晓拿出自己的银行卡，在医院的收费窗口，为王君卓交了 3 万元钱，和李俊杰离开了医院。

　　正在东方晓为王君卓的病重焦虑时，徐洋打电话说赖明生的案件，在多方的干预下，检察院已改变了原来的决定，作出了绝对不起诉的决定。

　　挂断徐洋的电话，东方晓的心中涌起莫名的悲凉。一个案件，原本应按照法律的规定，在正常的轨道运行，可现实总是生出许多枝枝杈杈，这枝枝杈杈，将原本简单的东西复杂化。赖明生虽然有遍天下的桃李，经常游走在各色官场与商场之中，但在其身陷困境时，除了徐洋的奔波外，没有为他到处游走的人，人的现实与势利，从赖明生的案件中可见一斑。在检察院工作时，东方晓经常遇到同学、朋友、上级等方方面面的人向其打听案件。他总是苦口婆心地将法律的规定一遍遍地讲给找他的人，告诉他们，没有必要找人，最终的结果该怎样就是怎样的。但人家听后，常常对他说，不找人不行啊，要是都像你说的那样就好了。如果不找人，说不定会判得很重的。东方晓说，法律规定在 3 年以下的，绝对不会判 3 年以上，在 10 年以上的，如果没有其他从轻情节，绝对不会判 10 年以下。但人家就是不相信，反而说："你不帮忙就算了，讲这些都没有用，该花的钱不花，最终是不会有好结果的。"东方晓无语，暗地里可怜那些找他打听案件的人。可最终的结果，却常常出乎东方晓的意料。有些案件的结果，就是按照说情人的期望发展的。曾有一个让东方晓记忆深刻的案件。那是一起抢劫案，两个人冒充执法人员以检查为名，抢劫了一个商店的财物。这两个人当中的一个，是东方晓初中同学的侄子，这个初中同学，在老家县里当旅游局局长，因为迎来送往，有很大的神通。他侄子案发后，他找到东方晓，让东方晓给检察院说说，看能不能不批捕，他准备了 10 万元钱，让东方晓将事儿给跑跑。东方晓给检察院的承办人打电话问情况，承办人告诉东方晓，案件事实很清楚，证据很扎实，情节很严重，不敢不批捕。东方晓将听到的情况告诉了老同学，并劝老同学不要为这事儿花冤枉钱。那个老同学说，你就将钱给办案的人试试嘛。东方晓拒绝了，说钱送了也办不成。那么清楚的案件，不可能不批捕。老同学看在东方晓这儿通融不过，就说，东方，你太死脑筋了，不帮忙算了。过了不久，这个同学到颖州市来办事儿，组织同学聚聚，东方晓因没有帮他送钱，心里有些过意不去，就去了。在吃饭时，他问这个同学，他侄子的事儿怎么样了。这个同学一指坐在下首的一个年纪和他不差多少、面相很木讷的人说："就是他，我大哥的儿子，比我小3岁，跟着一个在矿上保卫科干过的人，拿着手铐去人家店里，拿了人家几条烟、两箱酒，进去了半个月。"东方晓问："办案人说是抢劫，怎么能出来呢？"同学意味深长地笑了一下说："东方，别太天真了中不中。"东方晓的头如被人闷了一下，有些蒙。不只是这一起案件，还有一些案件，也曾有类似的情况。东方晓不知道，那些办案人员是用什么为嫌疑人脱罪的。但是，自己与同学、朋友的人缘越来越差。那些案件，原本是有罪却因找人办成了存疑的案件，而赖明生的案件，明明是无罪的案件，也要找人。

自从到深圳做律师后，东方晓原本就屏蔽了在颖州的许多人和事儿。现在，因为王君卓，让东方晓不得不调整自己的思路。王君卓已命在旦夕，王君辉的案件，若是能进展快一些，对他何尝不是最大的宽慰。东方晓对李俊杰说："俊杰，明天我们到省高院，去见见孔惟明，你买两条好烟。"

李俊杰说："咱不是要找文一帆吗？王君辉的案件不是正在复查吗？咱得给人家时间。"东方晓说："若是按部就班，半年也不一定有结果，咱可以等，王君辉可以等，但王君卓不能等了。"李俊杰说："法院的上下级是指导关系，不像检察院是领导关系，孔惟明说话下级不一定会听的。"东方晓说："审判监督，是各级法院都有权的，王君辉的故意伤害致人死亡，本身就是一个错案，不行了，咱可以请求孔惟明提上来办。"李俊杰说："好吧，明天我们去试试吧。咱还是先去找文一帆吧。"

东方晓和李俊杰来到文一帆家，和上次不同，文一帆的妈妈很热情地招待了两人。茶泡上，两人坐下来，文一帆的妈妈说："这么长时间了，王君卓的案件也没有结果，查封我们小帆的房子到底能不能还给我们呢？我正想找你们帮忙呢，真是说曹操曹操到，太巧了。"东方晓说："我们会尽力为一帆争取的。一帆呢？"文一帆妈妈说："她到深圳打工去了，你们找她做什么？"李俊杰说："还是房子的事儿，我们想找她进一步了解一下，看看她能否拿出些钱，将钱退了，将房子留下来，毕竟这套房子现在已升值很多，若是拍卖了，以后不一定能再买这样的房子了。"听到这儿，文一帆的妈妈立即说："好好好，我明白，我这就找亲戚朋友借钱，将这套房子的赃款退了，将房子保留下来。我给你们说说小帆的电话，你们记一下。"

走出文一帆家，东方晓说："这事儿电话里不好说明白，置换一下位置，假若咱是文一帆，会如何想呢？和王君卓的交往，小姑娘受伤太深了。"

经过权衡，两人决定，明天去见过孔惟明后，到深圳去见见文一帆。

88

东方晓和李俊杰又一次来到孔惟明的办公室，李俊杰从包里将用黑色塑料袋裹着的两条香烟拿出来，说："孔庭长，上次来见你烟灰缸里堆满烟头，知道你也应该是经常加班用烟提神的，今天我们俩回深圳，路过这儿，顺便给你捎两条烟，下次我们再回来，给你带些深圳的烟来。"孔惟明笑眯眯地接过，放进了自己的抽屉，说："还是做律师好啊，一是自由，二是挣钱多，哪像我们，只靠工资吃饭，每天还得累死累活的。"东方晓说："孔庭长，有时间了到深圳去，我的律所就在深圳河边，站在办公室的窗前，就可看到对面的香港了。"孔惟明来了兴趣，问："那房租得很高吧？"东方晓说："不算太高，我们那栋楼上有好几家律师事务所，有专门打涉外官司的，有专门做房地产咨询的，有专门打离婚官司的，都有自己的专长，有机会了，欢迎你到我们那儿去指导一下。"孔惟明长叹了一口气说："唉，最没意思的就是做刑事案件的审判监督，天天面对的都是喊冤的来信，都快麻木了。要是退休后能到你们那儿多好啊！"李俊杰立即接上说："孔庭长，你天天搞审判监督，对刑事案件审判的弯弯曲曲肯定比一般人知晓得多，将来要是你能加入我们所，打刑事案件的官司，肯定会出名的。"孔惟明笑了笑说："老弟，你别恭维我了，我们接触的面太单一了，哪里有你们专业。"李俊杰适时地说："孔庭长，我们过几天就回来了，还是上次找你的那个王君辉的案件，你可要帮忙督促一下。王君辉的哥哥王君卓，估计挨不过审判结束了，如果王君辉的案件能早些纠正，他们兄弟说不定还能再见上最后一面。"孔惟明说："要真是像你说的，我可是做了一件功德之事了。"李俊杰说："何止是功德，那是匡扶公平正义，也是真正地让冰冷的法律充满人性，王君辉的事儿，就拜托你了。"

孔惟明说："我尽力吧。"

走出省高级人民法院的大门，东方晓说："咱不能食言，下次一定给他带些深圳的烟来。"

李俊杰说："就看他怎样办了，若是他要求中级人民法院不要发回重审，直接改判，那就简单多了，要是他督促只要结果，还是踢皮球一样，让基层法院去重审，那只好听天由命了。"

东方晓说："咱赌一把，我相信他是一个很有办法的人，他会明示或暗示将案件办得快一些的。"

李俊杰说："就这两条烟，未必吧？"

东方晓说："有心的人，想事儿会不一样的，这两条烟只是一个引子，若是将王君辉的案件纠正了，他死水一样麻木的工作，估计会泛起些涟漪的。"

李俊杰说："但愿吧。"

高铁一路奔驰，到深圳已是晚上。东方晓和李俊杰没有休息，直接来到了福润大酒店找文一帆。

不管曾经的人生有多么不堪，除非终结生命，一切，都还要继续。涉世不深的文一帆，在本应花样的年华，却遭受了一场命运的风雨。为了生活，为了摆脱那曾经带给她伤痛的家与城市，从真实与虚拟的游戏中抬起头，向未知的远处眺望，这个经过了百折千回思考的小姑娘，咬了咬牙，决定将一切重新开始。于是，她只身一人来到了深圳，应聘到福润大酒店做服务员。若不是造化弄人，这个小姑娘也许有一份体面的工作，有着优渥的生活，但现在，她只是芸芸众生中一个卑微而又顺从的酒店服务员。想到此，东方晓的心里涌起一阵酸楚。王君卓在生命行将就木之时，想见她，不啻撕开她已结痂的伤口。东方晓曾想拒绝王君卓的请求，但人之将死，其言也善，鸟之将亡，其鸣也哀，王君卓或许有什么想补偿文一帆的。东方晓同情文一帆的遭遇，也想让她能得到一些好的补偿，因此，才满怀疑虑地来见文一帆。等到文一帆下班，东方晓和李俊杰在一个已收拾好的酒店包间里见到了文一帆。看到东方晓和李俊杰，文一帆的眼中闪过一丝惊异，但很快就恢复了平静。坐在东方晓的对面，她微皱着眉头，没有说话。东方晓先打破了沉默，说："我和李律师刚从颖州市回来，这个时候来见你，有一件很要紧的事儿要和你说。也许不妥当，但我们觉得还是要将一些情况与你沟通一下。"文一帆看着东方晓，依然没有说话，像一个哑巴一样。虽然没有得到文一帆的回应，但东方晓从文一帆的微表情中读出了她愿意听。东方晓继续说："王君卓也许不久于人世了，在他临终之前，他想见见你。"听到这里，文一帆的眉头紧皱了一下，瞪大了眼睛，她微张了一下嘴，想说什么，但最终什么也没有说。东方晓说："感情这东西，虽然没有对与错，但在现实中，还是要受许多因素的制约。从我所了解的情况，我认为，王君卓对你应该是有真感情的，也有着关于未来的寄托，只是，人世间，有太多东西不如人愿。他想见你，或许你们之间还有什么没有了结的。作为一个可以做你长辈的律师，我个人认为，从感情上讲，你受了太多伤害，往事重提，也许会伤得更重，从理性上讲，每个人的一生都有这样那样的伤痛和遗憾，他在临终之前，只想见你，我还是希望你能回应他一下，让他心安，让你以后也不会因此而留有什么困惑。"听着东方晓的话，文一帆将头低了下去。过了许久，她终于又将头抬了起来，但眼中有泪水在打转。气氛一下子变得凝重起来。又过了许久，文一帆低声问："他要被判死刑了吗？"

东方晓说："不是，是他家有肝炎的家族病史，他的父亲和他一个弟弟，都死于肝病，他现在已是肝癌晚期，且已扩散，生命危在旦夕。"文一帆的泪水如断了线的珠子一样，簌簌滑落。最后，她说："我怎么才能见到他？"东方晓说："我来安排。"文一帆点了点头。

89

　　原本想在家多停几天的东方晓，接到了孔惟明的电话，说在他的督促下，关于王君辉的案件颖州市中级人民法院已开过审委会。据说在审委会上，讨论很激烈，当时认定王君辉故意伤害犯罪，是迫于高卫国的压力。高卫国在接受纪委监委的调查中，也说到了此案件。中级人民法院已裁定撤销原判决，纠正关于王君辉故意伤害罪的认定，已改判王君辉犯单位行贿罪有期徒刑四年半。孔惟明说，此案件的纠正，是他做控申工作以来，比较特殊的一起案件，他近乎是用公私兼顾的手段才使这起案件得以纠正的。孔惟明在电话中连声说："太难了，太难了。"

　　东方晓在电话中，一反过去的刚正，也装作非常感激的样子，称赞他是现代的包青天，并恳请他有时间了，到深圳来放松放松。

　　挂了电话，东方晓端起杯中的兰桂人，呷了一口，嘴角掠过一丝鄙视的苦笑。孔惟明这番电话，其实就是一种让东方晓感谢他的卖好，错案通过审判监督程序的纠正，原本就是一个司法人员职责内的事儿，只要他愿意用心去做，事情就会向着好的方向发展，如果他不愿意去认真做，当事人也无可奈何。更有甚者，有些人竟将这种分内的事当作生意来做，以此来牟取利益。孔惟明电话内容的另一层意思，东方晓是懂的，那就是东方晓欠了他一个人情，这个情，东方晓早晚是要还他的。东方晓打电话将结果告诉了李俊杰。李俊杰说："这和咱分析得很相近。单位行贿最多也就判 3 年有期徒刑，为了不赔偿，中级人民法院不可能倒找王君辉刑期，那也是将能用的刑期用足了。"

　　东方晓说："能这么快将故意伤害这个罪名给纠正，其实也是得力于多方原因，要不是高卫国被查处，要不是孔惟明的督促，要不是再审法官的责任，不知道要拖延到什么时候呢。人是有惰性的，在一个岗位上工作时间长了，就会变得机械了。在一个不正常的状态下，若将一种掌握别人生杀予夺的权力当作谋利的工具，那不只是法律的悲哀，更是整个社会的悲哀。司法工作，若没有代入感、同理心、悲悯的情怀，法律就不会彰显其内在的温情，法律只能是一个冰冷的工具。"

李俊杰在电话中开玩笑说："你讲了那么多个'要不是'，怎么就漏掉了重要的'要不是'呢？王君辉的故意伤害能纠正，咱俩是不是也功不可没？要不是遇到咱俩，要不是赖明生的引荐，要不是那两条烟，估计还得等一段时间。"

李俊杰的话，让东方晓也笑了起来。俩人正说笑时，有电话打进来，东方晓说："等会儿再跟你聊，我看谁的电话。"

电话接通，是王君辉从监狱里打进来的。说他已收到了颖州市中级人民法院的裁定，再有两天就能出狱了，特向东方晓表示感谢。东方晓问他谁去接他。他说不想麻烦别人了，到时自己坐公共汽车回去。东方晓在电话中给王君辉简单说了王君卓的情况，最后，东方晓说："我和李俊杰去接你吧。"王君辉还想推辞，东方晓说："就这样定了，你给我个准确时间，我安排一下深圳的工作，马上回颖州。我带文一帆一同去接你，回颖州后，咱直接去看君卓，他或许是在撑着最后一口气了。"

按照约定的时间，东方晓和李俊杰与文一帆回到了颖州市。李俊杰联系了他同学的一辆车，直接到第一监狱去接王君辉。

办完手续，接到王君辉。这个不善言谈的敦厚男人，竟抱着东方晓号啕大哭。东方晓的喉头也有些哽咽。

回程途中，王君辉问了文一帆的近况，也说了自己以后的打算。在监狱收看新闻，他了解到国家的基础建设还在扩大，建筑材料还有较大的市场，他准备将集团的一些项目进行收缩和整合，将办公楼与会所卖掉，保留宾馆、建筑公司与商砼，一切都重新开始。他还恳请东方晓劝说文一帆不要再到深圳去了，到他公司里去帮他管理宾馆，离家近些，可以照顾父母。相信一切都会好起来的。

经过了数小时的奔波，几人来到了第一人民医院。经过了一段时间的治疗，王君卓的情况好像有了好转，虽已瘦骨嶙峋，但精神很好。兄弟俩相见，又是一通痛哭。文一帆也在一边默默流泪。王君辉说："哥，你一定要好好配合治疗，我就是砸锅卖铁，也要给你治的，你要好起来，我们一切都从头再来。"王君卓说："君辉，这次你能出来，一辈子都不要忘了你东方大哥与俊杰大哥的大恩大德。"王君辉哭着说："放心吧，我不会忘的。"王君卓又说："君辉，过去哥没有帮过你什么，总是让你帮我，我内心里一直很愧疚，这一辈子哥是无法回报你了。咱家以后也全靠你了。有件事儿我还是想拜托你，你可要答应我。"王君辉哭着说："哥，咱是一母同胞，你为我做什么、我为你做什么都是应该的。有什么需要我去做的，你只管说，我都听你的。"王君卓说："是通过你，我认识了小帆，让小帆跟着我也吃了许多苦，现在，我已无法为小帆做些什么了，我想把小帆托付给你。若有可能，让她离开这个让她伤心的地方，送她到日本去读书，那是她爷爷奶奶曾求学相爱的地方，也是她一直想去的地方，你一定帮她完成这个心愿，让她有一个好的前程。"听到这里，文一帆也哇的一声大哭起来。这个曾让她受伤，曾带给她情爱的男人，是她生命中爱情的第一次，这个男人已深深地刻在了她的心里。情感上不管多纠结，她从不曾恨过他。想起与他在一起的时光，会自动屏蔽和过滤伤痛，留下的都是美好。这个行将就木的男人，在最后的时刻，竟要帮她完成她的一种奢望，让她如何能抑制住自己的悲伤？她竟不顾一切地扑到他的病床前，抱起他的头亲吻着说："我什么都不要，什么都不要，我只要你好起来。"这时，王君卓的呼吸忽然粗重起来。李俊杰立即叫来大夫，大夫和护士立即在病房对他展开抢救。可是，监测器上的血压竟极速地降低，心率在忽高忽低后，成了一条直线。

在王君辉与文一帆的痛哭中，被单蒙上了王君卓的头。李俊杰将瑟瑟发抖的文一帆搂在怀里，看着王君卓被推走了。这一天是 2019 年 2 月 1 日，农历腊月二十七。出生于 1965 年 10 月的王君卓，生命定格在了 54 岁。

90

　　王君卓的葬礼结束后，王君辉对前来参加葬礼的王君卓的校友进行答谢。许多年不见，当年那些青葱少年，如今大多两鬓微霜。王君卓昔日的校友，有在省级、市级单位担任重要职务的，有在基层法院、检察院任庭长、科长的，有做律师的，有成功的商人，有佛系的小职员，也有因职务犯罪在监狱服刑的。因王君卓的离去，许多校友从不同地方赶来，为他送别，这也给了大家一个相聚的机会。说起王君卓，无不唏嘘感叹、扼腕叹息。对王君卓在人生最后时刻给予帮助的东方晓，大家都由衷地赞叹和敬佩。校友们相互之间聊起多年来的人生际遇，有官腔十足的哈哈，也有牢骚满腹的激愤，更多的是看淡许多的平和与世俗。东方晓静静地坐在那里，为大家倒水，很少插言。走出校门，大家犹如长跑比赛中发令枪响后的情景一样，有弯道超越的，有一直领先的，有使出了吃奶的力气也依然落后的，有处于中间环节的，有中途退场的。现实中，人生而平等的也只是肉身与灵魂，因缘际遇，实际却是无法平等的。常言说，条条道路通罗马，而有些人本身就生在罗马，与那些往罗马挤的人相比，生在罗马的人，也许无法理解大家为什么要争先恐后地去罗马。案件代理中，看惯了太多的形形色色的案例，东方晓最大的收获是学会了倾听与用心分析、判断。虽然坐在校友中间，但他内心是孤独和寂寞的。

　　在敬酒环节，李俊杰过去的一个同行，现在借调市监委的林正，发现李俊杰也在，惊讶不已。他问："李主任，你怎么也在这里，你认识王主任？"李俊杰说："我和东方律师代理他的案件，谁知案件还没有结束，人却不在了。你怎么也在这里？"林正说："王主任在任时，帮我兄弟解决了夫妻两地分居的工作问题，给他送礼，是一分钱都不要，我兄弟两口一直感念王主任的好，我也很佩服王主任，因此，和他成了朋友。因怕受影响，我兄弟单位通知不让大家来参加王主任的葬礼，我兄弟来不了，我就代他来了。"李俊杰问："你兄弟在哪个单位？"林正说："开发区拆迁办。"听到这里，李俊杰不好意思再问下去，就转移了话题，问林正现在在忙什么。林正说："现在正在查锦绣区检察院胡大伟的案件。"听到胡大伟的名字，李俊杰来了兴趣，好奇地说："胡大伟也有今天，真是报应不爽啊！"林正再次惊奇了，问："怎么，你了解他？"李俊杰简要地说了东方晓和胡大伟表弟的事儿以及赖明生案件的情况。林正说："胡大伟这人，外边人称胡大胆。在锦绣区，那是出了名的能办事儿、敢办事，只要给他送礼，那就没有办不成的。他有门子，关系广，动不动就利用立案监督的权力敲诈当事人和公安干警，引起了很大的民愤。你说的事儿，能不能给我个材料，也作为我们查处的内容。"李俊杰说："算了，不想在这方面耽误工夫了。再说，赖明生也不一定会配合的。"林正说："也是，很多人在面对不公时，就如你说的多一事不如少一事。可还有一种情况，有人是专门找那些敢收钱的人办事儿的。他们说，当官的，能收钱就说明能办事儿，若是不收钱，那就表明不愿意给你办事儿。我们在查胡大伟时，有些当事人就说，原本认为案件已板上钉钉子没有希望了，可找到了胡大伟，就出现了转机。更有甚者，胡大伟还会将小事儿给当事人说成大事儿。有一个团伙寻衅滋事案件，胡大伟在逮捕了几个犯罪嫌疑人后，出于一种想敲诈的心理，以追捕的方式，督促公安机关抓捕几个不够罪的人。公安的办案人员说现有证据无法认定胡大伟要追捕的人够罪，胡大伟威胁办案干警说，检察院的追捕是在行使监督权，若是不依法执行，就等着去监委说情况，等着被脱警服吧。在胡大伟的威胁下，公安机关按胡大伟的要求，将几个所谓犯罪嫌疑人刑事拘留了。刑事拘留后，当事人的家属通过关系找到胡大伟求情，胡大伟为了敲人家的钱，硬说这事儿很严重，要判 5 年以上有期徒刑，当事人家属将几十万元钱送给胡大伟后，案件就以事实不清、证据不足结案了。胡大伟这样的人，给检察院的声誉带来了严重的影响，这次查处他，有典型意义，可以通过查处他，警示一大片人。"李俊杰说："胡大伟是不是背后有人啊?"林正说："要是没有人给他撑腰,估计他胆子也大不到这种程度。我们正在查呢。"李俊杰笑着说："我不敢再问了,案件查处阶段是要保密的,你这是泄密呢。"林正说："网上到处都是,这已是公开的事儿了,哪里是什么泄密呢。这点觉悟我还是有的。"正说话间,王君辉前来敬酒,打断了二人的交谈。

因王君卓的死亡,法院终止了案件的审理。王君卓的一切都随着那缕青烟消散了。东方晓和李俊杰遗憾地结束了对王君卓案件的辩护。

在二人返回深圳之前,王君辉将他们请到了君辉集团公司的办公室。因王君辉刚回来,一切还没有完全就绪,但和东方晓来这里调取300万元科技创新扶持资金证据时的情形相比,公司的面貌已有了很大的改观。原本破损的门窗已修好,污迹斑斑的走道已清理过。公司虽然冷清,但已有了些许的生机。在王君辉的办公室,王君辉用殷勤的倒水、让烟来表达对东方晓和李俊杰的感激。原本想回避关于王君卓的伤感,但又无法回避。东方晓将王君卓案件的最终结果告诉了王君辉,并鼓励王君辉,一切都会好起来的。王君辉说："我原本就是靠下力气吃饭的农民工,也许是命中不该有这么大的财富,才惹下了这么大的祸害。我不怨天不怨人,我认命。今天请两位哥哥来,一是再次表示感谢,二是我想把这几天正在办的一件事情给两位哥哥说说。我要让我哥走得没有牵挂,文一帆的房子,我帮她赎回来,让她父母能安心养老。过几天,我就找中介帮文一帆办理出国留学的事儿,也请两位哥哥放心。"三人又谈了君辉集团近期的一些打算,东方晓说,公司若是在法律上有什么需要帮助的,他会尽力的。因要赶高铁,东方晓和李俊杰谢绝了王君辉让他们再住几天的挽留,告别后,向高铁站赶去。

91

　　高铁以每小时 300 公里的速度向前飞奔，偶尔还能看到被快速超越的绿皮的火车。这种情景，让东方晓回想起学生时代寒暑假坐火车的经历。20 世纪 80 年代，是一个全新的年代，虽然有贫富的差别，但差别还不是很明显。那时的人，相对单纯。学生没有补课，办事儿很少送礼。那个时代，没有商品房的概念，户口是身份的区别，食品很安全，药品能治病。生活虽然有压力，但没有像现在那么大。上学有生活补助，且不用交学费。开学放假都凭学生证坐硬座的火车。为了省钱，东方晓一般坐慢车。所谓的慢，并不是时速，而是近乎站站停靠，还要为快车让行。从车窗向外看，可以看到快速超越的火车里，有些车厢像沙丁鱼罐头一样拥挤，有些车厢好像空着一样。很久之后，东方晓才知道，那些好像空着的车厢，其实是卧铺车厢，是可以坐可以躺的。看着超越慢车的快车，东方晓常想，这社会的发展是否就像这快慢车一样，若是你不改变自己，一直让，一直慢，那只有被超的份儿。人其实也如此啊，你一直按部就班地生活，别人很努力地向前，你慢慢地就落得越来越远。每个生命都有终点，但生命的过程，却有长度与厚度之分，质量是不一样的。走出校门，融入社会，虽是短短的几十年，社会却发生了翻天覆地的变化。依然像快慢车一样，跑得太快，有时会出事儿，跑得太慢，最终就被淘汰了。就像现在，大家出门多选择高铁、飞机，绿皮火车已如古董一样了。

　　东方晓的思绪被李俊杰拉回了现实。李俊杰剥了一个橘子，掰开递给东方晓一半，说："为王君卓的案件，经过了一年多的奔波，像做梦一样，原本想为他减轻处罚的，谁知造化弄人，竟是这样的结果。"东方晓将一瓣橘子送进嘴里，吸了一口气，咧着嘴连声说："酸，酸，酸死了。"李俊杰说："要是想吃不酸的，得再等一段时间。现在只有酸橘子，你将就将就吧。"东方晓说："在饭桌上，我听到你和你的熟人在说胡大伟，胡大伟真的被调查了？"李俊杰说："那个熟人是我之前的同事，是一个很会来事儿的人，从部队转业，因为学历低，也没有通过司法考试，无法进入法官序列，他看到仕途无望，曾折腾过一段生意，也没有赚到钱，后来，就通过关系，不断地借到纪委帮忙，现在正在办胡大伟的案件。"东方晓说："胡大伟是怎么翻车的？"李俊杰将林正告诉他的情况给东方晓叙述了一遍。最后，李俊杰说："还听到一个有意思的事儿呢。"东方晓说："什么事儿？说说。"李俊杰说："胡大伟的前妻长得很漂亮，在税务局上班。因为报税的事儿，经常跟一些企业老板打交道，一来二去，就和一个开煤矿的老板好上了。被戴了绿帽子的胡大伟，和妻子离婚后，一直耿耿于怀，总想找那个煤矿老板的事儿。于是，就动用手中的权力，要求税务机关查那个煤矿偷漏税的事儿。一查，果有此事，但刑事法律对偷漏税的规定有前置程序，无法以此追究那个老板的刑事责任。在胡大伟的强硬威逼下，税务机关对该煤矿进行了重罚。这事儿让那个煤老板怀恨在心，于是就雇人跟踪胡大伟，掌握了胡大伟与案件当事人不正当交往的大量证据。这些证据一直握在手里，等待时机。恰逢胡大伟给锦绣区检察院万检察长送银行卡买官的事情案发，那个煤老板借此机会，一举告发成功。"听了胡大伟这个八卦一样的事情，东方晓叹了一口气说："这是不是偶然中的必然？要不是巡查出了万检察长的问题带出了胡大伟，要不是这个煤老板因报私仇收集胡大伟的证据，胡大伟胡作非为的那些事情会案发吗？"李俊杰说："也许不会，你想，一个案件，犯罪嫌疑人从胡大伟那儿得到了好处，他怎么会告发呢？有时，即便觉得胡大伟太黑，但也怕胡大伟报复，一般不会也不敢告发的。有句俗话说，鬼都怕恶人。"东方晓说："这种现象，肯定会改变的，只不过这需要一个过程，我相信，这个过程不会太漫长。就像这高铁与绿皮火车一样，先进的、健全的体制会将权力圈进规则与规矩的笼子里的。"李俊杰说："我也相信，但我更希望，这个过程，能再短一些。"

高铁在飞驰，越过平原，穿过一条条隧道，跨过一座座大桥，终于在华灯初上时，到达了深圳。

回到万家灯火的城市，东方晓一段时间以来绷着的神经一下子放松了，有一种极度的疲惫。回到家，在王佳蕙温柔的怀抱里，一觉睡到了日上三竿。打开手机，竟发现东方依然有许多条语音留言。一条条听过这些语音，东方晓竟兴奋得像小孩子一样，大声喊王佳蕙："快过来，快过来，咱的宝贝要回来了。"王佳蕙说："我早就知道了，还早着呢，要等到 3 月份放春假时才回来呢。"东方晓说："还有一个人要回来，你猜是谁？"王佳蕙说："不会是找的男朋友吧？没听这臭丫头提起过呢，难不成给我们搞个突然袭击？"东方晓说："不是，是石婉玉，石婉玉要回来。"王佳蕙问："石婉玉是谁？"东方晓说："石婉玉是珍妮特，珍妮特。"一听是珍妮特，女儿在加拿大的干妈，王佳蕙也兴奋起来。东方晓说："石婉玉回来，最高兴的应该是李俊杰，这小子，终于守得云开见月了。"王佳蕙有些疑惑。东方晓说："一直忙，没告诉你石婉玉和李俊杰的一些故事，来，给我泡杯兰贵人，我给你讲讲他俩的恋爱故事。"

92

东方晓约李俊杰来家中吃饭，他要告诉李俊杰石婉玉要回来的消息。刚接通电话，李俊杰就说："石婉玉要在春假时和依然一起回来，是因为生意的事儿。"东方晓打趣道："肯定是生意的事儿，要不，找什么理由呢？"李俊杰说："看破不说破嘛，给个面子多好。"东方晓说："中午来家里，佳蕙给咱接风，有你爱吃的浆面条和烙馍卷豆腐。"李俊杰说："在颖州这段时间太累了，就不能弄点鱼呀，肉呀，要是没有这两样，弄点帝王蟹、龙虾什么的我也能接受啊！"东方晓说："你这是做梦娶媳妇，净想美事儿。浆面条和烙馍，是先试试手，为迎接石婉玉做准备的。要不，不做这两样，就给你弄大鱼大肉，让你再胖几斤，让石婉玉看到你猪八戒的形象，直接给你打到高老庄去。"电话中，两人哈哈大笑，那是经过忙碌后的放松，更是从一个纠结万千的案件中解脱出来的自我调适。

李俊杰如约来到了东方晓家，看到王佳蕙精心烹制的满桌佳肴，李俊杰仿佛看到了和石婉玉一起的样子。

饭后，王佳蕙将团在一起毛茸茸的碧螺春泡上，三人坐在茶台前喝茶。王佳蕙问起石婉玉当初为什么要出国的情况。许多年过去，不堪回首的往事，再次涌上李俊杰的心头。是通过东方依然和石婉玉联系上以后，李俊杰才知道石婉玉的出国，还有更让人痛苦的原因。李俊杰的妻子到单位去闹，还不至于让石婉玉离开法院，因为爱，石婉玉相信，随着时间的流逝，一切都会有最终的结果。但是，一件偶然的事情，却如压垮骆驼的最后一根稻草，让石婉玉无法再假装坚强，彻底离开了法院。

又是一年一度的两会召开之际，法院的工作报告一遍一遍地要修改打印，院里各部门的材料也要打印。石婉玉将档案室要的一份档案借阅规定打印好，送给档案室的小宋校对，走到门口，听到小宋办公室里几个人正在说李俊杰的事儿。因为经常为各科室送打印的材料，石婉玉听出了里面几个人的声音。其中一个叫夏梅艳的女人，是监察室的一名副主任，正用极端下流的语言在八卦李俊杰。她说："有一天，我上班来得早，路过李俊杰的门口，听到里面的叫床，那声音，能浪到八里地以外，听得我前年吃的饭都想吐出来。"一个叫刘机的执行局副局长接着说："你学学咋叫的，叫大家伙饱饱耳福。"办公室里一个叫刘雪艳的女人说："你平时总迟到，咋有机会听到小石叫床呢？"夏梅艳说："你说巧不巧，我就早来那么一回，大清早就碰上了这事儿，真是倒了霉呀，我平时就看不惯石婉玉那浪样儿，李俊杰家中老婆那么贤惠，竟会看上石婉玉那浪娘们儿。"刘机说："王八看绿豆对上眼儿了呗。"接着是哄然大笑。石婉玉的心如刀割一般。夏梅艳无中生有的编造，刘机的无耻对答，让石婉玉不相信，这是工作在司法机关里的人的作为。夏梅艳是石婉玉所见过的女人当中最丑陋的一个，两条细如麻秆的腿呈罗圈状，撑着不到一米六的上长下短的身高，黑黄如锅盖一样的扁脸上，下嘴唇包着上嘴唇，如秤锤一样的鼻子上，搭着两只割过双眼皮的绿豆眼，粉色的口红将脸色衬得越发黑黄。这样的女人丑陋的不只是容貌，更有肮脏的心灵。作为执行局的副局长，刘机常常以局长自居，在执行过程中，是吃了原告吃被告，每执行完一笔款子，都要按一定的比例扣除所谓的费用后，让当事人按执行到的数额打收条。只有初中文化的刘雪艳，也就是在法院混日子，除了做些跑腿的活儿，其他的工作如擀面杖吹火，是一窍不通。物以类聚，人以群分。这样的男女聚在一起，黄色的段子，八卦的故事，就是办公的日常，也是他们赖以充实工作与生活的主要内容。

　　石婉玉拿着原本要交给小宋的材料回到了打字室，将它撕得粉碎。撕完材料，石婉玉收拾了自己的物品，离开了法院。她不想告诉李俊杰这件事情，怕李俊杰会忍不住与这些人发生争斗。她无法排解自己的屈辱与伤痛，只想离开这让她痛恨的地方。恰逢一个亲戚从加拿大回来，说想从国内带一个保姆去照顾她的母亲，石婉玉就这样，一去数载，杳无音信。

李俊杰的讲述，让王佳蕙气愤不已。她找不到可以安慰李俊杰的地方，将茶给李俊杰续上，说："真的不能相信，这样的人也能在法院这么神圣的地方工作，真是对法院这块牌子的玷污。"

东方晓说："老弟，社会就是江湖，形形色色，人品低下的人哪儿都有，有些人比石婉玉碰到那几个还要坏。所幸的是，一切都过去了。我们毕竟也都离开了。感情这东西，虽然说不上对与错，但你与石婉玉，在你的婚姻存续期间，还是要受道德约束的。人性是幽微的，放大甚至无中生有地捏造一些事实，是环境给了恶的人性迸发的土壤。文明不仅要靠自觉，还要有好的环境、好的机制，才能将丑恶抑制。时间流逝中，会让人选择性地遗忘痛苦。现在，你与石婉玉的重逢，何尝不是老天对你们的眷顾呢？"

李俊杰将杯中的茶一饮而尽，说："生命中，能遇到你这样的兄长，我真的很幸运，能遇到石婉玉这样的红颜，我已很知足。许多感谢的话我都不再说，从此以后，你和嫂子就是我的家人，依然是婉玉的干女儿，也是我的女儿，我们会好好照顾她的。"

王佳蕙说："听你这话，要和婉玉好好照顾依然，你是否要跟石婉玉一块儿出国了？"

李俊杰说："嫂子真聪明，竟能听出我没有说出的内容，你要是当侦查员，肯定不输东方老兄。经过和石婉玉这段时间的沟通，我不想让石婉玉一个人在异乡孤单。她的事业都在国外，不想回来，我只有跟着去了。这次石婉玉回来，也是商量这事儿的。"

东方晓说："啊，原来你早有这样的打算啊！真得好好祝福你破镜重圆，鸳梦重温。"

原本有些沉闷的场面，一下子又轻松起来。

93

冬去春来，时光如水一样，悄无声息地流逝，时节不早不晚按部就班地变换。宇宙宏阔，人类的悲喜，仿佛都被忽略不计。

又是一个周末，东方晓到办公室来看李俊杰出国前留给他的那本黄炎培写的《延安归来》。读了一会儿，有些累，东方晓站起来，向窗外远眺，深圳河在春日的波光里荡漾。面对无边的春色，东方晓的心中有淡淡的惆怅。

王君卓案件结束后的那年 3 月 15 日，李俊杰与东方晓一醉方休，然后随着石婉玉到了大西洋沿岸的加拿大，与石婉玉开启了妇唱夫随的商场生涯，彻底告别了那让他付出青春与泪水、充满爱恋与纠结的法律工作。东方晓少的不仅是一个助手，更是一个惺惺相惜的兄弟。在日常的通信交往中，再也没有了对案件事实与证据的分析与论证。李俊杰与石婉玉的二人世界里，东方依然疑似被他们宠爱的亲生女儿，让东方晓与王佳惠欢喜的同时，也有一丝醋意。

王君卓已从记忆中慢慢抹去，王君辉经过了人生的跌宕起伏，一切已慢慢走上了正轨。通过与东方晓的交往，文一帆已将东方晓当作了父兄一样信赖的人，不时地给东方晓汇报她在日本留学生活的苦与乐，知道东方晓爱喝茶，不时地给东方晓寄来日本的抹茶与红茶。

东方晓多年思考的司法过程中存在的问题，通过一个振奋人心的消息，竟如在阴霾中透出的光亮一般，为司法的公正指明了前行的方向。中央正在全国 5 个地区 35 个单位对政法队伍中 1 万多名政法干警进行教育整顿的试点，这场试点，面对的是一些人民群众关心关注的痛点、堵点问题。开展试点工作的总体要求是：坚持以习近平新时代中国特色社会主义思想为指导，认真贯彻落实习近平总书记系列重要指示和中央政法工作会议精神，增强"四个意识"、坚定"四个自信"、做到"两个维护"，坚持全面从严管党治警，围绕"五个过硬"的要求，发扬自我革命精神，突出清除害群之马、整治顽瘴痼疾、弘扬英模精神、提升能力素质、做好"四项任务"，抓好学习教育、查纠问题、整改总结"三个环节"，全面推进正风肃纪反腐强警，加强革命化、正规化、专业化、职业化建设，努力打造一支党和人民信得过、靠得住、能放心的政法铁军。

这个信号，犹如杜甫的一句诗一样让人兴奋：沉舟侧畔千帆过，病树前头万木春。东方晓从步入大学法律系那天起关于法治的信仰，再次在心头激荡。东方晓相信，试点工作必将会取得圆满的成功，这样的试点，也会为社会的治理提供一个极具参考价值的模板，中国的未来，必将朝着法治的轨道良性运行。

东方晓将目光从深圳河的粼粼波光中收回来，起身为自己泡上了一杯王君辉寄来的家乡的绿茶，一股清香在东方晓的心头弥漫。啜了一口，东方晓继续翻阅《延安归来》。一段熟悉的内容，跳进东方晓的眼中，那是发生在 1945 年延安窑洞的一场著名对话，那场对话，被后世称为"窑洞对"。

　　黄炎培："我生六十多年，耳闻的不说，所亲眼看到的，真所谓'其兴也淳焉'，'其亡也忽焉'，一人，一家，一团体，一地方，乃至一国，不少单位都没有能跳出这周期率的支配力，大凡初时聚精会神，没有一事不用心，没有一人不卖力，也许那时艰难困苦，只有从万死中觅取一生。既而环境渐渐好转了，精神也就渐渐放下了。有的因为历时长久，自然地惰性发作，由少数演为多数，到风气养成，虽有大力，无法扭转，并且无法补救。也有为了区域一步步扩大了，它的扩大，有的出于自然发展，有的为功业欲所驱使，强求发展，到干部人才渐见竭蹶，艰于应付的时候，环境倒越加复杂起来了。控制力不免趋于薄弱了。一部历史，'政怠宦成'的也有，'人亡政息'的也有，'求荣取辱'的也有。总之没有能跳出这周期律。中共诸君从过去到现在，我略略了解的了。就是希望找出一条新路，来跳出这周期率的支配。"

毛泽东："我们已经找到新路，我们能跳出这周期率。这条新路，就是民主。只有让人民来监督政府，政府才不敢松懈。只有人人起来负责，才不会人亡政息。"

黄炎培事后写下了自己对毛泽东答话的感想："我想：这话是对的。只有大政方针决之于公众，个人功业欲才不会发生。只有把每一地方的事，公之于每一地方的人，才能使地地得人，人人得事。用民主来打破这个周期率，怕是有效的。"

东方晓合上书，端起杯子，再次走到办公室的窗前。楼下是车水马龙的街道，行道旁，鲜花正在灼灼开放。东方晓的心明媚起来。

东方晓正准备离开办公室回家，东方依然有微信消息发来，调皮的表情下面，是银铃般悦耳的语音，暑假里，她要和干爸干妈一块儿回国。东方依然顽皮地用抑扬顿挫的语调朗诵了陶潜名篇的开头："归去来兮，田园将芜胡不归。"东方晓有些激动，他想立即与王佳蕙当面分享。杯中茶一饮而尽，东方晓快速下楼，朝着家中走去。

2021 年 6 月 1 日